来临之日（下）

欧阳乾◎著

江苏凤凰文艺出版社
JIANGSU PHOENIX LITERATURE AND ART PUBLISHING LTD

第十二章　黑域爆发

西北军区K小队活动基地。

这是一处宽敞的院子，远离城区，整片土地归军方所有，院子大门还有警卫站岗，保密级别颇高。院子中央有一座二层灰白小楼，一侧是高度仅次于小楼的车库，另一侧是外部楼梯，一直通向地下。也许是出于隐蔽考虑，院子里种了不少树，绿叶掩映下，小楼里空无一人，整个院子寂静地处在森严的防卫之中。

虽然人类与夜族在一个月前就已经协议停战，但“盘古”残躯的研究还在继续，夜族与人类生物学专家的交流也在进行，更重要的是，那片古怪的黑域依旧盘旋在库布齐沙漠上空。面对错综复杂的形势，顾茂昌与K小队的几名成员商议过后，决定暂时将全队留在第二西北实验基地附近，迁入一个更隐蔽的基地，继续封闭管理，以观其变。

经历了二十九天平静隔离的休整期，K小队成员的日常生活难免有些无趣，但这几人经过一番生死的考验，已经变得更加沉着冷静，就连最容易火爆躁动的林宇风也能耐得住寂寞了。

“你？耐得住寂寞？”司徒萧利用缓神的功夫吐槽，“那是因为李若辰现在差不多和你小子同吃同睡！你要敢耐不住，李若辰非一脚踹掉你的命根子不可！”

司徒萧话音未落，李若辰转身一个高扫，一道黑影“噗”的一声直奔司徒萧而去，司徒萧见状双目圆睁，白光闪过，挡在风声秀面前的钢板“当”地一下被飞来的物体砸了一个坑。那东西“啪”的一声掉在地上，竟是一把木制飞刀。

“李若辰啊……”司徒萧摇头感叹。

这边的林宇风却得意起来。

“我让你说！让你嘴贱！你还集团公子呢！说话怎么那么贱！李若辰会是那种人吗？”

林宇风一边嬉笑一边深吸一口气，转眼人已站在十米之外画好的一个圆点上，不等他站稳，黑影便直奔他喉头。

“娘子救我！”

林宇风话音未落，李若辰的脚擦着他的下巴踢过，一脚踹出，那黑影再次袭向司徒萧。

“给我闭嘴！小心我把你的舌头踢下来！”

李若辰不耐烦地低吼着，林宇风却做个鬼脸，再次消失，移动到二十米外的圆点上。木刀化身的黑影从中心准确地飞出，正是来自李磊。

此刻他正放松地蹲在地上，面前整齐地摆放着十几把木刀。林宇风每移动到一个地方，他就会在同一秒甩出飞刀，再由李若辰截击，转而攻向司徒萧，司徒萧则利用身边的金属想办法阻挡。随着司徒萧的移动，宽敞的地下训练场里已经横七竖八地躺了几十把木刀。

这正是K小队四名成员用来打发闲暇时间的团体训练计划，从启动至今，他们每天重复这样的特训，已经持续了十五天之久。不过谁也没有想到，最早提出这个训练计划的人，居然会是平时最吊儿郎当的林宇风！

自从上次进了盘古的肚子，一向自大的林宇风突然变得谨慎起来。毕竟，如果不是司徒萧在最后关头急中生智给他加了一层金属保护壳，他早就融在盘古的胃液里了。正式诚恳的感激谁也别想从林宇风的嘴里听见，不过，林宇风出院后曾专程找顾茂昌深入地剖析了自己的情况。

“顾教授，我也不怕你嫌弃，实话说，从盘古胃里出来之后，我胆子好像变小了。”林宇风坐在顾茂昌对面的椅子里，表情难得的认真，因为不习惯认真，他多少显得有些扭捏。

“不，宇风，你很勇敢，只不过你终于学会了反思。”顾茂昌笑呵呵地说，言语中透着对林宇风的喜欢。虽然一开始，林宇风身上的市井流气让顾茂昌颇为不适，但一路拼命到现在，随着林宇风的变化，顾茂昌也越来越喜欢这个敢想敢做的年轻人。

林宇风一听这话却不高兴了，脸一沉哼道：“顾教授，我喊你一声教授，你怎么当自己是叫兽了！我林宇风是没读过几天书，可好赖话我听得明白！你要是不想帮我可以直说，牙齿缝里藏针损人算什么好汉。”

顾茂昌笑得更开心了，他微眯起眼睛欣赏林宇风难得一见的羞恼。

“一句话！你帮是不帮？”林宇风被看急了，脸也气得涨红起来，直接摊牌。

“你想让我帮你什么？”顾茂昌终于开口。

“帮我提升能力啊！”

林宇风要提升的是瞬间转移落脚点的准确性，瞬移后被抓这类事件，他再也不想有第二回了。根据顾茂昌的推测，林宇风的瞬间转移是可以选择固定位置的，只不过林宇风开发这项潜能的时间较短，也没有进行系统的训练，所以每次移动都存在许多不可控因素，导致落脚点难以控制。

在顾茂昌的建议和安排下，K小队的四名成员启动了专项潜能开发特训。

林宇风要练习的是瞬移目标地点的准确性，李磊则主要训练手臂力量和准确性，李若辰要提高敏捷度和行动力，至于精英人士出身的司徒萧，他表示操控金属这项技能没有什么熟练标准，越熟练越好。

“我倒是无所谓，反正我自己没事的时候也会练习，毕竟在紧急关头，这东西可能会救人一命。”讨论会上，司徒萧淡淡地说着，还不忘意味深长地瞥一眼林宇风。

“对，这命是你救的没错！要不是你的金属棺材，我现在连骨灰渣渣都剩不下，你看着，等老子完成这次特训，老子就再也不用你救了！”

“不不宇风，该救的时候我还是会救你的，我不像你这么小气。”

“嘿你……你要是看不起我们，可以不参加！”林宇风恼羞成怒。

“不，我要参加！”司徒萧很淡定。

“司徒萧！你别以为你是小队成员老子就不敢动你！你……”

“宇风！”

顾茂昌和李若辰异口同声地吼起来，与此同时，李若辰伸手一把将已经爬到桌上的林宇风揪回来摔到脚边。

“干什么你！几岁了！”李若辰指着林宇风的鼻子怒吼。

林宇风摔得颇为狼狈，但他不以为意，看着李若辰一通傻笑。李若辰似有所悟地将目光收回到自己腿上，发现林宇风正坐在地上盯着她裙子里的大腿看。

“你给我滚！”

李若辰大怒，抬脚就向林宇风胸口蹬去，林宇风手脚麻利地一把抱住李若辰的大腿。

“哎呦娘子，你这一脚啊，正踏进我心里去了！可否让小生给你捏捏脚？”林宇风夸张地叫着，还小心地揉捏一下李若辰的小腿，嬉皮笑脸地看着她。

李若辰脸上浮起一抹嫣红，转而又柳眉倒竖地瞪着林宇风，正要发怒，顾茂昌开口了。

“好了，你们不要闹了！宇风，最开始是你要特训的，现在你又是第一个跳出来捣乱的，你到底还要不要特训了？”

“顾教授，这不能怪我，是司徒萧那小子先动口的。”林宇风抱着李若辰的脚大声争辩，李若辰趁机甩开林宇风的手臂，抽出右腿。

“他先动口，你说不过他，就要动手？”坐在一旁的李磊终于开口。

“我……”林宇风被说得哑口无言，转念又反击，“那你不是也以动手为主吗？”

“可是我从来不跟别人动口。”李磊说着站起来走到门口，开门前又说，“顾教授，别忘了我要木刀，为了林宇风好。”

林宇风哼了一声从地上爬起来，拍拍屁股也向门口走去，一边还嘀咕着："谁怕谁啊！想当年老子打架那会儿，你们还光屁股和泥玩儿呢！"

话虽如此，但特训真正开始后，林宇风不得不承认，K小队的每个成员都有自己的看家本领，而且随着一次次的重复练习和强化，每个人的能力都有着明显的提高，甚至还培养出了团队间应有的默契，虽然只是行动上的。

由于这场特训，休整的时间也变得丰富有趣起来，李磊向来习惯重复性训练，而林宇风根本不在乎是英雄救美或是美救英雄，只要能和李若辰在一起就行，只有司徒萧偶尔会露出一丝忧伤。他不说几个伙伴也知道，他是在惦念安琪。

作为夜族力量与人类的结合体，安琪和旅行者乐队的其他成员正在接受众多生物学家的检查，这种名义上的检查其实是将安琪等人当作实验原料，对这类变异人体进行观察和研究。司徒萧对此非常不满，甚至曾找过顾茂昌，希望他能从中协调。

顾茂昌理解司徒萧的心情，答应帮他想办法，倒是安琪听说司徒萧试图干涉研究，特地写了封信拜托顾茂昌转交司徒萧，劝他分析当下形势，应当以大局为重，司徒萧这才意识到自己关心则乱，险些惹事。如今他只能更加刻苦地投入训练，甚至在训练中故意惹林宇风和自己拌嘴，以便将注意力从安琪身上转移回来。

于是在第十五天特训快要结束时，司徒萧又和林宇风在嘴上斗得不亦乐乎。

突然间，四个人的脑海中同时响起顾茂昌的声音。

“怎么样？训练还有趣吗？你们想不想来一次探亲假？”

此刻林宇风刚刚进行完瞬移，李若辰已经向他所在的方向冲去，司徒萧也迅速地移动位置，为李若辰增加难度，听到顾茂昌的话，李若辰和司徒萧同时停住脚步，下意识地看向训练场边通向一层的楼梯。

但李磊却没有停顿，他的飞刀已经离手，在空中精准迅捷地飞向林宇风和李若辰。林宇风第一个回过神来，他大叫一声“小心”，踏出半步一把将李若辰从面前拨开，自己再想侧身躲闪却已经来不及了，只能眼看着木刀直直地砸在他的左臂上，在强劲力道的推动下划破袖子、扎进肉里。

“哎呦我去！老李你能不能敬业点儿！你没看大家都停了吗！你怎么出手还这么重！”

林宇风龇牙咧嘴地拔出带血的木刀，冲李磊大声抱怨，李磊却面不改色，一抬腿舒服地坐到地上，认真解释。

“就是因为敬业，所以最后一把木刀一定要扔完才能停下来。”

“什么歪理！”

林宇风说着气呼呼地将木刀摔在地上，李若辰有些愧疚地上前想检查林宇风的伤口，林宇风却撒娇地避开了。

“你老实说，你刚才想什么想得那么出神，害我受伤？你还是不是我小娘子？你是不是想别的男人了？”

李若辰一把拎起林宇风的耳朵，几乎要将他整个提起来。林宇风疼得龇牙咧嘴，嘴里念叨着：“哎别别，姑奶奶，女王陛下……”

李若辰一把扔下林宇风，背过身不去看他，声音很低，却清晰入耳：“我刚才在想，如果真有探亲假……我想回家看看我妈……”

“回家？看咱妈？”林宇风立刻来了精神，凑到李若辰面前，“是不是要带我一起去？”

李若辰瞪了林宇风一眼，别过头不说话。林宇风有些尴尬地看看另外两人，司徒萧就像没看见他们一样兀自出神，李磊却难得地开了口。

“你是新姑爷上门，司徒萧肯定去找那个安琪，反倒是我，没什么亲人可探。”

“那你可以跟我们一起啊！”林宇风脱口而出，转眼就被李若辰砸了一拳。

李磊抿一下嘴算是笑过了，之后摇头答：“我不去当二姑爷，要是真有假期，我就回原来的部队看看战友吧，也能顺路回去扫扫墓。”

李磊的话让各怀心事的三人更加沉默，以至于没人注意到顾茂昌是什么时候站到楼梯旁的。

顾茂昌看着训练场中或立或坐的四个人，不由得感慨良多。当初完全是为了破解“盘古”的秘密，才费尽心思找来这几人，没想到他们却由于“盘古”获得了超能力，最后成了他最可靠的左膀右臂。

停战初期考虑到局势不稳，为了以防万一，顾茂昌让K小队继续待命，但库布齐沙漠上空的黑域至今没有任何变化，国际形势以及与暗陆一族的关系也平稳下来，顾茂昌认为，也许是该给K小队一次假期了。虽然这次的平静不知能持续多久，但每个人都明白，这只是暴风雨来临之前的假象，一旦形势发生异变，K小队要面临的，将是生与死的考验，若是有朝一日真的会发生不幸，顾茂昌不愿他们任何一个人留下遗憾，不愿让眼前这四名和他一起出生入死的年轻人，像他痛失爱女和妻子一样，抱憾终生。

于是，在休整期的第三十天，K小队的四名成员迎来了难能可贵的三天假期。当天傍晚，他们被送往最近的军用机场。李若辰带上林宇风踏上回老家的飞机；司徒萧则和安琪约好，在旅行者乐队巡演的城市相会；李磊因为要提前联系缉毒大队，天黑时分才离开基地，只身一人飞往云南边境，那是他曾经驻守和战斗的地方，也是至亲遇害的地方。

只有顾茂昌一人留在了活动基地，此时的他已经了无牵挂，更没有旧友想要探望，他就这样静静地坐在小楼一层的通讯室里，接收并分析着军方转发过来的信息。这些信息来自第二西北实验基地原址库布齐沙漠，一个月以来，这个军方监测站发回的信息没有半点变化，但顾茂昌还是随时关注着，潜意识里，他似乎等待着某些重大而可怕的事情发生。

李磊离开基地的当晚，在库布齐沙漠的军事监测站里，监测员小王正向主任陈丽讲述自己从亲戚口中听说的“内部消息”，那是关于夜族、争夺“盘古”和K小队的传闻。这时，监测站站长胡大为走了进来。

当他得知所有观测数据没有任何变化时，不禁抱怨道：“真是见了鬼了，这个黑域里到底有什么鬼东西？”

接着他又吩咐小王当晚暂时关闭监测设备，躲避夜间的雷暴天气，等雷暴过去之后再重新启动。他们推测，这个黑域已经连续一个月没有动静，短短几个小时的时间里，应该也不会出现什么异常。

就这样，库布齐沙漠监测站的整套监测设备暂时关闭，逐渐冷却下来，整个监测站变得格外的安静和昏暗。时至深夜，果然发生了强雷暴天气，还出现了罕见骇人的沙漠冰雹。明灭的电光下，监测站屹立在广袤的沙漠中，显得异常渺小。谁也没有看到，一条边缘模糊的巨大触手，慢慢地从黑域里伸了出来。

凌晨五点不到，顾茂昌搭在扶手上的手臂一滑，猛地从梦中惊醒。他迷茫地看向四周，寻找常琳和顾青的身影，过了好一会儿，顾茂昌才意识到自己正坐在K小队活动基地的通讯室里，而倔强好强的常琳和活泼靓丽的顾青，只是他梦中的两道残影。

顾茂昌重重地叹了口气，伸展一下已经僵直的腰背，揉了揉太阳穴。他隐约记得自己看过昨夜十一点刚过时接收到的监测数据，那之后的事就没了印象，应该是因为过度劳累不知不觉地睡着了。

顾茂昌摇摇头，懊恼自己年纪大了不中用，同时下意识地看向屏幕。按照惯例，在凌晨一点和三点还会有两份完全一样的监测数据发来，可是现在，屏幕上并没有显示有新的消息。

顾茂昌仔细看看屏幕，最后一条的接收时间是昨天夜里的十一点零二秒，他思索一下，扶着桌沿站起来走到屏幕后面，发现线路完好无损，顾茂昌的脸色顿时沉了下来。

他又看看时间，差一分钟五点，如果一切正常，下一份数据会在五点过两秒左右被转发过来，顾茂昌走到椅子旁，静静地站在那里，看着显示器上的时间不断变化，暗自祈祷着监测站千万不要出事。

五点整，五点零一秒，五点零二秒，五点零三秒，五点零四秒……一直到等到五点过三分，数据还是没有如期传来，顾茂昌的心随着时间的流逝慢慢下沉，他知道，一定是出事了。

一分钟后，一阵急促的电话铃声将顾茂昌从焦急不安的猜测中唤醒，他抄起桌面的内部电话，开口就说："我是K小队顾茂昌，监测站出什么事了？”

电话里响起军区参谋长彭飞的声音：“顾教授，我们已经与黑域监测站失去了联系，现在已经派出增援部队……”

顾茂昌握紧话筒，闭上眼睛，扶着桌沿慢慢地坐回椅子里，听着彭飞简要地向他介绍情况。

原来前一天夜里，由于雷暴以及冰雹等强对流天气，监测站在夜间十一点二十七分被迫关闭设备，从当天凌晨十二时五十三分起，总部便与黑域监测站失去联系。经过观测，可以确认库布齐沙漠中的恶劣天气已经在凌晨四时三十分左右彻底结束，总部多次呼叫，监测站却一直处于失联状态，上级已经紧急调集附近兵力赶往监测站增援，但先头侦察部队还没有抵达目的地，暂时没有进一步的信息传回。

“到底出事了……”

放下电话，顾茂昌喃喃地说，接着他又重新抄起话筒，拨了一串简单的号码，对面很快就有了回应。

“宇风……李若辰？你们现在在哪里？”

清晨的小区里，连晨练的人都还没有出来，李若辰拿着林宇风的手机站在一栋居民楼楼下，林宇风站在旁边，手里大包小包地提着十来个袋子。他见李若辰挂断电话后好一会儿没吭声，也不说上楼，不禁问道：“怎么了？顾教授说什么了你脸色这么难看？”

平日里坚强到有些粗暴的李若辰，此刻却有泪水在眼中打转。她咬咬嘴唇，强忍着失望和悲伤抬头看了看自家窗户，低声开口：“我们走吧，马上回去。”

“什么？回去？我们俩大老远的买了这么多东西跑来，不就是为了回来看咱妈吗？为啥楼都不上就走？你是不是嫌我丢人，想把我支走自己上去？再说新姑爷都站到楼下了哪有不上去的道理啊，而且我……”

林宇风急着为自己争取会见丈母娘的机会，没有注意李若辰已经变了脸。他正说得唾沫横飞，突然“啪”的一声，一个耳光抽过来，林宇风没有防备，距离近力道又大，整个人被李若辰打得向一旁歪了两步，手里的袋子也在腿上撞得哗啦啦地响。

再看林宇风，左脸一个红红的五指印，转眼肿起一指高，他手里提着东西也没办法捂脸，只得委屈地嚷嚷起来。

“你打我干什么啊！我说得不对吗？哎你怎么哭了？喂你别哭啊祖宗，你先别哭，到底怎么回事你赶紧说啊！”

李若辰的眼泪像断线的珠子似的扑簌簌地往下掉，林宇风没见过李若辰这样，一时慌了神，忙把手里东西小心地放在地上，想凑上去给她擦眼泪。

不料还没等他凑到跟前，手腕就被李若辰一把扣住，不由分说地往院门拖。

“李若辰你干什么？你要干什么？东西还在地上呢你要去哪儿啊！”

“你给我闭嘴！不许嚷嚷！”李若辰的手上又加了几分力，捏得林宇风整个脸都皱在一起，“我说了，我们走，马上回去！马上！”

“可是……”

“没什么可是。”李若辰吸了一下鼻子，将林宇风扯到身旁压低声音说，“黑域出事了。”

林宇风身子一僵，不禁打了个冷战。李若辰瞥了他一眼，问：“这回清醒了？”

“到底怎么回事？”

“教授没说，就让我们马上回去，所有人！”李若辰又着重强调了一次，仿佛是在告诫自己不要回头。

“但是你妈，不，咱妈……”

“什么你妈我妈，谁妈都没空看了！”李若辰恨恨地说。

“那至少东西也托人留给老太太啊！”林宇风不死心。

“我妈想的是女儿，不是补品！既然见不上，何必让她瞎惦记。”

李若辰不再说话，拖着林宇风快步离开。

“我的上万块钱啊！那里面可是真海参啊！我自己都舍不得买……”

林宇风哀号着，回头看向那栋居民楼。在李若辰给他指过的阳台窗口，林宇风隐约看到一个瘦小的人影，似乎正向他们望着。

与林宇风和李若辰相比，司徒萧显得幸运得多，接到顾茂昌的通知时，他刚从酒店套房的大床上爬起来，正准备穿衣服。放下电话，他轻轻叹口气，抬头却见安琪裹着浴巾从浴室里出来，一双美目正盯着他看。

“你要走？”安琪轻声问，眼中浮起一层薄雾。

司徒萧点点头：“对不起，临时有事，不能不回去。”

安琪一边擦着头发一边走到梳妆台前坐下，从镜子里看着司徒萧。

“你能来陪我一天，我已经很满足了，正好今天我们有演出，也没时间陪你，你自己……注意安全。”

安琪说完便低下头，湿湿的黑发垂在肩头，遮住小巧的脸颊。司徒萧走上前，立在安琪身后，将手放在她肩上，疼惜地抚摸着，末了俯身在她颈窝处轻轻一吻，随后抽身而去。

听到关门声，安琪抬起头，满脸泪痕，耳边还留着司徒萧的古龙水香气，还有那句几乎轻不可闻的“等我回来”。

李磊的出发时间本就比其他人晚，又在半路遇见强对流天气耽误了不少时间，当顾茂昌的电话打进来时，李磊刚刚离开机场，坐上缉毒大队的越野车，准备继续向边境地区深入。

李磊拿着电话面不改色，只说了几句“是的”“明白了”“好的”，接着便挂断电话吩咐开车的小兵：“掉头，回机场。”

“可是李队，还有十几里路就到了……”坐在副驾驶上的副队长王兵转过头说。

“回机场。”

王兵看看李磊，叹口气向小兵点头说：“听李队的。”

小兵猛地掉过头，不到五分钟便再次驶入机场，停在停机坪旁。

李磊下了车，王兵也从副驾驶上下来，站在车旁。李磊思索两秒，转头对王兵说：“回去替我向大家问好，还有，我这次回来得匆忙，来不及买东西，贴补伙食的钱放在后座上了，你记得拿。”

说着李磊已经掉头大步走向飞机。

“李队！兄弟们等着你回来！”

李磊没有回头，甚至连步伐都没有改变，直到他登上飞机，坐在舷窗旁，看着那车那人离得越来越远时，他才叹了口气，气息从鼻腔吐出，听上去就像突然沉重的呼吸。

就这样，K小队的四名成员从三地迅速折返，四个小时后，他们已经坐在活动基地的通讯室里，看着面色阴沉的顾茂昌。

“黑域落地了。”

这是顾茂昌说的第一句话。

“什么落地？难不成它生了？”林宇风惊讶地问。

“都什么时候了你还贫！”坐在旁边的李若辰狠掐了林宇风一把。

顾茂昌看了一眼林宇风，出人意料地点点头，又摇摇头。四个人顿时愣住，面面相觑。顾茂昌打开墙壁显示屏，又在电脑上鼓捣了几下，一幅诡异的画面便出现在众人眼前。

首先是满眼的黄色，众人毫不费力就能认出这是第二西北实验基地原址所在地库布齐沙漠的景象，这里曾经是“盘古”最后的藏匿地点，也是K小队在与夜族争夺“盘古”的过程中守卫和战斗的地方。

建在第二实验基地原址的监测站离最近的城镇八十多公里，周围除了沙漠，唯一能看到的就是远处的第一西北实验基地，以及一处叫“月亮湖”的小型绿洲。但此时，画面里只能看见一片模糊的绿色，而本应该坐落在不远处的监测站却消失了！

“这是他们从第一实验基地发回的实时图像。”顾茂昌说，“昨天半夜发生了雷暴天气，监测站与总部失联，直到今天早上我给你们打电话时，监测站还是没有消息……它不是失联，而是被吞噬了。”

没有人说话，四个人看着面前的图像，都有些难以置信。如果说“盘古”的存在曾经让他们目瞪口呆，现在的情况却让他们有些不寒而栗。

从画面中能清楚地看见，之前盘旋在空中的黑域已经和地面连成一体，正如顾茂昌所说，它“落地了”。这片诡异的黑影像一道连天接地的龙卷风，静静地立在那里，又像巨人漆黑的腿，从宇宙中踏下来，而这条腿的落点，正是监测站的位置。

“昨天晚上天气确实很不好，连去云南的航班也受到了影响。”李磊说。

顾茂昌点点头。

“顾教授，我们要赶去支援吗？”司徒萧问。

“我们现在就过去，但不是支援……如果我没猜错的话，这次去，应该是备战。”

顾茂昌的目光凌厉冷峻，K小队几名成员又转头看看屏幕上的实时画面，表情无一不严肃而沉重。

K小队活动基地距离第二实验基地并不太远，路上车辆稀少畅行无阻，驱车不到两个小时就可以赶到。

路上，顾茂昌带着笔记本电脑坐在后排，随时关注黑域的情况，K小队的成员也终于有时间了解和分析整个事件的始末。

“你们说，那片黑域这么长时间都没动静，为什么偏偏赶在昨天晚上活动？”李若辰问。

“不，不像是巧合。”司徒萧从副驾驶的位置回过头说，“我怀疑黑域的活动和昨晚的异常天气有关，或者说，正是因为黑域的活动引起了天气异常。”

顾茂昌对着电脑点头答道：“小萧的推测是合理的，黑域里一定有未被探测的能量聚集，强大的能量形成磁场，干扰局部环境，形成能被准确预测的大气变化。”

“所以监测站提前关闭设备，正中了那黑家伙下怀！”坐在顾茂昌旁边的林宇风一边用手指抠耳朵一边说。

“你是说黑域本身是有意识的，或者说是有生物操纵的？”李若辰从中间排转头问。

“那当然！不然‘盘古’嗝屁的时候它怎么能找到我们？难道还真像神话里编的那样，‘盘古’把天劈了个口子？”

“现在还不能确定黑域有没有意识。”顾茂昌仍然盯着电脑，“但目前第一基地检测的数据显示，黑域一直在变化。”

“它当然有变化！它都长出脚来了还想咋的？它咋不上天呢？”林宇风的语气里充满怨恨，潜意识里，他已经将没见到丈母娘的责任全怪在了黑域的头上。

“它本来就在天上。”李磊的声音从中间排传来。他笔直地坐在李若辰身旁靠窗的位置上，手里把玩着一把木刀，刀尖上还有黑色的血迹，正是林宇风的。这是李磊从K小队基地带出的唯一一样东西，没人知道他为什么对这把刀情有独钟，而林宇风则偏执地认为李磊将这把刀当成代表胜利的勋章。

一路上李磊都没有参与讨论，只是静静地听着，不料他开口的第一句话便是抢白林宇风，这让脾气急躁的林宇风当场变了脸色。

“李磊你小子是不是故意来给我添堵的？你半天不说一句话，一张嘴就反驳我你有意思吗？”

“因为我们中间就你话多。”李磊咧咧嘴答道。

“你……你别以为扎中我你就多了不起了，我告诉你，要不是因为老子当时走神……”

“行了林宇风，可以了，停。”司徒萧连忙打断林宇风，“刚才顾教授的话还没有说完，你俩先别斗嘴了。”

“怎么没说完，不是说黑域一直在变化吗？”林宇风脾气虽大但脑子反应很快，还嘴时毫不含糊。

“顾教授，你说的一直在变化到底是什么意思？”司徒萧没有理睬林宇风，而是看向全神贯注的顾茂昌。

顾茂昌抬头看一眼坐在前面的小队成员，指指笔记本说：“自从黑域落到地表，它的频率发生了变化，现在处于一个极低的频段上，同时噪声加大，这可能是势能减少以及距离缩小造成的，但最让人担忧的是它的范围数值在不断变化，虽然很缓慢，但经过比较可以发现，黑域的直径正在以每小时0.1米的速度扩大。”

“乖乖，看来这东西是吃土的！”林宇风一拍大腿说。

“你再敢插嘴，信不信我把你扔出去跟车跑？”李若辰瞪眼低吼道。

顾茂昌却摆摆手：“宇风说的这个可能性也是存在的，之前黑域一直没有变化，接触地表后却有了持续稳定的生长，说明它很可能吸收了地表甚至是地下物质转化为自身能量。”

“顾教授，你觉得这是个什么东西？”司徒萧犹豫了一下，还是问道。

K小队的四名队员都沉默了。毕竟，他们马上就要面对这片古怪的黑域，甚至要与它进行殊死战斗，但在这一切开始前，他们需要先知道黑域到底是什么“鬼”。

面对四个人询问的目光，顾茂昌无奈地摇摇头。

“还没有到现场，我也没办法确定，不过我已经通知了阿浩，让他马上赶过来，还向上层申请，邀请修杰加入观测和研究。”

“阿浩的手术没问题了？”李若辰问。

顾茂昌“嗯”了一下表示肯定。

“教授，修杰如果加入，那夜族的其他成员呢？比如何翎羽，还有旅行者乐队。”司徒萧问。

“还有他的安琪——”林宇风故意拖长声音。

“这个暂时还不知道，不过我猜想，修杰在弄清事态之前，是不会把这些事告诉何翎羽他们的。”

司徒萧的脸上闪过一丝失望，之后又释然点头：“这样也好，至少能保证他们的安全。”

顾茂昌从笔记本屏幕上收回目光，抬起头看向副驾驶位上的司徒萧，他盯着司徒萧怅然若失的侧脸，张了张嘴又哑口无言，犹豫着该不该提醒司徒萧注意一下和安琪的关系，就在这时，李磊低沉洪亮的声音在耳边响起，里面还掺杂着一丝惊讶。

“我看见了！在那里！”

“什么呀？”

“让我看看！”

“在哪里？”

“你别挡我！”

车上几个人一起向李磊手指的方向看去，但他们的目力远不及李磊，只能巴巴地伸长脖子瞪大眼睛，向那个方向拼命搜寻。

车子又飞驰了五分钟，车厢里寂静得可怕，除了李磊和前面的司机，所有人都屏住呼吸，直盯着窗外的满眼黄沙。

终于，李若辰、林宇风和司徒萧异口同声地发出惊叹。

“天哪！”

“我去！”

“这是什么东西……”

只有顾茂昌一言不发，他远远望着地平线上那根黑色的“擎天柱”，脸色阴沉，扣着笔记本的手指因为用力过度，指关节已经发白，还在微微颤抖。

这场未知的命运终于到了拉开帷幕的时刻。无论是“盘古”、常琳、修杰，还是坐在这车上的K小队成员，以及目前可能还不知情的何翎羽等人，他们所出演的只不过是这场宇宙命运的序幕篇，而真正的宇宙变革，正在黑域深处静静地等待着顾茂昌等人去开启。

当一行人终于到达第一实验基地，近距离地观看黑域的全貌，几个人的脸色一个比一个难看。它实在是太大了，大到遮天蔽日，即使站在几十公里外，那种庞大和昏暗的感觉也异常强烈，仿佛世界末日一般。

第一实验基地外已经停满了汽车、卡车以及便于移动的轻型装甲车。彭飞正等在门口，看到顾茂昌等人的车驶近，连忙招手。

“顾教授，你终于来了。”彭飞的声音有些急迫，他指了指高耸的观测塔说，“这里人多，我们上去说吧。”

顾茂昌点点头，“嗯”了一声便跟着彭飞进入基地，乘上通往观测塔的升降梯，K小队的成员也一同前往。

“修杰和白浩到了吗？”升降梯里，顾茂昌问彭飞。

“白浩十分钟之前已经到了，修杰应该还在路上。”彭飞答道。

“还有其他熟人吗？”顾茂昌又问。

彭飞摇头说："没有了，至少基地里没有，警方的人都在附近的城镇指挥疏散和转移。"

"已经到了转移民众的地步吗？"顾茂昌反问。

"顾教授，等你看到就明白了。"

彭飞说着，升降梯已经到了观测塔顶，几个人鱼贯而出，站在宽大的观测厅中。

观测塔在实验基地侧面，刚好是最靠近黑域的那一端，就算不借助设备，也能清楚地看见黑域附近的情况。一进观测厅顾茂昌就察觉到不对劲，虽然技术人员都各自忙碌，但空气中却充斥着浓浓的焦虑和不安。

从连接高倍图像采集设备的屏幕中，能将黑域看得更加清楚，但目之所及，也只能看到浓密的黑色雾状体，在缓慢地翻卷流动。

"这些我在路上已经看到了，单从外观依旧无法判断它是什么东西。"顾茂昌说，"这边又是怎么回事呢？"

顾茂昌盯着另一块屏幕，那是黑域方向的全景拍摄，从实验基地到黑域之间，绵延数公里都是车队，但所有的设备和车辆都在距离黑域圆柱外侧十几公里的地方停下来，围成一个整齐的扇面圆弧，像是在对黑域进行围困。

"我们的人已经没办法再靠近了。"彭飞说。

这时，升降梯开门的声音响起，白浩从里面匆匆走出。

"顾教授，你终于来了！"

顾茂昌点点头，看着白浩走到跟前。他还是那么瘦削，鼻梁上架着的眼镜几乎遮住了半张脸，左眼上的疤痕依旧，但眼眶处不再塌陷，而是多了一只义眼。

“阿浩，眼睛不错。”

黑域就在眼前，白浩大概没想到顾茂昌会这样和他打招呼，愣了一下才反应过来：“啊！是挺好的，已经习惯了。教授，你对那个东西怎么看？”

白浩向观测塔外黑域的方向努努嘴，神情严肃。

“很不乐观，如果不能及时得到控制，第一实验基地也很危险。”顾茂昌回答。

“什么？这东西还能扩张到这里来？”司徒萧闻言惊讶地问道。

“没错，虽然数据的变化并不明显，但一直在变，如果我们没办没消灭它，这里早晚会和监测站一样。”白浩说着，习惯性地推了推眼镜。

“彭飞，你刚才说你们没法再接近黑域，到底是怎么回事？”顾茂昌转头又问彭飞。

彭飞的脸色很难看，欲言又止地看看众人，最后索性说：“我让他们把画面调回去吧，你们看一下就明白了。”

按照彭飞的要求，技术人员调出之前的监控录像，顾茂昌等人目不转睛地看着屏幕。

为了便于观察，技术人员对录像进行了快放，画面里，由轻型装甲车开路，大批车辆正从基地驶向黑域，随着车队离黑域越来越近，速度也慢了下来。突然，画面里有什么东西一闪而过，接着所有前排车辆开始停车示警，使得后面的车都跟着停了下来。

“好了就到这儿。”彭飞说，“倒回去一点。”

“刚才发生什么了？”顾茂昌问。

“走在最前面的车消失了。”李若辰突然说。

“李若辰？”顾茂昌转头惊讶地问，“你真的看清了？”

李若辰点点头，不等她再开口，彭飞便说：“她说得没错，走在第一排的装甲车一瞬间全部消失，所以后面的车才发出警示，你们看。”

这时，画面转成慢放，放大显示走在前面的几排车辆，顾茂昌不禁眯起眼睛看着第一排的车辆，想知道它们是怎样凭空消失的。

车子行驶得极其缓慢，一开始什么事都没有发生，突然间，就像是经过了一个临界点，在慢放中可以清楚地看到，最前面的一辆装甲车先是前轮离地，接着像是被什么拖着一样猛地向前一窜，消失在画面中。

“嗯？”顾茂昌忍不住出声。

“停，倒回去重新慢放一次。”仿佛知道顾茂昌的想法，彭飞发出了命令。

这段录像前后播放了六遍，但无论将画面锁定在哪辆车上，它们的情况都是一样的：突然前轮离地，之后向前一窜消失。

“消失的装甲车一共有七辆，我已经向上级做了失踪汇报。”

顾茂昌点点头，他终于明白，为什么那么多军用车辆都停在固定的位置上，为什么观测厅里的气氛压抑紧张，原来在他赶来的路上已经出了状况。

“顾教授，我觉得整件事有些奇怪。”白浩率先开口。

“你说说，看和我想得是不是一样。”顾茂昌答道。

“首先，黑域在雷暴天气中开始活动，之后向地面扩张，‘袭击’了监测站，并且在接触地表后持续增长，说明黑域很可能需要从外界吸取能量。至于它的形态，我猜想是某种未知物质或能量的量子态，它可能来自遥远的星球，也可能来自更高维度的宇宙，总之还没有被我们发现，所以无法进行检测。”

顾茂昌点点头，正要开口，一个熟悉的声音在身后响起。

“说得很精彩，我果然没有看错人，当然，还有句话叫做名师出高徒嘛，你说是吗，老师？”

顾茂昌的眉头不禁微微一皱，来人正是修杰，他一身运动装，看起来很悠闲，但他身后跟着的三名荷枪实弹的军警却是一脸警觉，似乎随时打算一枪让他的脑袋开花。

“你们下去吧。”彭飞有些尴尬地命令道。

三名军警转身离开，修杰毫不在意地摇摇头，笑道：“真有这么自不量力的人，我已经说了是顾茂昌请我来的，但他们还在门口拦住我，坚持要护送我上来。”

“这是军人的职责。”李磊冷冷地反驳道。

修杰淡淡地看了他一眼，竖起食指轻摇：“以你的年纪，根本不配和我谈职责和使命。当然我知道，顾教授找我来，不是为了讨论这些，可是关于那片黑域，我们有什么可谈的？”

“不，我们必须好好谈谈，不管你是修杰还是夜王，我们都要合力阻止黑域的扩大。”

“我们阻止不了。”修杰突然露出一个诡异的笑容，“我比你更了解宇宙，虽然只停留在三维世界的程度，你想阻止它，不可能，我们谁也做不到。”

“如果不能阻止黑域的扩张，地球迟早会被吞没！”

顾茂昌激动起来，修杰却平静地踱了两步，看着观测厅里的屏幕咂舌。

“一夜之间就产生如此大的变化，就是夜族最为鼎盛的时期，也不过如此吧。”

“修杰，我们必须阻止它……”

顾茂昌情急之下想要走上前去，却被林宇风一把扯住手臂。林宇风对顾茂昌摇摇头，司徒萧也在一旁点头，似乎是赞同林宇风的做法。

修杰并没有回头，但身后发生的事，他似乎全都看在眼里。

“老师，你口口声声说要和我合作，但你看看你的小队。还有，我答应同人类合作，并不是为了保护地球，而是保护整个三维宇宙空间，坦白说，如果有朝一日机会成熟，我依然会选择让宇宙回到十维空间，所以……”修杰突然转过身，意味深长地看着顾茂昌，“我们并不是真正意义上的盟友，我能尽快赶到这里，已经是最大的诚意，除此之外，你最好不要再向我提出任何要求。”

“修杰，你不应该这样对顾教授说话。”白浩推了推眼镜说道。

“为什么不可以？就因为我没挖掉他的眼睛吗？”修杰冷笑道，“再说，你的顾教授还什么都没说，你跳出来干什么？想让我收了你的右眼吗？这样你的第一只义眼就不孤单了。”

“多行不义必自毙！”白浩狠狠地说。

“好了你们……”

“你他妈再狂！你再敢这么跟老顾说话我揍得你满地找牙！”

顾茂昌的话还没有出口，林宇风就已经破口大骂，修杰脸上露出鄙夷的神情，这让林宇风更加恼火，他不顾李若辰等人的拉扯，用力向修杰的方向挣去。修杰叹了口气，林宇风顿时感到浑身麻痹，整个人僵在原地无法动弹，不单是林宇风，就连站在林宇风旁边的李若辰和司徒萧也感到四肢麻木、无法发力，一股强大的压迫感席卷整个观测厅，在强大的场力干扰下，设备开始发出尖锐的警报声。

“停下！阿杰！快停下！”

情急之下，顾茂昌大叫起来。修杰瞥了一眼设备，收回了自己的力量，一切又恢复了正常。林宇风刚一摆脱束缚就又想上前和修杰较量，被李磊和司徒萧死死抓住，不料林宇风竟使出瞬移从两人的手臂牢笼中逃出，再出现时人已到了修杰背后，可见十五天的特训成果斐然，而此刻李若辰早已扑出，直奔修杰身侧，但还是晚了半拍。

修杰却并没有理睬林宇风，他的视线穿过观测塔的钢化窗口，聚焦在柱状黑域上，就在林宇风咬牙切齿地挥起拳头向他脑后砸来时，修杰的一句话，让在场所有人都石化当场。

“它又变大了，这次是以人类肉眼可见的速度。”

话音未落，只见屏幕中围成扇形圆弧的车队猛然向后倒退，有几辆发动较慢的车子则被吸入黑域的力量范围，转眼便消失不见。

发生在短短两秒内的变故让观测厅里的人顿时冷静下来，双方的合作也在这一刻正式达成，接着，修杰向顾茂昌建议，一起到黑域附近进行观测。

“这太危险了。”彭飞说。

林宇风也不同意顾茂昌进行实地考察：“你没看见那么多车都被吸进去了吗？就你这一百多斤的分量，我都能抱走，更别说黑域了！”

顾茂昌却摇头道：“我们对黑域的了解越少，情况就越危急，这个风险是一定要冒的。”

经历了两次“吞噬”事件，驻守在黑域附近的军队和科研人员有了经验，他们找来探测时专用的标记车，在地上用细长的检测杆标出几层警戒线，每一层之间相隔一米，只要警戒线不被破坏，它外围的空间就是相对安全的。

顾茂昌让人将车停在外围，在车上换好防护服，打算下车亲自感受一下。林宇风也换上防护服，守在顾茂昌的身旁，而修杰却没有丝毫防护，就这样下了车，向里面的警戒线走去。

“危险！你别过去！”顾茂昌在防护服里大叫。

修杰没有回头，只是向摆了摆手，示意顾茂昌跟上。

“顾教授，我们不动，让他自己往前走好了。”林宇风说着，转头看向顾茂昌的位置，却发现顾茂昌已经拔脚跟了过去，于是疾走两步追上去。

三个人停在第五道警戒线外，这里离禁区只有四米多，空气中充斥着震颤，虽然频率低到人体无法察觉，但依然会影响人类的身体机能，在这里每迈出一步，都让人战战兢兢，有种随时要被黑域吸入的感觉。

修杰虽然曾是人类，但如今的他早已和夜王合二为一，极大地弥补了人类躯体的脆弱无力，但即使是这样，他也不敢再前进一步。

在如此近距离的地方，根本无法布置检测设备，黑域的范围随时可能从第一道防线扩张到这里，所以站了一会儿，修杰对顾茂昌点点头，三个人缓缓地走回车子。

“怎么样？发现什么没有？”顾茂昌还没有脱下衣服，林宇风就已经摘掉头盔急着问。

“你不是跟去了吗？怎么还问？”司徒萧笑着问。

见到三人平安无事，留在车上的几人心里都松了口气。

“哎！当矬子不说短话，我林宇风也就是会赌、会泡妞，你让我看外星来客我哪看得明白？”

“阿杰，你有什么感觉？”

“和之前数据分析得出的结论一样，这不是正常的气候现象。至于是什么，我们就在这里就近观测吧，我估计，黑域现在的扩张还是匀速、缓慢的，怎么也要几天才能到现在这个位置。”修杰搓着手，淡淡地说。

“你没穿防护服，有没有不适的感觉？”顾茂昌关切地问。

“就你们那破衣服能挡的东西，我根本不怕……不过，你们穿着衣服可能不觉得，越靠近黑域，温度越低。”

“可是数据上并没有显示……”白浩盯着屏幕说道。

“所以它吸取的不是热量，而是能量。”司徒萧突然说，“防护服可以阻隔内外能量，所以顾教授和林宇风没有感觉，但修杰不一样，他既没有穿防护服，身上能力又极为充沛，所以这种反应也很明显。”

“你们这里终于有明白人了。”修杰说着靠到椅背上，冷冷地环视车上的人，“那么，开始观测吧，我突然有些迫不及待地想知道答案了。”

此时，欧洲大陆正沉睡在浓浓的夜色中。虽然已是凌晨，但米兰的街上并不安静。酒吧的门里透出昏暗的灯光，欢呼声和咒骂声夹杂在一起，这是属于球迷的狂热夜晚。

酒吧里人满为患，啤酒和彩旗到处都是，人们挤在屏幕前，跟着赛况解说员一起嘶吼。

“他接过队友从边路的一记传中！门前没人！好极了！只见他带球冲入禁区，临门一脚！”

就在所有人都憋足力气准备跟着解说一起大吼一声“球进了”时，屏幕突然一花，之后闪了闪，画面转为“无信号”的错误提示。

怒骂声顿时响起，其中还夹杂着酒瓶碎裂的声音和酒保的惨叫声，一群球迷蜂蛹而出，想到隔壁酒吧观看比赛，却迎面撞上从隔壁酒吧奔出的球迷。同一时间内，整条街上酒吧里的电视全部发生故障，不仅仅是这条街，整个意大利，还有临近的几个国家，都发生了同样的情况。

很快，各国政府纷纷出面解释，声称由于一场太空撞击，产生的冲击波干扰卫星导致其失灵，造成了直播信号中断，他们会尽快修复。果然，不到几小时的时间，电视信号恢复了正常。

当然，“太空撞击”的谎言并没有被民众质疑，毕竟很少有人会真正关心卫星到底发生了什么，对一个工薪阶层的普通人来说，只要下班后能看上几集轻松幽默的电视剧，就什么都不想多管了。

只有各国当局自己清楚，所谓的对卫星进行修复，无非是几个国家紧急将自己境内的无线通讯转到目前通讯还正常的国家的卫星发射，而那些被官方宣称遭到撞击的卫星，无一不是被黑域所吞没。

看着卫星观测图上中国西北部的那一点空白区，联合国的人坐不住了。

顾茂昌正在观测车内盯着数据出神，几个小时里，黑域又悄悄地扩大了它的领地，安全起见，所有的车辆又向后退了一些。顾茂昌已经叮嘱彭飞，在他们没有弄清黑域的情况之前，尽量避免任何形式的损失和牺牲。

顾茂昌看看周围，修杰正透过车窗平静地看着外面的黑域，李磊靠在座位上打盹，司徒萧闭目养神，李若辰活动着手指手腕，林宇风一会儿看看这个，一会儿看看那个，也是一声不吭，而白浩作为他的助手，一直守在电脑旁，盯着缓慢变化的数据，试图从这些数字中看出其中的玄妙。

顾茂昌突然觉得，似乎所有人都在静静等待，等着向黑域发起进攻。顾茂昌又转回头来，发现修杰正看着他，他勾起嘴角向修杰微笑一下，但修杰丝毫没有回应顾茂昌的友好，而是用他那双不再是人类、异常犀利的眼睛盯着顾茂昌。顾茂昌正想收回目光，却惊讶地发觉自己的身体已经不受控制，顿时有些惊慌。突然，一道声音在他的脑海中划过，那是修杰的声音，但又不完全是，它同时还是夜王的声音。

“顾青死的时候，你后悔过吗？”

顾茂昌的恐惧已经到达极限，他开始发抖，甚至感到自己的瞳孔正在不自觉地放大，意识到这点，顾茂昌反而平静下来。失去了顾青和常琳，现在的他活在这世上，不过是为了更好地善后，除了保护地球免受毁灭，他想不出自己还有什么价值，所以……如果能就这样死去，也是一种幸福。

顾茂昌想要微笑，却依旧无法动弹，眼前是修杰凌厉的目光，慢慢地，那目光变得像常琳一样幽怨灰冷，继而又像顾青一样清澈明朗。此时，顾茂昌真想闭上眼睛，让时间停在这一刻。

他好像真的闭上了眼睛，周围的一切都暗下去。不知过了多久，他听到白浩的声音。

“顾教授？顾教授？”

顾茂昌猛地睁开眼，发现自己靠在椅背上睡着了，他急忙转头看向窗边，发现修杰还坐在那里，看着窗外，周围一切正常。

突然，车上的电话响起来，顾茂昌深吸一口气，定了定神，接起电话。

“喂，我是顾茂昌。”

“顾教授，我是彭飞，黑域的扩张已经干扰到其他国家的卫星通讯，联合国办事处向我们询问情况，我们怎么回复？”

“已经闹得这么大了？”顾茂昌惊问，接着沉吟一下道，“你让他们等一等，这件事我会负责解释的。”

“好的，我会转告他们，另外，对黑域的近距离观测有什么结果吗？”

“暂时还不能下结论，一有消息我会第一时间通知你。”

放下电话，顾茂昌疑惑地再次看向修杰。

刚才那种强大的压迫感到底是他的梦境，还是真实存在的？顾茂昌可以断定，修杰完全有能力做到这一点，但他的目的又是什么？察觉到顾茂昌的注视，修杰慢慢回过头来，对顾茂昌轻轻地笑了一下，那笑容意味深长，让顾茂昌不禁脊背发凉，觉得更加诡异。

第十三章　未知恐慌

移动城内，肤色和国籍各不相同的生物学专家鱼贯而出，行到空旷处，还三三两两地结伴边聊边走。何翎羽站在出口的台阶处，用纯正流利的英语和这些人道别。

“再见！希望下周在巴黎的会面同样愉快！”

何翎羽微笑地注视着最后一名专家离开，之后转身向大厅尽头走去。通往移动城内部的门还开着，何翎羽走进去，打了个响指，大门慢慢合拢，露出门后两只硕大的天蛾人，它们推动高大的门板，轻松地将金属门合拢。

“好了，你们可以休息了。”

何翎羽说完，两名天蛾人离开大门，沿着走廊走了几步，便急不可待地鼓动翅膀，转眼消失在走廊尽头。

看着天蛾人的样子，何翎羽摇着头鄙夷地说：“兽就是兽，混再多人类基因也没有用。”

他向天蛾人消失的方向走了两步，突然站住，转身盯着身后的门，用不太友善的语气说："出来吧，我闻到你了。"

门紧闭着，但何翎羽确定地走上前，站在门口。

"我已经说得很清楚，你是我的手下，更是我的伙伴和战友，但我……"

何翎羽的话还没说完，门突然被打开。

"别再说了！别再对我说你爱的是安琪！别再这样伤害我……"

洛冰站在门口，红得刺目的眼睛里噙着泪，因为过度的委屈和伤心，她浑身都在颤抖。

"翎羽哥……我只是想这样看着你，在后面偷偷地看着你就好，你为什么要戳穿我！"

"我不想让你越陷越深，那样只会带来无尽的痛苦。"

何翎羽说着，转头打算离开，洛冰却追出来，哭着对他的背影叫喊。

"你也在忍受同样的痛苦不是吗？司徒萧！司徒萧的出现，夺走了你的安琪！"

洛冰的话在走廊里回荡，何翎羽深吸一口气，喉咙里发出低沉的吼声。洛冰愣在他身后，有些惶恐地看着他的背影。

"安琪她……从来都不是我的，至于司徒萧那小子，有机会我一定会让他尸骨全无！"

何翎羽的话语似乎给了洛冰勇气，她小步上前，放肆地伸出双臂，从背后环住何翎羽。

"翎羽哥……你知道的，我永远不会背叛你，永远都会在你身边，因为我……"

洛冰的表白还没说完，何翎羽已经粗暴地从她的环抱中挣脱。

“洛冰，够了！等一下我们有客人来，你去把安琪叫出来。”

“客人？”洛冰收回手，疑惑地看着何翎羽，“是什么人？为什么一定是安琪？”

“我说了，去把安琪找来。”

话音未落，何翎羽已经沿着走廊大步离开。洛冰独自站在灯影下，难看的脸色越发阴沉。

何翎羽经过走廊，来到侧厅的一扇门前，将手掌按在扫描器上。门打开了，站在何翎羽面前的是刚刚离去不久的一名生物学家。此人身材瘦小，神态严肃恭谨，衣着考究，有着东方人的五官和肤色，无需自我介绍，他的国籍也一目了然。

见到此人，何翎羽咧开嘴笑了。和之前礼貌收敛的微笑不同，这一次他笑得凶相毕露，深藏在血液里的野性几乎要从两侧的犬齿尖端喷射而出，惊得那名生物学家下意识地向后退了一步，这时何翎羽才意识到自己的失态。

“小林先生，既然您已经站在这里，我是不是可以理解为，您已经同意与我们合作了？”何翎羽笑眯眯地问，一口标准的日本语言，短而急的音节和他健壮的身形很不协调。

“何先生，我不是很明白您的意思，我认为我们现在正是在合作，您和您的伙伴正在与我们各国生物学家合作。”

“我们当然正在合作，可是，如果只是想进行这样的合作，您也不会在研究结束后悄悄折回，再从消防通道来到侧门外吧？”何翎羽的脸色突然一沉，“小林先生，我喜欢办事果断的人，你最好不要试探我的耐心。”

被称作小林的男人明显迟疑了一下，接着犹豫地清了清嗓子，问：“何先生，我想知道，您在信中提到的高端生命技术，到底能不能提升一个国家的战斗力和……”

“嘘！”何翎羽将手指放在唇边，阻止小林再说下去，“如果我是你，会选择先看一下。”

说着，何翎羽做出一个“请”的动作，示意小林穿过侧厅，进入走廊。

移动城对于这些生物学家来说已经不再陌生，小林跟在何翎羽身后半步，自然地走在走廊里，一边还小心地夸奖：“何先生，从第一次见到你我就非常惊讶，很难想象一个人怎么能同时精通这么多门外语，并且能在其间自如地切换使用。”

何翎羽脸上的冷笑很明显，声音却平静：“小林先生，如果我是你，就不会对别人的事这么感兴趣。”

“请原谅，是我太冒昧了，但您真的是很少见的厉害人物……”小林恭维的话语伴着何翎羽的脚步声一起消失在一扇门后。

移动城内部的空间相当大，足以容纳现存的夜族与旅行者乐队一行人居住使用，就在何翎羽带着小林深入移动城之际，有人敲响了安琪的房门。

此刻安琪正偎在沙发里，拿着一条考究的领带在细长的手指上绕来绕去，细细地闻着味道。自从得到了夜王的力量，她的习性与猫越发接近，隔着厚重的大门，安琪便闻到客人的味道。她皱皱眉，有些不情愿地起身过去开门。

“洛冰，有事吗？”

洛冰那张浓妆艳抹的脸出现在门口。

“翎羽哥找我们过去。”

“我知道了，你先去吧，我收拾一下就去。”安琪说着向沙发走去。

不想洛冰却跟进了房间，安琪转头看去，发现洛冰正目光凌厉地盯着她手中的领带。

“你说的收拾一下，是要去除气味吧？”洛冰突然问道。

“这和你没关系。”安琪冷冷地答道，拉开沙发下面的抽屉，想将领带收回去。

“既然你舍不得丢掉，就由我来帮你处理吧！”

洛冰说着，整个人已经冲到安琪面前，因为距离太近，又有浓艳的彩妆，她的五官显得异常扭曲，神情也变得十分诡异。

“你干什么！”安琪猛地向后一跃，玉腕轻抖，之前提在手里随意飘荡的领带转眼已经服帖地缠到手上。

洛冰一击扑空，稳稳地站好，有些不屑地看着安琪。

“我闻到了敌人的味道，那个姓风的小子，你手里的领带是他的吧？我提醒你，翎羽哥的嗅觉不比你的差，若是让他闻出半点气味……这后果你是知道的，所以我劝你把领带交给我，为了你好，也为了我们大家。”

洛冰说着一步步走向安琪，随着她的步伐，背后的翅膀在慢慢张开，很显然，她打算通过变身来威胁安琪。

安琪却冷哼道：“我的东西还轮不到你来处置，洛冰，你现在与其像个怨妇一样破坏别人的幸福，不如回去对着镜子好好想想何翎羽为什么不喜欢你！”

“闭嘴！我的事不用你管！我也不许你叫他何翎羽！”洛冰被说到痛处，顿时眼睛圆瞪，大声说着，人已经向安琪扑了过去。

“你到现在还不懂吗！何翎羽他讨厌泼妇！”

“不！那只是借口！他不爱我，是因为他喜欢你！”

安琪一心护着手中的领带，不料洛冰却直奔她的头颈而来，慌乱中抬手一撞，将洛冰推开，再看时，眼前已经空无一人。

安琪不禁一怔，却听到头顶传来细微的呼吸声，猛地抬头看去，果然看到洛冰匍匐在屋顶，头向后仰着，恶狠狠地瞪着她。

“洛冰，你要干什么？”安琪的语气中多了一丝气愤。

“安琪，你是翎羽哥最在乎的人，我不杀你，但我要诅咒你，诅咒你和司徒萧！诅咒他总有一天会死在你手里！”

“哼，痴人说梦！”安琪不屑地冷声道。

洛冰换了个姿势，向前爬了几步，绕回来从正面盯着安琪，细声细气地开口。

“你别忘了，‘天人’与人类的和平只是暂时的，总有一天我们会重新开战！到那时候，就算你不动手，我也一定要杀掉那个姓风的小子！祝你们好运！”

洛冰说完向前一跃，翩然落在门口，潇洒地离开了。安琪追到门口，确认洛冰已经走远之后才回到房内。她将领带塞到沙发下，又从柜子里翻出一个大瓶子，晃动几下，瓶口处便喷出大量白色雾气。安琪放下瓶子，在雾气中站了一会儿，之后仔细闻闻手上的味道，这才放心地开门走了出去。

何翎羽并没有待在他平时喜欢的培养室内，但他给安琪留了讯息，让她到最下层的训练场去找他。安琪来到训练场外，看到何翎羽正站在监督台上，洛冰守在一旁，而小林正趴在监督台的边缘兴奋地看着场内正在训练的夜族。那是天蛾人与半蝎人的战斗，一个在空中灵活地飞舞，一个在地上敏捷地爬窜，二者的战斗力旗鼓相当，战斗精彩而血腥。

何翎羽第一时间察觉到安琪，抬手招呼她过去，而洛冰则将脸扭到一旁，装作没看见。

“小林先生，介绍一下，这是安琪。”

小林不舍地从训练场上收回目光，投向安琪，礼节性地问候一句“初次见面请多指教”，之后便又转头盯着场内。

“您好。”安琪淡淡地说着，看向何翎羽，仿佛在问他为什么带人来参观训练场。

何翎羽向她轻轻点头示意，安琪便退后一步，和洛冰并肩站在一起。

“小林先生，看了它们的战斗能力，您觉得我的建议怎么样？”何翎羽问。

小林转过头如梦初醒般盯着何翎羽，之后用力点头。

“太好了何先生！实在是太好了！”他正兴奋地称赞着，忽然注意到洛冰和安琪两人站在何翎羽身旁，顿时用警觉的目光盯着她们看。

“刚才已经向您介绍过了，这是我的两名助手，洛冰和安琪，也是旅行者乐队的成员，拥有夜族力量的人类。”

小林有些疑惑地回忆了一下，接着点点头，有些抱歉地解释：“我大概是看得太投入了，没有留意，实在是不好意思，让您困扰了！”

“我没什么，至于她们，您也不必感到抱歉，她们听不懂我们之间的谈话，所以小林先生有什么想法尽可以告诉我。”何翎羽微笑着说。

“何先生，我非常愿意同您还有您口中的夜族合作。”小林难掩语气中的兴奋与激动，“这是我的荣幸，也是我为天皇效力尽忠的好机会。”

“这么说，您决定了？”

“是的，我决定了，何先生。”小林说着，忍不住又瞥了一眼训练场，“夜族的力量实在比我想象中强大太多，远远高于我们在实验室里分析得出的数据。”

“那是一定的，实验室里只能检测到正常运动状态下的生物体征，你们见到的只是基因改造和融合后的表象，只有进入战斗状态，它们属于夜族的力量才会真正凸显。但是，在做这些之前，必须有足够的人体来进行试验……”

“这就是何先生口中的核心技术，对吗？”

“没错，我会向你提供我们所掌握的人体克隆技术，以及夜族嗜血基因与人类基因的适配方式，而我们想要的，只是一个战争打响后的盟国，关于这一点，小林先生能做到吗？”

“我以自己的性命和天皇的荣誉起誓。”

“很好……”何翎羽走到小林身边，和他一起看着训练场里的夜族。

此刻，天蛾人的翅膀已经被半蝎人扯掉了一只，而半蝎人的尾巴已经断掉，二者都浑身血迹地躺在场外，喘息着死死地盯着对方，随时准备给予对方致命一击。

“所以你看，有了它们，你们何必去在乎有多少军队？他们不让你们有军队，但你们拥有比全世界的军队加在一起还要强大的战士，只要黑域的问题解决……”

何翎羽的话还没有说完，天蛾人就借着仅剩的翅膀高高跃起，一个俯冲砸在半蝎人的背上，尖利的叫声以及外壳碎裂的声音传到监督台上，听得人头皮发麻。

但何翎羽的神情却没有丝毫变化，语气也是志在必得。

“人类的世界，我们坐享其成。”

第一实验基地的一间会议室里，顾茂昌坐在电脑前，正在与因黑域问题入驻中国的联合国代表团进行视频会议。

虽然联合国代表们一致认为，出现如此严重的状况，中方代表应该当面给出解释，但这个要求被顾茂昌拒绝了。黑域正在悄无声息地扩大，他必须时刻守在第一实验基地，观察它的动向。

“顾教授，按照您刚才的说法，黑域是在你们完全不知情的情况下扩大的，那么中方打算用何种方式控制和消除黑域的影响？”提问的是美国代表。

“为了尽可能地将民众恐慌降到最低，我们已经紧急疏散了附近居民，派出武装直升飞机在黑域周围进行空中巡逻，地面更是有多重防线。”

“顾教授，我想美方代表想要了解的，是关于卫星失踪的解决办法，如果不能有效地消除黑域，民众恐慌是迟早的事。”接话的是英国代表。

"是的顾教授，作为和中国毗邻的国家，我们对黑域的扩大相当担忧。"韩国代表也跟着附和。

投影幕里，联合国代表们围成半圆，正襟危坐地盯着摄像头，也透过摄像头盯着顾茂昌。

"目前，对于黑域的原理和成因我们还没有进一步的了解，只能尽快分析调查，再想办法控制和消除它。"

"它已经吞噬了你们的实验基地，还有我们的卫星！顾教授，恐怕不等你们调查清楚，黑域就会连空间站也吞掉，全球的通讯都将中断！事实上，我国现在的一切通讯都要借助英国卫星，我们需要尽快解决这件事。"法国代表恼火地说。

"是的，我们在中国驻扎，就是为了第一时间了解黑域的动向，而不是在通讯中断后发现问题。"英国代表推波助澜。

"诸位，我认为你们不需要过分紧张。"日本代表突然发言，脸上挂着莫名的微笑，"黑域的出现地点是在中国西北部人烟稀少的地方，无论它以何种方式扩大，一段时间内都会停留在中国西北部，我们有充足的时间对它进行研究。"

日本代表的话一说完，大部分与会者的脸上露出释然的神情。

"我不想反驳日本代表的观点，但从俄罗斯的地理位置来看，黑域在中国西北部扩大的结果，会直接影响到我国。"

"我认为日本代表是在鼓动其他国家采取观望态度，毫无顾忌地将中国放在危险的第一线！"巴基斯坦代表大声说。

"很抱歉让你误解了，但我并没有这个意思，我只是想替顾教授争取时间。"日本代表辩解道。

“我也这么认为，日本代表只是在试图缓和气氛。”韩国代表又开口。

“但是黑域不会给中国时间，黑域想要扩大到日本和韩国地区，必须先经过中国的中东部地区，也是人口最为密集的地区，你们现在不考虑派出专家共同研究对抗，而是将处理黑域的责任全都推给中方！”巴基斯坦代表有些激动起来。

“如果你坚持这种论调，我可以起诉你诽谤。”日本代表大声说。

“这里不是联合国大会，这里是中方土地，你们到这里的目的就是和中方一起解决黑域问题！”

看着争论的众人，顾茂昌面色平静地站起来开口：“对不起各位，如果没有什么其他想要了解的，我就回去继续观测了，再见。”

说着，顾茂昌已经转身走到会议室门口，拉开门走了出去，留下投影屏幕中的各国代表面面相觑。

会议室外，林宇风正靠墙站着，玩弄着脖子上的项链。那是一条钛合金材质的蛇骨链，听李若辰说，钛合金是制造航天飞船的材料，能将这种合金戴在身上，林宇风心里有种莫名的骄傲感。

顾茂昌一出来便气冲冲地向外走去，并没有留意林宇风。林宇风忙跟上去。

“顾教授，这么快就结束了？这次派来的代表团不错呀，说话办事都这么利索。”

“宇风，修杰和司徒萧那边有消息吗？”顾茂昌没有理睬林宇风的感叹，边走边问。

“没有，没消息。”

“嗯，等下带上李若辰，我们一起去观测车，换他们几个回来休息一下。”

“还要去观测？不就是守在电脑前盯着数据吗？顾教授，这种工作你在哪里都能完成，何必跑到那么危险的前沿阵地去？”

“离得近一些，黑域一有异动就能第一时间知道。”顾茂昌说，“而且，我现在也只能做这么多了……”

不过，当顾茂昌带着林宇风和李若辰重新回到观测车时，修杰却拒绝了顾茂昌的好意。

“我不需要休息，我可以连续十几天不睡觉，只要我想。”

“那阿浩，你和小萧还有李磊先回去休息一下吧。”顾茂昌有些无奈地说。

不料白浩顿时摇起头来，而司徒萧和李磊见修杰不走，自然也不肯走。就这样，在连续几天的时间里，所有人都挤在观测车内，顾茂昌、修杰和白浩死死地盯着观测结果，而K小队的成员则盯着修杰。

终于，经历了连续七天的观测和讨论，将观测车向后移动了三次之后，顾茂昌与修杰就黑域特征达成了一致观点。

“那就这样吧，相关的总结和报告就由你来负责，我先走了。”修杰说着站起身就去拉门把手。

“阿杰你等一下。”顾茂昌急忙站起来，“你……是要回你的移动城去吗？”

“这和你没关系。”修杰干脆地答道，“当然，军方会代替你来询问这些问题的。”

“阿杰，虽然你已经……不再是原来的修杰，但我希望我们还能像以前一样彼此信任，坦诚相待，至少……至少是在停战的这段时间里。”

“顾茂昌，我是该说你善良呢，还是说你天真？”修杰的眼中闪过一丝寒光，观测车里的温度瞬间低了下来，“或许你应该庆幸，我在进入这具身体时因为力量虚弱，没能完全抹杀修杰的意识，你更应该感谢顾青，她让我对这个世界还有一丝爱意。”

听到顾青的名字，顾茂昌的脸色有些发白，他张张嘴，却没能说出什么。

“至于你的好助手修杰，忘了他吧，别把我和他混为一谈。”

“哎呦我还是第一次见到这种人，用着别人的身体，却把自己摘得干干净净，那屁股比脸都干净！”冷场中，林宇风忍不住从椅子里跳起来讥讽道，“修杰，就算你有夜族的能力，也不用在我们面前装，你这么有种你找黑域去！”

“会有那么一天的。”修杰冷冷地说，随后开门出去，离开了观测车。

“我最他妈看不得这种人，有点本事恨不得把鼻孔顶脑门上，他算什么？一条寄生虫！有机会我一定捏碎它！”

林宇风将脸贴在窗玻璃上，看着修杰走远的身影骂骂咧咧。

“行了林宇风，你省省吧。你看看修杰，在离黑域这么近的地方，他就那么走回去了，换了你就得穿上防护服。”司徒萧说。

“嘿，你也向着他说话是吧？他不用穿防护服是吧？我也不穿，我看能出什么事！”林宇风说着气急败坏地去拉车门，回头冲几个人嚷嚷，“你们谁也不用拦我，我今天非出去试试不可！”

林宇风虽然叫得大声，但车里没有一个人起身拦他。白浩忙着整理收集到的数据，顾茂昌无奈地看着林宇风，司徒萧和李磊干脆将脸扭向窗外，而李若辰也只是哭笑不得地看着他，丝毫没有想开口阻拦的意思。

林宇风脸上的怒气顿时变作委屈："你们这帮狼心狗肺的，同生共死的兄弟现在要去送死，你们居然拦都不拦！"

"我们没有你这么鲁莽的兄弟。"司徒萧说。

"你！你们！李若辰……"

"好了宇风，这边的结果出来了，我们可以回基地去了，省得你在观测车里憋得难受。"顾茂昌走上前，拍拍林宇风的肩膀，"我们都需要好好休息一下，接下来的战斗才是真正的硬仗。"

顾茂昌和修杰对黑域的研究报告很快被送到了联合国代表团的手中。由于实地观测暂时告一个段落，顾茂昌离开第一实验基地，带着K小队抵达联合国代表团所在的首都中心，当面向代表们解释和阐述黑域的相关问题。

林宇风守在会议室外，给自己找了一把舒服的椅子。

"林宇风，你才多大岁数，站一会儿你会死吗？"李若辰问。

"你可不知道，这帮人开会有开没有闭，没有几个小时都完不了！我可等不起，我要先坐下歇会儿。"林宇风一边摇头晃脑地说着，一边盯着面前的监控器。

顾茂昌同代表们坐在宽大的会议桌前，很明显，他们已经看完报告，进入了漫长而胶着的讨论阶段。

"黑域是来自更高维度的类黑洞，根据其频率波段以及对卫星、地表、空气和磁场等多项指标的影响，可以判断其与黑洞有相似的特征，它会不断吸收三维世界的能量，转化为自身及四维空间所有……”英国代表读着报告结论，又有了新问题，“顾教授，既然黑域与黑洞类似，那你们怎么确定它是来自更高维度，而不是因‘盘古’毁灭时能量爆发而形成的新型黑洞？”

“关于黑域来自更高维度的判断，我之前已经解释过。首先，我们在‘盘古’即将毁灭前得到的最后信息，足以推断出通往四维空间的缺口已经被打开；第二，黑域用自己的可扩展性，已经向我们证明它来自更高的维度，我尽量用简单的比喻来向你们解释。”

顾茂昌坐正身子，将手边的茶杯摆好，又将自己的手机平放在桌上。

“我不知道各位对高维空间的认识有多少，但如果将四维与三维的区别用三维与二维间的区别代替，演示起来就会方便很多。”顾茂昌指了指眼前的东西，“我的手机现在是平面二维，而茶杯是三维。此时，如果从三维到二维之间产生了一个缺口，一个通道，那么会如何？”

顾茂昌说着，信手从报告里抽出一张纸，盖在茶杯与手机上。

“很显然，因为多了我们称之为高度的第三维度，茶杯与手机之间形成了一个坡度，可以想象，如果只有这一条通道，那么当一颗球从三维茶杯里溢出，它一定会滑向二维手机的方向。这就是为什么我们可以推定，黑域是来自更高维度的产物，依据就是它向三维空间的外延性。”

众人面面相觑，很显然，他们对顾茂昌的解释将信将疑，又一时想不出反驳意见。

“黑洞是来自三维空间宇宙的产物，同样处于三维空间内的我们无法直接观测黑洞，但目前已知的是，黑洞由于自身高质量产生的引力极大，能将任何靠近它的物体吸入，这和我们对黑域的观测结果完全一致，两者之间的不同除了显示在数据上，还有更加直观的现象。由于黑洞受到万有引力以及一系列三维定律和法则的影响，它只吸纳，而不会移动，但黑域不同，它来自更高的维度，对于三维空间来说，它就像是从我面前的茶杯中滚向手机的一颗球，从高能量的维度空间，向我们碾压而来。”

顾茂昌的话在会议室里回荡，紧接着传来窃窃私语的声音。这是联合国代表们第一次感受到来自未知领域的压迫，也是他们在“卫星事件”后再一次露出慌张的神情。就在这时，会议室的侧门打开了，林宇风带着一名工作人员走到顾茂昌身旁，低声耳语。顾茂昌听完吃惊不小，又向工作人员核实了一次，才点头表示知道了。

“不好意思，我临时有事需要离开一下，关于黑域的问题，各位还有什么想要问的吗？”

“顾教授，请等一下。黑域与黑洞相似，这确实对其吸收性做了合理的解释，但是得出了这个结论，我们依旧没办法阻止黑域扩张。为了全人类的安全，我提议派出各国顶尖科学家进驻中方实验基地，进行实地研讨。”美国代表提议。

美国代表的提议似乎道出了在座大部分人的心声，一时间附和声四起，无论是对中国神秘的西北军事辖区别有用心，还是真的为了人类安全，又或是单纯地为了近距离观察黑域动向，绝大多数代表都点头同意，并向顾茂昌投去期待的目光。

顾茂昌却始终抿紧嘴唇，看着蠢蠢欲动的各国代表，一言不发。

“顾教授，您是否愿意向上级反应我们提出的要求？”意大利代表问。

“各位，非常抱歉，我接下来要宣布的消息可能会让你们失望……”顾茂昌环顾众代表，“我刚刚得到消息，就在我们进行会谈的时间里，黑域再次扩大，位于黑域附近的实验基地正在紧急撤离，所以很抱歉，为了诸位的安全，我不能贸然邀请大家前往，还请谅解。”

“什么？黑域再次扩大？报告里不是说黑域距离实验基地还有十公里的距离吗？”

“是的，但它对周围的影响可不止十公里远。”顾茂昌平静地说，“对不起各位，事发突然，我要先告辞了，后会有期。”

第一实验基地里一片混乱，人声嘈杂，大批运输卡车在地面爬行，十几架运输直升机盘旋在基地上空，俨然一派备战的场面。

远处的黑域立在天地之间，变得更加粗大，颜色也阴沉得可怕，很明显，它的能量在逐日增强，在它的影响下，笼罩在第一实验基地上空的空气已经开始颤动，这给设备和人员的转移带来极大的阻碍。

彭飞正在基地调控室里指挥撤离，白浩迎着人流从门外挤进来。

“彭参谋长！联系到顾教授了吗？”

“已经联系到了，几个小时之后他和K小队就会抵达旗海县，预计能和我们的最后一批设备同时到达。”

“那顾教授有没有说什么？我们还要不要留下前沿队伍继续观察？”白浩固执地问。

“观察观察！你还想观察！再观察我们全都得搭进去！”平时文质彬彬的彭飞勃然大怒，“你给我出去！马上撤离！跟着第二批次，现在就给我撤离！出去！”

赶走白浩，彭飞的气还没有消，继续嘀咕着：“一帮科学疯子！为了数据不要命了？他疯我不能疯，在顾茂昌回来之前，我得保证这小子活着。”

“参谋长，旗海县连部电话，2线等待。”

“我知道了！对了，修杰那边有没有消息？”

“对方还没有回应。”

“继续联系！奶奶的……到关键时刻都没影了！”彭飞一边咬牙切齿地说着，一边抄起电话，“喂我是彭飞！”

距离第一实验基地最近的旗海县人口不足千人，但因为这里有罕见的地下河，再加上其流沙地貌，每年都会吸引很多游客，周围还有军队驻守，让这个偏远的县城也颇为热闹。

很多游客会选择跟随当地向导从早年挖掘的井道出发，去参观地下干涸的河床，听向导讲讲好几辈子之前的妖魔鬼怪，最后再领略一下呛着沙土味儿的硬面干粮，这趟戈壁游就算圆满结束，他们会迫不及待地回到位于某个城市的一角，通过照片向他人介绍自己的见闻。

但钟爱戈壁的旅行者还有另一类人，他们搭车、骑行甚至是徒步穿越无人的荒漠，试图在艰苦的自然环境中寻求与他们的生命节奏更有共鸣的东西。这类旅客通常热衷于探险，他们会舍弃公路，翻越石壁抵达目的地，沿着地下河深入探索，或是将登山绳索绑在身上，体验一场夺命流沙。在这种冒险精神的引领下，这些旅行者经常会出现在人们意想不到的地方。

黑域刚刚扩张时旗海县的居民就已经被全部疏散，现在，为了安置第一实验基地的设备，又紧急调来数十台大型起重设备，整个县城看上去就像一个即将交付使用的人造小镇，设施齐全，路上却没有一个居民。

此刻，一辆风尘满满的越野车正在距离旗海县四十公里的戈壁上跋涉，阳光热情地照下来，把挡风玻璃晃得刺眼，与车尾扬起的尘土形成鲜明的反差。

毕果眯着眼睛开着车，跟着乡村音乐随意地哼着。副驾驶上的方小芳昏昏欲睡，他们的欧洲友人布洛奇坐在后座上，看着窗外出神。

毕果今年三十岁，做了五年背包客却不染发不文身，只有占满一脸豪放不羁的胡渣。去年，他靠着出售沿途拍摄的照片和视频，再加上方小芳工作四年的积蓄，贷款买下了这辆越野车，一边旅行一边摄影还贷。所幸在网络直播盛行的当下，他们受到了不少驴友的吹捧，就算一直行进在路上也收入颇丰，用毕果的话，就是只要直播间开着，就能叮当掉钱，这种边玩边挣钱的好事，何乐而不为呢？

方小芳是毕果的女友，两人因摄影结缘，边走边拍。布洛奇则是他们在买镜头时认识的，他有着棕色的头发和白皙的皮肤，父母来自意大利南部，他本人却在中国长大，熟练的普通话里夹着一股顺滑的京腔。

“芳芳你别睡了，快跟我说两句话，不然我也睡过去了。”

毕果说着，伸手在方小芳大腿上捏了一把。

“不是还有布洛奇吗？”方小芳不耐烦地睁开眼睛，四下看看，“睡就睡呗，这周围连个活物都没有，你睡过去也压不着东西。”

“万一再碰上警察呢？”毕果反问，“你看刚才国道上那架势，跟查通缉犯似的，挨个车往回轰。我就纳闷了，这地方也没个山崩地震的，为什么突然就戒严了？”

“有事儿呗！”布洛奇插嘴，“这地方离酒泉也不远，发射个卫星导弹什么的，当然不能让老百姓靠近，搞不好我们再开一会儿还能碰见巡逻车和直升机呢！”

“要我说咱们回去吧，别往前开了，不就是个流沙带吗，哪儿没有啊，万一被警察叔叔请进去可怎么办？”方小芳有些心虚地说。

“怕什么，这不是还没遇见呢吗？”毕果一边安慰，一边将一个望远镜塞进方小芳怀里，“来，你仔细看看周围有什么情况，我好随时停车，要是真遇见军队的人，就说我们开错地方了。”

方小芳刚举起望远镜四下张望，放在腿上的手机就响了。

“毕果，到时间了，你快把直播打开。”方小芳瞥了一眼手机道。

毕果一手抓着方向盘，一手熟练地在手机屏幕上戳了几下，又凑近调整好位置，之后向后一靠，得意洋洋地开口了。

“哈喽大家好，我是毕果，一天不见，有没有想我啊？我现在正驾车行驶在库布齐沙漠边缘，我想说这里景色很好，但你们一定不会赞同，没错，就像你们看到的那样，我们眼前除了沙石什么也没有，没有植物、没有水源、没有生命！只有我们，还有阳光、爱车以及你们！为什么要奔驰在没有路的戈壁上？这个问题问得好，鲁迅曾经写过：地上本没有路，走的人多了，也便成了路。我们行驶在没有路的地方，几年过后，这里就会出现一条、两条甚至是许多条路。”

方小芳的望远镜已经从前方转向了右侧，布洛奇闭着眼睛在打盹，毕果还在滔滔不绝地说着。

“严格来说，这里并不是什么都没有，在我的左手边有一片高大的陡坡，我看不到那边的天空，不知和右手边的是不是一样蓝得透彻！不过，我们很快就能看到那一侧的风景，因为我们这次的目的地旗海县就在那个方向。天啊太棒了！就在前面，你们看见了吗？陡坡快中断了，现在我把镜头调整一下，我们一起看看左边……哦，哦哦！What's that！黑色龙卷风？”

毕果的惊呼是意料之中的，就在车子刚刚驶离陡坡时，天边现出一柱墨色的影子，直通天际，周围乌云密布，似乎在围着那墨色的柱顶旋转。车子停了下来，车里的三个人不约而同地盯着那诡异的场景。

“天气预报并没有说今天有沙尘暴或是飓风现象，更何况，在晴朗的沙漠里来场飓风根本不现实。”方小芳握着望远镜说。

“那是旗海县的方向……”毕果看着导航自言自语，“也许还要更远一些，谁知道呢！”

“毕果，我们离开大路之后又开了多远？”布洛奇问。

“不到二十公里。”毕果想也不想地回答。

“难怪在那边看不到。”布洛奇若有所思，“你们说，这会不会是军队封锁道路的真正原因？”

“是不是又发射卫星了？”毕果反问。

“我们靠近些看看，怎么样？”方小芳突然问。

“这个……”毕果有些犹豫，转眼看到屏幕里信息刷屏，全都在要求他开过去看看，于是咬咬牙，“好吧！既然大家都这么好奇，我们就去一探究竟！”

毕果嘴上说着，脚底已经狠狠踩下油门，车子加速向黑域驶去，方小芳不由得抓紧把手，而布洛奇则因为好奇，已经探身到两人的座位中间盯着前方。通过无线讯号，直播屏幕后面的上千人也和毕果他们一样，紧紧地盯着黑域。

大型体育场内，旅行者乐队的演出正在火热进行着，虽然乐队成员暗陆一族的身份已经曝光，但这反而增加了乐队的热度，收获了大批路转粉歌迷，此刻，他们都聚集在这里，尖叫声一浪高过一浪，呼唤着乐队返场。

安琪率先冲进化妆间，抽了两张纸巾擦擦额上的汗，一下跌进椅子里，喝了几口水说："快补妆，等下还要Encore！"

待命多时的化妆助理抄起工具就开始在她脸上忙碌，这时，乐队的其他三人也走了进来。

"安琪，你准备再来几首？"戴维问。

"再唱三首吧……"安琪被化妆刷扫着，含糊地说。

"今天翎羽哥不在，我们要早点回去。"洛冰冷冷地说。

"就三首，唱完我们就回去。"安琪坚持道。

洛冰还想说什么，只听化妆间里突然响起一声尖叫，几人都是一惊。

"什么声音？"

"对不起、对不起。"服装师从整架的演出服后钻出来，手里还举着他的手机，"是直播里的声音。"

"你闲着没事看什么直播？"洛冰没好气地问。

"这几个人在西北发现了特别奇怪的东西，不过不知道为什么信号突然变差了。”

服装师的话还没说完，手机里又传来说话声，但声音时断时续。

“亲爱……朋友们……毕果……不得了的东西……”

这时，安琪等人终于看清，服装师的手机屏幕里是一片戈壁，远处正矗立着黑域。

“那是什么？”强森凑上前查看。

手机里，毕果的声音还在断断续续地传出：“……我们……库布齐沙漠里……现在信号非常……非常差……”

“库布齐沙漠？”安琪疑惑地重复了一句，“不就是‘盘古’……”

“不单是‘盘古’，还有黑域。”洛冰抢先说。

“洛冰！”安琪轻喝一声，“现在不是说这个的时候。”

“搞不好还有风大公子！”洛冰阴恻恻地接了一句。

安琪正要反驳，桌上的手机响起来，正是何翎羽打来的。

“何翎羽，那东西怎么回事？”

安琪开口就问，但很明显，她并没有得到正面回答，只见她握着手机沉吟一下，才点头应着“明白了”。放下电话，安琪轻叹一声，抬眼对盯着她看的几人说：“我们现在就回去。”

修杰坐在空荡的会议厅里，皱着眉头看着大屏幕，随着遥控器的按动，一张张图片切换而过，画面上光线昏暗，没有风景和人物，但每一张图片里都有或大或小的黑影。这时，会议厅的门响了一下，何翎羽走进来。修杰没有转头，只是停下按键的动作。屏幕里，一道黑影贯穿整个画面，阴暗的色调透着不详的气息。

“夜王，您找我？”何翎羽低声问。

“训练场里有陌生的气味，你怎么解释？”修杰的声音透着冰冷。

“这个，我正要向您汇报……”

“你是想对我说，你已经不配拥有你身上的能力了吗？”

修杰握着遥控器的手一紧，一股强大的压迫感瞬间袭向何翎羽。何翎羽无法抵抗，被压得跪倒在地上，双手撑地，大口呼气。因为用力过大，他身上的肌肉已经开始变形，眼看整个人就要化为狼形，却终于没能抵住来自夜王的力量，重重地扑倒在地，会议厅设备因为强大的力量全部停止工作，发出刺耳的警报声。

“这只是一次警告，我希望你永远记住，你的力量由我赋予，也将永远在我之下。”

修杰说完，漫不经心地将视线转回大屏幕，一切都恢复了平静，泰山压顶的感觉也转眼消失，何翎羽暗松一口气，爬了起来。

“夜王息怒，我只是邀请了一名日后对我们有用的生物学家，他已经接受了我的建议，秘密进行人体克隆实验，他的国家会成为培育‘特种’战斗力的摇篮，一旦黑域被解决，世界就是我们的。”

“何翎羽，你在这世上活了多少年？”修杰突然问道。

何翎羽不知修杰的用意，迟疑一下才回答：“两千多年……”

“这两千多年里，你见过多少次同盟破裂？”

“夜王，我并不认为他们会与夜族长期合作，我是要利用他们的技术和强大的野心制造出一批战士，只需一丁点指点和帮助，他们就能对战整个人类世界，而我们只需坐享其成。”

“何翎羽，你的历史虚无主义观点都被狗吃了吗？你居然认为一个寿命只有几十年的人类会信守诺言……”修杰的脸上现出少有的怒色。

“我不认为他们会信守诺言，不过这没什么，能得到我们想要的东西就够了。夜王，你说得没错，在你复活之前，世界对我来说就是一片虚无，但现在不一样了……”何翎羽停了一下，眼中闪着光芒，语气也坚定起来，“我要为‘天人’组织打造未来，一个只属于我们的世界。”

“所以你就急功近利地找了人类作盟友？何翎羽，记住我今天说的话，你一定会为此付出惨痛的代价，到时候，怕是连我也救不了你。”

“我何翎羽已经等了两千多年，现在，我随时愿意为夜王献出生命。”何翎羽毫不退缩地直视着修杰，“莫不是……属于修杰的那部分意识，影响了夜王你的决断力？”

此话一出，修杰脸上的不满瞬间消失，取而代之的是冰冷的淡漠。

“若你这条命真能换来夜族的世界，那我真是要感谢创造神了。”

“我会把自己的忠心和能力，毫无保留地奉献出来的！”

修杰冷哼一声，看向会议厅的大门。何翎羽还想说些什么，只听外面传来急促的脚步声，安琪第一个冲进来，洛冰三人紧随其后，见到修杰，几个人都安静下来，视线在大屏幕、何翎羽和修杰之间游移片刻，便齐刷刷地看向修杰，等他发话。

修杰平静地看着面前这四人，他们是夜族最高级别的战士，也是他在即将来临的风暴中最能信赖的手下。因为匆忙，安琪连妆都没有卸，银色的闪粉被急切的目光点亮，仿佛有星辰落在眼角，灵动异常，令人无端地想要怜惜。恍然间，修杰似乎从她身上看到了顾青的影子。

相比之下，安琪身旁的洛冰虽然五官更为精致，却多了几分偏执跋扈，对男性的吸引力自然也打了折扣。因为何翎羽的缘故，她看向安琪的目光中总带着不甘和怨愤，客观地说，无论是在乐队中还是在战队里，她火爆的脾气都是一颗不定时炸弹，随时可能惹事。

鼓手强森则一向以强壮和沉默著称，在修杰的印象里，他听到强森说话绝不超过十句，其中有八句是对洛冰说的，这个外表粗野的男人似乎很明白与女人相处的分寸。而贝斯手戴维的忧郁和敏感似乎是与生俱来的，哪怕站在那里纹丝不动，他那文艺伤感的气息也会扑面而来。不过，修杰第一次见到戴维时就已经注意到，当他的目光落在强森身上时，那种忧郁的气味就会变得更加浓烈。

这就是旅行者乐队，抛开对“天人”的崇拜和信仰，每个人都怀着不同的目的，紧密地跟随在何翎羽身边。修杰在心底轻叹一声，若是在曾经，作为集体意识的夜王或许无法理解人类的情感，但现在，他作为夜王与人类意识的共生体，体会着修杰对顾青深深的眷恋和思念，对乐队几名成员的心思竟然多了一丝体恤。

“你们的巡演结束了。”他平静地说，“我让何翎羽找你们回来，是要让你们看看这个。”

包括何翎羽在内，五个人一起看向大屏幕。

“这是我们在地面上拍到的，确切地说，是在移动城的行动路径上拍到的。”

“库布齐沙漠上空的黑域扩大了，这是真的吗？”安琪轻声问。

“我想现在这个消息已经在网上炸开了，很快联合国那帮代表还会对顾茂昌施压。”修杰耸耸肩，神情却并不轻松，“不过，荒野旅行的普通人一定不会发现屏幕上这些，这是移动城经过中国西北部时拍摄的，其中有几张用的是下潜探头，距离地表三千八百六十五公里。也就是说，黑域不单影响了地表，它正以更快的速度向地心延伸，说不定会穿透地心，就像一把水果刀刺穿一颗梨子……”

“夜王，我的建议是，这件事应当保密。”何翎羽抢先说，“等到黑域的扩张达到一定程度，足以引起全球恐慌时我们再……”

“我不想知道你有什么建议。”修杰面无表情地打断何翎羽，“现在移动城的目标方向是旗海县，我要亲自考察一下黑域的情况，而你们，这次要跟我一起去。至于何翎羽，你和生物专家的对接可以继续，但不要让我听到不愉快的消息。”

修杰的目光一直在屏幕中的黑影上，根本没有看向何翎羽，但何翎羽还是从他的话里感受到强大的压力，而同处一室的乐队成员也感受到异样，不解地看向何翎羽和修杰，却始终没人敢多问一句。

从会议厅离开后，安琪心事重重地走在回房间的通道上，突然，修杰的声音在身后响起。

“安琪，你在忧心什么？”

“夜、夜王？”安琪一惊，慌忙停下脚步转身看着修杰，迟疑了一下，开口道，“夜王何必明知故问，夜王和翎羽哥的能力根本无需我忧心，能让我惦记的，只有司徒萧了。”

修杰慢慢走到离安琪两步之遥的地方，冰冷深邃的眼睛注视着她，从修杰漆黑的瞳仁里，安琪清楚地看见自己的脸正因为紧张而微微抽动着。

“是什么让你信仰‘天人’？”

安琪的瞳孔因惊愕而瞬间放大，脸上却写满无辜与诧异，她的神情，修杰尽收眼底，语气却没有丝毫缓和的意思。

“不要说是因为何翎羽，洛冰因为何翎羽而信仰‘天人’，但这个理由在你身上不适用，我想知道真实的原因。”

“我……”安琪低下头，顺直的黑发遮住侧脸，只露出微微泛红的鼻尖，她用几不可闻的声音说道，“因为我妈妈……”

“我记得你的官方资料里写的是父母双全。”修杰提醒道。

安琪愣了一下，点点头，接着又摇摇头，鼻尖却更红了，还伴着轻轻的抽泣。

事实上，安琪来自单亲家庭，年少时，与她相依为命的母亲染病过世，如今公开承认的父母应该是她的养父母，甚至根本就是名义上的父母。不过，因为安琪深得何翎羽的信任与偏袒，修杰之前并没有过多留意她的背景，只是突然对安琪当初加入‘天人’组织的目的产生了疑惑，才会有此一问。虽然安琪一句话都没说，但看她的样子，修杰已经猜出了八九分。

“我明白了，你去吧。”

当安琪再抬起头时，修杰的身影已经消失，只留下长长的通道，还有充斥着整个空间的震颤，安琪知道，这是移动城的“脚步声”。现在，他们正以最快的速度向黑域所在的方位赶去，她很快就能见到司徒萧，知道他安全与否。想到这里，安琪又开心起来，她转过身，迈着愉快的步子，像猫一样轻盈地离开了。

拐角处，何翎羽缓步走出，痴痴地望着安琪的背影。在无人留意的通道口，他眼中的痛苦与隐忍将无法言明的心事展露无遗。

当修杰带着旅行者乐队的成员抵达旗海县时，距离毕果的“黑域直播”已经过去了八个小时，世界早已乱作一团。对黑域直播的意外中断让毕果三人登上热搜榜头条，而他们远距离拍下的黑域画面正在网络上被疯狂转发，整个世界都陷入了黑域的阴影之中。

修杰走进指挥部的信息室时，顾茂昌正坐在里面，面色凝重地看着墙上数十个小屏幕。

“目前，关于中国西北部发现神秘黑洞的消息正在世界各地散布。据悉，该现象由三名自驾游爱好者发现，在对其进行探索和直播的过程中，由于受到强烈的信号干扰，导致直播中断，目前不排除这三名自驾游爱好者已经遇难的可能性……”

“刚刚从气象部门得到最新消息，有专家提出，近期有部分近地行星无法观测，与中国西北部天空出现的神秘黑色星云密切相关，对此，我国政府正与中国方面进行交涉，希望得到合理的解释……”

“之前在我国西北部地区发生的多起地震，现被确认与西北部天空出现的神秘现象有关，这股神秘力量还在不断影响着我国中西部地区的气候，根据我台记者传回的报道……”

“在著名的社交网站facebook上，出现一篇题为《中国上空黑洞吞噬多国卫星，导致通讯中断，卫星输送渠道合并共用》的热帖，虽然十分钟之内该帖就被删掉，但仍有数万人点击阅读，并就日前欧洲多国同时发生直播中断的情况展开热评与讨论。警方很快锁定并控制了该帖的作者——供职于美国哥伦比亚广播公司广告部、现年35岁的吉姆沃森，如果情况属实，吉姆很可能会因散布谣言或是泄漏国家机密等指控遭到起诉……”

“法国南部多个小镇掀起游行热潮，居民为抗议中国西北部出现的黑洞导致当季橄榄生长缓慢自发走上街头，制作大型条幅悬挂在镇政府对面，索取当年的农业补贴……”

“在我国西北部上空出现的神秘黑洞在社会各界引发了大规模的恐慌，近年来在某些沿海城市盛行的‘灵修组织’率先发出声明，称这是世界末日即将来临的征兆，受其影响，各大城市都出现民众抛洒大额现金的混乱情况，宣称自己是救世主的人层出不穷，对此，警方已经介入调查……”

“你们来了。”

听到修杰的脚步声，顾茂昌从纷杂的屏幕和新闻中收回注意力，他的声音非常疲惫，却依旧透着自信和倔强。

“所以说，外面已经乱成一锅粥了？”修杰笑着问。

他向前走了几步，旅行者乐队的四名成员也紧随修杰的脚步，走了进来。

信息室里除了顾茂昌，只有司徒萧和林宇风两人，因为整日在顾茂昌身边充当保镖，林宇风几乎没有合过眼，眼底一片乌青，此时正靠着椅背打盹。司徒萧看到安琪，第一反应是想站起来迎过去，但一阵刺耳的警报突然响起，林宇风猛地从椅子里窜了起来，听到警报声，李若辰和李磊从侧间破门而入，数十名特种兵出现在信息室门口，堵住了修杰与旅行者乐队成员的退路。

“林宇风你诈尸啊？”司徒萧受惊不小，禁不住低声骂道。

“你脑袋被人给削了是不？没看见他们人多势众吗！”林宇风回敬一句，此刻他已经站到顾茂昌身旁，警惕地盯着修杰。

“修杰，你带这么多人闯进来干什么？还有，你养的那条大灰狼呢？是在外面埋伏着还是替小红帽看她姥姥去了？”

“林宇风，你狗嘴里吐不出象牙！夜王想进这么个破楼根本不用闯！再说我们有通行证！”洛冰上前晃了晃手中的证件，上面的签名正是顾茂昌。

“洛冰，你们先出去吧。”修杰突然说。

“是。”

旅行者乐队的人先退出了信息室的大门，无视特种兵的枪械包围，趾高气昂地离开了。安琪到门口时，有些犹豫地回头看了司徒萧一眼，随后跟其他人一起走了出去。

“小萧、宇风、李若辰还有李磊，你们也都出去吧，我要和阿杰单独谈谈。”顾茂昌吩咐道。

“可是……”林宇风支吾一声，一脸不信任地看看修杰。

“去吧，抓紧时间休息一下，越到后面，我们要面对的情况就越复杂。”顾茂昌摆摆手，下了逐客令。

“走吧宇风。”李若辰低声说着，扯了扯林宇风。

林宇风很不情愿地跟着李磊和李若辰一起向门口走去，却看到司徒萧已经站在门口等着他们了，嘴角一扯，大声地“窃窃私语”起来。

“李若辰你都没看见，刚才这小子看到安琪，眼珠子恨不得挖下来贴人家身上！”

“嘘！别乱说！”李若辰狠狠地掐了林宇风一把。

“我怎么乱说了？不信你问他自己！哎哎别……别……疼！”

直到外面彻底安静下来，修杰才走到椅子前，与顾茂昌面对面地坐下。

“事情越发严重了，我们谁先说？”顾茂昌率先开口。

“联合国的代表们有消息吗？”修杰反问。

“他们急于知道我们是否能控制黑域的扩大。”顾茂昌说，“几乎快把我闹疯了。倒是你呢？为什么突然全员赶过来？之前不是说，没有要紧事就别再找你吗？”

“黑域在向地下延伸，侵蚀速度很快……”修杰说着，眯起眼睛露出危险的笑容，“如果不加干预任由它吸收地球内部的能量，用不了多久，黑域就能把下面整个凿穿，出现在美国的土地上。”

联合国代表团中美国代表那张肥胖的脸浮现在顾茂昌的眼前，他承认自己对这名代表无感，但修杰的话依旧震撼了他。半晌，他的眼眶湿润了，声音也变得从未有过的无助。

“但我们能想到的任何一种限制方式，对黑域来说都是在为它提供原料，它比‘盘古’更可怕、更来者不拒……我们……只能束手就擒了吗……”

“看起来是这样……不过，也许还能试试别的方法。”

修杰笑得有些苦涩。看着身心俱疲的顾茂昌，他突然又想到了顾青，那个继承了顾茂昌眉眼的女孩，不知她弥留之际，顾茂昌是不是也曾这般无助过。

第十四章　灵体实验

自从黑域被直播事件推到全世界人民的面前，其动向便成了人们关注和议论的焦点，各家媒体都在用力挖掘和搜罗关于黑域的信息，哪怕是疑似目击者的含糊描述也没有放过。拥有先进航天技术的大国，比如美国、俄罗斯等国家的民众已经开始咨询政府是否可以制造空间飞船，以便载人离开地球。

所幸大部分政府工作人员和科学家都持有积极的态度，认为只要弄清黑域的性质和特征，控制和消灭它是迟早的事。在全民恐慌的浪潮中，这些坚定的声音像洪水中屹立不倒的房屋，给失魂落魄的人以暂居之地、安心之所。

几乎是转眼间，修杰带来的坏消息就传到了大洋彼岸，之前一直持观望态度的美国和加拿大也开始行动了。为了抵御黑域可能的入侵，两国政府积极做出反应，联合起来划定危险区域，对附近居民进行疏散，封锁了一部分高危地区，接着，他们又将注意力转回中国，紧急派出宇宙空间科学最顶尖的研究者，不远万里来到旗海县的临时基地，与其他国家的学者一起进行实地考察。

愿望与现实总有差距，这个道理不仅适用于普通人，也同样可以用在政府和领袖身上。尖端学者的参与并没有让人们得出新的结论，一切与顾茂昌之前说过的一样，没有人能找出从外部遏制黑域的办法，人类世界与其说在摩拳擦掌地应对黑域，不如说是进行着一场自我救亡，在“黑域吞噬”的末日来临前做最后的挣扎。

“顾教授，你之前不是说那个修杰有办法吗？怎么到现在还没有消息？”

终于，众人再也等不下去了，以美国空间学家亚当为首，科考团队集体找顾茂昌追问进展。

面对十几双期待的眼睛，顾茂昌只是摇头说再等等，之后便在林宇风和李磊的护卫下躲回了办公室。众人不免奇怪，黑域来势汹汹，就在顾茂昌的眼皮底下，他居然还要“再等等”！

这其中的秘密，不止联合国小组和科考团队不明白，就连顾茂昌自己也不清楚。

十五天前，修杰独自进入隔离室，与顾茂昌约定今日再见，根据监控摄像显示，他进入隔离室后就一直静坐在角落里，不吃不喝，仿佛进入了假死状态。虽然知道夜王的力量强大，但顾茂昌还是有些担心。

“李磊，你去叫上小萧和李若辰，我们去看看修杰。”

“他不是有旅行者乐队的人守着吗？咱们还看什么？”林宇风问。

“约定的时间到了。”李磊说着向门口走去，“我这就去找他俩。”

林宇风冲着李磊的背影挤眉弄眼，等他前脚出门，马上向顾茂昌抱怨道：“你看你看，跟什么人学什么样，李磊原来多好一革命同志，跟司徒萧那小子待久了也学会怼人了！”

顾茂昌脸上难得露出笑容，轻声说：“这不是挺好的吗？”

“好什么好，好不容易司徒萧被安琪拐跑了，又培养了个接班人放我眼前。”林宇风嘟哝着，“不过说实话老顾，仔细想想，我们这些差点死过一回的人，现在还能没事斗斗嘴找找乐子，这生活也不错！”

顾茂昌不禁点头，他早就知道林宇风看似粗放的外表下藏着一颗敏感善良的心，只是身为孤儿的他很多时候不知该如何表达这种温情。顾茂昌又想到修杰，真正的修杰。他开朗、勤奋，对生活充满美好的期望，直到顾青离世，一切都变了，变得千疮百孔。顾茂昌第一次意识到，当年他的疏忽不仅害了顾青，同样也将修杰推向万劫不复的深渊。

当顾茂昌站在隔离室门口，这种感觉变得越发强烈。一直守在门外的安琪等人退到一旁，接着，门打开了。

“阿杰……”顾茂昌试探着呼唤。

修杰还坐在角落，没有任何反应。顾茂昌刚要迈进隔离室就被林宇风一把扯住手臂，转头看去，林宇风一脸警觉地使劲冲他摇头。

顾茂昌笑着拍拍林宇风的手道：“没事的。”

顾茂昌率先跨入隔离室，K小队和旅行者乐队的成员紧随其后，围住了修杰。

此时，修杰脸色苍白，呼吸几乎轻不可闻，在场的任何一个人都明白，他的生命体征已经降到了最低点。

“阿杰！阿杰！”顾茂昌伸手摇晃修杰的肩膀，有些焦躁地转头问，“他到底为什么不吃不喝？他到底要干什么？”

“夜王只说要进行一项特别的任务，具体是什么我们也不知道，对夜王的命令，我们只有服从。”安琪低声说。

“就算知道，我们也未必会告诉你！”洛冰笑嘻嘻地接了一句。

“洛冰，现在不是开玩笑的时候。”安琪冷声说。

“你别在这儿教训我，现在没有翎羽哥给你撑腰！”洛冰狠狠地瞪了安琪一眼。

见气氛不对，司徒萧下意识地将身子转向安琪。就在这时，修杰突然发出一声微弱的呻吟。

“阿杰！醒醒！”

见修杰有了反应，顾茂昌大声叫起来。谁知修杰的眼皮抖了抖，慢慢睁开无神的眼睛，嘴唇翕动，声音如蚊蝇一般。

“顾青……”

顾茂昌一时愣在当场，不等他回过神，眼前的修杰整个人向下一滑，瘫软了下去。

顾茂昌慌乱地伸手去扶，却被他的身子带了个趔趄，再回神时，自己已经被林宇风从侧面搀住，而修杰也被安琪等人扶起。

“怎么回事？”顾茂昌惊惧地问道。

“就算是夜王，十几天不吃不喝也一样受不了。”李若辰的声音里透着担忧。

“不可能的，翎羽哥说过，夜王的存活根本不需要吸收地球上的能量。”洛冰马上反驳道。

“不管怎么说，快把他送去急救！”顾茂昌站稳身子，焦急地对众人说。

身形最为强壮的鼓手强森已经从安琪和戴维手中接过修杰，为了行走方便，强森直接抱起修杰，转身向门口走去。

突然，他的脚步一滞，背对着众人的身子抖了两下，喉咙里只来得及发出一声惊愕的低呼整个人就被当场震飞，直接化为一团毛茸茸的棕色肉弹。

“强森！”紧跟在后面的戴维见势不好，刚想扭身去拉他，却被一股无名的力量弹到一旁，身体开始慢慢变色，隐隐出现了金色的环状花纹。

就在这一瞬间，想要上前协助的顾茂昌等人突然发觉自己的身体石化了一般，就连一根手指都动不了。一种强大的压力禁锢了他们的一切动作，这不是能量场，而是一种更为玄妙、在猛兽捕食时才会显露、来自高等生物的震慑力场。

在强森刚才停下脚步的地方，修杰整个人委顿在地上，毫无动静，但那股直达灵魂的压迫感正从他那瘦弱的身体中源源不断地散发出来，随着那股力量越来越强，修杰的身体开始散发出微弱的雾气。

“夜王……”安琪嘴里含糊地唤着，喉咙中发出一阵低吼，她的身体猛烈地颤抖着，同时迅速拉伸，变得修长而矫健，转眼便高过身边的司徒萧，将影子投在他身上。她正在无法控制地变身！

而此时的洛冰已经化成了蝴蝶的模样，在强大的压力下缩在地上，垂下翅膀，像深秋的叶子一样簌簌发抖。

突如其来的变化惊呆了看守监控的工作人员，他们拉响警报，瞬间就有十几名士兵冲到隔离室外，却根本无法靠近。

就在所有人都以为局面失控时，一个熟悉而陌生的声音突然响起。

那声音近在耳边，又仿佛是从宇宙之外传来，直接撞击着众人的大脑和灵魂，在场的所有人都禁不住打了个冷战。那根本不是人类的声音。

“我终于回来了……”

在众人惊惧的注视下，委顿在地的修杰突然站了起来。不，他根本不是站起来，而是凭借着一股不知名的力量，将自己的身体直接从地面上一寸一寸地拔起来，就像一个面团般，逐渐被塑造出了人类的形态。随着这形态最终完成，之前围绕在修杰周围的雾气也慢慢消失，仿佛直接被他吸入了自己的身体。

再次站起的修杰已是满头白发，他慢慢地抬起头。顾茂昌等人的行动依旧受到限制，但他们看到修杰的面孔，全都在内心惊呼起来。

就像在争夺“盘古”的战斗中徒手接住狙击弹时一样，他似乎消耗了极大的力量，这副身体明明还不到三十岁的年纪，那张脸看上去却像六十岁的老人，甚至比顾茂昌还要苍老一些。他的脸色白得可怕，没有眼白的双眼漆黑明亮，隐隐还有光点闪动盘旋，仿佛藏着整个宇宙。

“怎么？以为我死了？”

他环顾众人，慢慢开口，室内那股惊人的压力也瞬间消失，顾茂昌和K小队的成员松了口气，旅行者乐队的成员也停止了发抖，他们就地翻身跪下，虔诚地唤道：“夜王！欢迎归来！”

“起来吧。”夜王回答。

安琪几人站起身，矫健的巨猫，绚烂的人身蝴蝶，一头硕大魁梧的棕熊，还有一只体形纤细流畅的人身黄蜂，不约而同地向前靠拢，聚集在夜王身边。

“你是夜王？真正的夜王？”顾茂昌难以置信地问道，“那阿杰呢？你把他怎么了？”

“我把他怎么了？”夜王冷笑一声，“你要弄清楚，在我寄身这具躯体时，修杰保留下来的只是他的记忆和感受。”

“那你现在……”顾茂昌话说到一半，突然脸色大变，“你饿死了修杰！”

“如果他死了，我还能站在这里和你聊天吗？”夜王的话里明显有嘲讽的意味，语气却冰冷得可怕，“带着你们人类软弱甚至愚蠢的感情，夜王的智慧永远无法觉醒，那种感情……没有也罢。”

夜王说着转身向门口走去。

“等一下！你到底把阿杰怎么了？”顾茂昌追上去，伸手想扯住夜王，却被一股无形的力量推回，重重摔在地上，爆发出一阵咳嗽。

“你干什么！”

此时，林宇风瞬间移动，早已挡在顾茂昌身前，对着夜王的背影大吼，司徒萧也护在顾茂昌身边，李若辰和李磊则从两侧护住三人，气氛一时剑拔弩张。

夜王慢慢转过身，并不理会林宇风，而是定定地看着顾茂昌。

“顾茂昌，如果以你学生的一条性命来拯救整个人类，你换吗？”

“我……”

“顾青死了，常琳死了，修杰……也死了。”

顾茂昌被说到痛处，一时只觉五内俱焚，眼前发黑。当他再缓过神，发现自己坐在隔离室的角落里，夜王和旅行者乐队的人已经离开，身边只有林宇风和李若辰。

“他们呢？”顾茂昌虚弱地问。

“夜王说要去跟黑域干一架，把李磊和司徒萧也绑去了！”林宇风摇头晃脑地说。

“啊？”顾茂昌的大脑明显有些短路。

“宇风！现在不是开玩笑的时候！”李若辰娇喝一句，转头对顾茂昌解释，“顾教授，夜王说要去近距离观察黑域，让我们等下也过去，李磊和司徒萧在外面等我们。”

“好，这就走，快走。”顾茂昌边说边挣扎着站起来。

顾茂昌活了半辈子，从未像今天这样不安。他不知道夜王要做什么，但他清楚，夜王想做的事，他们根本无法阻止，就算他集合K小队的全部力量，也根本不是夜王的对手，更不要说还有旅行者乐队成员的力量。

全副武装地坐在赶往实验基地的车上，顾茂昌的大脑一刻不停地转动，他想象了无数种可能，也想了无数个对策。突然，一股巨大的绝望攫住了他的内心。

如果夜王是想借助黑域的力量让世界重回十维空间呢？顾茂昌回想整件事的经过，“天人”刚刚出现时，没人相信高维度宇宙的存在，但现在，黑域就戳在天地之间，高维度宇宙真实存在的结论，正是他顾茂昌做出的！

密封闷热的防护服里，顾茂昌惊出一身冷汗，他看向窗外，车子正朝黑域的方向疾驰，司徒萧坐在驾驶位上开着车，李磊荷枪实弹地靠在副驾驶的椅背上观察警戒，林宇风和李若辰与顾茂昌一起坐在后面。

“K小队成员，你们听好，下面的话我只说一次。”顾茂昌沉重地开口说道，“夜王的意识已经彻底苏醒，现在他的目的尚未明朗，一旦发现他有危害人类的行为……”

“就算牺牲整个小队，也要阻止他。”林宇风突然接话道。

“宇风，你……”顾茂昌的话被打断，有些惊讶地转头看着林宇风。

“老顾，你刚才想到的，我们都明白，放心吧。”

坐在前面的李磊侧过脸，向顾茂昌点点头，司徒萧也在后视镜中微微颔首。顾茂昌轻叹一声，心头却仿佛有千斤重的大石，压得他呼吸困难。

就在这时，李磊探身向前，伸手轻轻敲了一下挡风玻璃，接着指了指。车上其他人的眼力不如李磊，但也在他指点的方向看到反光，那是修杰几人的车，看样子已经停了下来。不用提醒，司徒萧脚下加大油门，车子颠簸着前进，但所有人的心跳都比车子还要猛烈。

两辆监测运输车在茫茫大漠上相聚，前方是空无一人的第一实验基地，举目望去，黑域就立在基地后面，随时准备将它一口吞没。

旅行者乐队的成员围成一个半圆，他们仍然是变身后的样子，午后的阳光斜斜照下，将四个人的影子无限拉长。夜王站在半圆的圆心处，人类的身体让他显得有些矮小，却有着傲视天地的从容淡定。

顾茂昌一行人下了车，他们已经进入黑域能量场的外围，隔着防护服，顾茂昌依旧能感到强烈的不适，身体虽然被强大的能量场向外推阻，却有什么东西在不断吸取他的力量，要把他的灵魂从身体中抽离出去。K小队的成员也有这种感觉，再看旅行者乐队的成员，安琪和强森身上的毛发已经奓起，无风而动，让他们的身形增大一倍，而洛冰和戴维的翅膀虽然紧紧收起，却还是拼命颤抖，阳光闪动在翅膀表面，远看就像碎裂的镜面。

只有夜王神情平静，丝毫不受干扰，甚至还回头向顾茂昌投来一个意味深长的笑容。顾茂昌心里一紧，拔脚就向夜王走去，但夜王却转回身，向着黑域的方向大步前进。

顾茂昌和K小队的人见状一拥而上想阻止夜王，却发现自己举步维艰，在强大的力场中穿着厚重的防护服，就算是平时矫健灵活的李若辰和李磊，每迈出一步也要花费极大的力气。当他们走到旅行者乐队面前时，已经累得气喘吁吁，头部防护罩的视窗里隐隐泛着水汽，而夜王早已到了十米之外。

安琪率先挡在顾茂昌前面，如猫儿一样冷峻的脸上看不出神色，只是轻轻摇头，示意顾茂昌停下脚步。顾茂昌焦急地指向夜王，安琪似乎明白他的意思，用力点头，接着又摆手，嘴巴努力地开合，仿佛在说着“没事”。

旅行者乐队的其他成员就没这么客气了，他们直接用身体挡住K小队，居高临下地看着他们，尤其是洛冰，精致的脸庞写满鄙夷，衬着颤抖的翅膀，看上去诡异而扭曲。林宇风隔着头罩厌恶地瞪着洛冰，嘴角一抽，想啐个口水，却突然意识到自己只能吐在头罩里，只得悻悻咽下，再看洛冰得意的神情，林宇风在心里骂了一万句，却一声也发不出。

夜王与他们的距离越来越远，他走得很慢，到最后几乎是在向前挪动，当他终于停下来时，强森和戴维不再理会林宇风等人，而是转身走向夜王。

顾茂昌试着向前挪动，却脚下一软摔坐在地上，只能死死盯着距离不到二十米外的夜王，不敢错过他的任何动作。看着夜王没有任何防护装备也能走那么远，顾茂昌心中升起绝望的悲凉，他似乎已经看到夜王将地球文明毁于股掌时的神情。

只见夜王背对着众人，缓缓扬起头，接着，他猛地向前一跃，摔跪在地上，依旧保持着仰头的姿势，身体却在剧烈地颤抖，很显然，他也到了承受的极限。强森和戴维见状刚要加快步子，不想戴维踉跄一下，嘴里喷出淡绿色的液体，强森忙扶住戴维，让他坐在地上，自己则继续向夜王靠拢。

夜王还在颤抖，跪着的腿部却已经平静下来，慢慢地，他的手也无力地垂下，只有头还扬着。

一团淡淡的雾气从夜王的脸上腾起，他的全身都平静下来，只有头部和那团雾气在抖动。顾茂昌看着眼前这一幕，突然想起在隔离室里夜王刚刚觉醒时，也出现了同样的雾气。

顾茂昌没有时间继续思考，因为飘荡在夜王头上的雾气突然散开、聚拢，随后又颤抖着散开，似乎承受着巨大的痛苦，它的颜色也忽明忽暗，甚至几次接近透明。在一番挣扎后，顾茂昌耳边突然响起一声尖厉的惨叫。

明明能隔绝大部分声音的防护服就像个摆设，令人毛骨悚然的叫声猛烈地敲打着耳膜，顾茂昌禁不住打了几个寒颤。叫声突然停止，夜王头顶那团雾气跟着消失，整个人软软地向后倒下。远处的黑域没有一丝变化，空气静得让人害怕，强大的力量依旧控制着每个人，他们或跪或坐，甚至躺在地上，而远处的黑域，却高大得令人畏惧。

强森奋力向前，整个身子趴在地上，背弓得像座小山，拼尽力气伸手去抓夜王的肩膀。在这种极端的状况下，想移动一公分也要花费极大的力气，顾茂昌看着强森勉强抓住夜王的肩膀，正疑惑他要怎么把夜王拉回来，只见坐在一旁的戴维奋力扇动翅膀，伸手拉住强森的脚掌，就这样以一拖二地将强森和夜王慢慢地扯了回来。

虽然只后退了一米的距离，但强森的状态好了很多，他爬起来扶着戴维，之后抱起夜王便快步向众人走来。洛冰见三人回来，转身想赶往不远处的车子，却被李若辰和李磊纠缠，情急之下不顾能量场的压制，拼命抖动翅膀。

安琪见状忙扯起顾茂昌，对着他艰难地说话。顾茂昌看着安琪的口型，一脸茫然，安琪又转向司徒萧比划起来，但司徒萧也迷惑地看着她。安琪四下看看，接着猛地一爪抓在地上，只见尘土飞扬，她愣是用自己的爪子在地上抓出大大的“SOS”字样。

司徒萧一愣，接着从腰间拔出信号枪向空中射去。因为太靠近黑域，他们无法使用通讯设备，甚至无法互相交流，但看着安琪焦急的神情，司徒萧相信这次是真的出事了。

强森抱着夜王直奔他们的车子，顾茂昌见状急忙跟过去，林宇风紧紧跟随，安琪和司徒萧则合力分开缠斗在一起的洛冰、李若辰和李磊三人。

因为靠近黑域，所有人的动作都很迟缓，就像一部慢放电影，不慌不忙地展现着生死关头。待挤进车里，顾茂昌发现这辆装甲车内部经过改装，拆除了常见的武器和检测设备，却多了整套的急救设备。

强森直接将夜王抱到担架床上，戴维则按照标记的位置摆放夜王的四肢，接着一键启动了急救装置，固定钢环、绑定护带，检测、注射、输液几乎是同时开始，比人工操作还要快，看来夜王对这次行动早有准备。

顾茂昌凑近一些，发现夜王的脸色白得可怕，检测设备上显示的数值也低得令人心惊，顾茂昌带着防护头盔无法说话，指着夜王看向紧跟进来的安琪，安琪却只是摇头。

洛冰早已跳到驾驶位上，猛踩一脚油门，车子一个急转窜出，站在门口的林宇风险些被甩出去，情急之下他扯住门把手，借惯性跳进车里，守在顾茂昌身边，虎视眈眈地瞪着车上另外三个兽化人。

看样子，夜王一时半会儿不会醒，安琪大概不会主动出击，洛冰在开车，也不会轻易袭击他和顾茂昌，于是林宇风便将注意力放在强森和戴维身上，但他们两人却和顾茂昌一样，都盯着躺在床上的夜王。

林宇风微微转头，透过小窗看到司徒萧开着车紧随其后，而李磊早已将手持火箭筒对准了驾驶室，洛冰毫不畏惧，直接对着李磊竖起中指，李磊也不含糊，一炮打向驾驶室，直奔洛冰而去。

只觉嗡的一声，载着夜王和顾茂昌等人的车子猛烈震动，接着又是几个急转。林宇风一把拉住顾茂昌，紧贴车门勉强站稳，再看躺在床上的夜王，却丝毫不受影响。

“洛冰，你在干什么！”安琪吼道。

“你搞清楚，是他们要干！”洛冰嘶哑地回答，她刚刚在千钧一发之际用翅膀将炮弹卷走，自己也吓得不轻。

“洛冰，换我来开！”强森说着，慢慢恢复成人形。

“干好你自己的活！”洛冰尖声呵斥，脚下油门踩得更重，车子拼命颠簸起来。

强森不知用嘴型骂了句什么，接着在颠簸的车内向顾茂昌和林宇风走来，林宇风忙挡在顾茂昌身前，强森却径直走到后厢尽头，将车门关好，接着回到夜王床边，戴维也从黄蜂的形态里恢复，和强森站到了一起，安琪则将半个身子探进驾驶室，想阻止李磊的下一次攻击。

距离他们不远的前方是黑域的封锁线，由于司徒萧发出的求救信号，封锁线外聚集了众多军车和救护车，两辆车子刚冲出封锁线就被众人围住，再也无法前进。

洛冰怒骂一句，没等她跳下车，就被李磊的枪口逼住。司徒萧和李若辰拉开车门，见顾茂昌和林宇风安然无恙，这才放下心来。

在林宇风的帮助下，顾茂昌脱下防护服，开口就问：“夜王是不是有危险？”

医护人员冲进车厢，看到监控仪器上显示的数值不禁大惊。

“快，快送医院！快开车去医院！”领队医生喊道。

“顾教授，我们先下车吧。”司徒萧提醒道。

顾茂昌点点头，跳下车，带着K小队回到自己车上，尾随夜王的车辆赶往旗海县。

车上，众人终于能摘下面罩正常交流，林宇风是第一个憋不住的。

“你们说，夜王搞这么一出苦肉计什么意思？”

“我觉得不像是苦肉计，这应该就是夜王的计划。”李若辰沉思着回答。

“我同意。”李磊很快接话。

再看顾茂昌和司徒萧，两人都是一副沉思的表情。

“司徒萧，你开车不耽误说话吧？平时都说你脑子好使，这会儿怎么没声了？”林宇风不耐烦地催促。

“我正在梳理细节，刚才看到的，还有以前知道的。”司徒萧一脸严肃。

“说不定还有安琪告诉你的。”林宇风笑眯眯地说。

“你们都听到那声惨叫了吧？惨叫后，夜王就失去了意识，但在那之前，夜王的意识应该已经离开了肉体。”司徒萧仿佛在思考，语速很慢地说道。

“灵魂出窍？”林宇风哑然失笑，“别逗了，我读书是少，但你别想骗我。”

“我没骗你，他头上有雾气，那雾气是活的，之前在隔离室也出现了雾气，我猜那就是他的意识，夜王的意识。”

“如果夜王的意识在那一刻出窍了，那修杰为什么没醒？人格分裂的电影里不都是一个人格睡了另一个就会醒过来吗？”

“宇风，你的思路很开阔嘛！”李磊难得地笑了一下。

“废话，老子当然开阔，老子看过的胸比你……哎哎别掐别掐，疼！”

林宇风吹得兴起，却被李若辰一把揪住耳朵，疼得龇牙咧嘴又不敢反抗。

“修杰的意识没有醒，是因为他太虚弱。”

顾茂昌突然开口，车上几人都安静下来。

李若辰松开林宇风的耳朵，林宇风一边忙不迭地伸手揉着，一边还问：“修杰是饿得，但最后夜王也昏过去了，难道夜王的意识被黑域的力量咔嚓了？那我们可少了个大敌人！”

顾茂昌脸色一暗：“我倒宁愿他没事。”

“啥？”林宇风惊讶得忘了揉耳朵，一只手举在脸旁，样子相当滑稽。

“这样，也许我们才能知道该如何应战……”

正如顾茂昌猜测的那样，夜王一醒就点名要见他。

顾茂昌走进病房，安琪和戴维正守在一旁，床上的人脸色依旧苍白，但精神很好，甚至还对顾茂昌笑了一下。

“你……”顾茂昌迟疑起来，“修杰醒了？”

“可以这么说，不过他还很虚弱。”夜王淡淡地回答，“真难得，你竟然没有带林宇风一起。”

“你找我做什么？”顾茂昌在床前坐下，直接问。

“关于黑域，我又多了几分了解。”

“你真的进行了意识感知？”顾茂昌不禁悚然。

“没有你想象得那么厉害，我无法感知黑域，因为它和‘盘古’不同，它不是生命体。不过，因为唤醒了夜王一族的集体意识，我发现了一丝希望。”

顾茂昌看着夜王，等待他的下文，夜王却突然又笑起来。

“怎么，你都不好奇我在昏倒前看到了什么吗？”

顾茂昌突然有些恍惚，眼前这张略带得意的笑脸分明就是修杰，但那双黑得连眼白都看不到的眼睛，却时刻提醒着他这个人是夜王。

“阿杰……不，夜王，我不好奇，我只想知道，你发现的东西是不是值得用修杰的命去冒险。”

“你们保住了他的命，不是吗？以人类的医疗手段抢救回一具人类的身体，非常完美。”夜王冷笑了一下，突然正色道，“你知道吗？夜族曾经探索过黑洞。”

“什么？”顾茂昌一下子跳起来，“你们是怎么做到的？”

“我们或许可以考虑用类似的方法进入黑域。”

“黑洞里有什么？”顾茂昌突然问。

“什么也没有。”夜王淡淡地说，“你们的科学已经推测出了黑洞的构成，怎么，难道你不相信科学？”

“那你觉得，我们会在黑域里见到什么？”顾茂昌没有理睬夜王的嘲讽，转而问道。

“也许一样，什么也没有，也许……那里藏着另一个世界。”

三天后，一份名为《黑域科学考察探险队发起计划书》的文件出现在联合国考察团成员的手中，同时，这份文件也被送到各国领导人的办公桌上。

一时间整个世界炸锅，关于人类即将探索黑域的新闻充斥着所剩不多的电视频道，在激烈的讨论声中，黑域探测飞船的改装正式启动。

这次的改造工程耗资巨大，不单“天人”组织的成员投入了大量的资金，一些科学狂热者也捐出了大笔财产，甚至提出希望能以赞助人的身份在探索队名单里占得一席之地，一同前往黑域进行考察。

利用夜族所提供的信息与真实黑域的数据进行对比，在人类现有的载人飞船的基础上对其进行改装扩大，换上新的外壳和涂料，一切都在夜王的安排下有条不紊地高速运转。他们要在最短的时间内制造出一批黑域飞船，利用表面的特殊材质和改装后的全对称结构保护人类的血肉之躯，免受黑域中空间扭曲可能造成的多种伤害。

只有到了这时，顾茂昌才由衷地承认克隆技术的必要性，看着大批克隆体和半兽体没日没夜地工作，顾茂昌心里却还在念着“快些，再快些”。

“老顾，你说他们整这么多克隆人，再让他们当劳工，算不算虐待？”林宇风陪在顾茂昌身边，看着火热的改造现场问道。

“严格说当然算。”

“可是克隆人是人吗？”林宇风的眉头紧皱，“如果有一天，我面前站着和我一样的林宇风，我们的身体完全一样，那他就能享受和我平等的人权吗？到那个时候，林宇风的权利不再是我一个人的，而是一群林宇风的。”

“宇风，克隆本身就涉及许多伦理问题，事实上，科技都是走在人伦前面的，或者说，科技发展的程度才能代表人类文明的最高水平。”

“如果有一天，机器和克隆人能做所有的事，那我们存在的意义是什么？”

顾茂昌看着林宇风，轻轻摇头，眼前却突然闪过常琳和顾青的身影，末了，他叹口气说：“我不知道。”

随着可怕的事件接连发生，顾茂昌感到越发的虚弱和恐惧。现在的情况已经超出了一个生物学家所能理解和掌控的范畴，与其说是他在组织探索，不如说他是在夜族夜王的指引下出面开展这个计划，至于结果，他真的不知道，也无法想象，直到在会议桌前坐定，顾茂昌依旧没能挣脱这种无力感。

“顾教授，你决定了吗？”

修杰不紧不慢地问。此刻的他坐在顾茂昌对面，看上去气色恢复了一些，他的面孔依旧衰老，但因为人类的那部分意识重新醒来，整个人变得和顺了许多。

K小队的成员分坐在顾茂昌两侧，旅行者乐队的成员则站在修杰身后，会议桌的一端坐着彭飞，一眼看去，目前与黑域计划直接相关的人全数到场。

“顾教授，你真的打算让那三个游客加入吗？”彭飞最先开口，“先不说保密性和安全性问题，他们的精神状态和身体扛得住吗？”

“理论上说，这种冒险家的身体都会比科学家健壮。”顾茂昌说。

“是的，就像文职工作者和特种兵的区别。”彭飞正色。

“就算不让他们参与这次行动，这三个人亲眼看到并拍摄黑域的事，也足够他们在军管房里待上一辈子吧？”

“足够。”

“既然这样，就把他们编在二号航空船的人员里吧。”

“顾教授，夜族花费时间和精力改造的航空船，不是用来展现你的慈悲心肠的！”洛冰突然冷冷地插话，“没记错的话，二号航空船是由我们领队吧？”

“但是洛冰，二号船上的成员除了我们，其他都是普通人。”安琪轻声提醒。

“哼！一群碍事的蝼蚁！”

“顾茂昌，你想带多少人去送死我不感兴趣，但我要在你们的船上，也就是一号航空船。”修杰突然开口。

“夜王？”洛冰和安琪几人异口同声地低呼起来。

“为什么突然改变主意？”顾茂昌警觉地问道。

“只有你和K小队的人在船上，会很无聊吧？”修杰冷笑一下，“没有任何太空旅行经验的你们，真的能平安闯入黑域吗？”

顾茂昌沉默了，但修杰还在说着。

“至于其他航空船的成员，去多少人结果都是一样，如果那几个人同意，你尽可以带上他们，我没兴趣反对。”

“那么，就请彭参谋长通融一下将那三个人放出来，如果他们愿意，就一起参加接下来的飞行员训练吧。”

“人就在这里，马上就能带过来，顾教授要见他们吗？”彭飞问。

“如果可以，我想现在就见他们，毕竟我们的时间所剩无多。”

不到五分钟的时间，毕果三人就被带进了会议室。

从目击并直播黑域到被军方锁定位置、实施抓捕，整个过程只用了不到十分钟的时间。所以直播中出现的干扰和噪音根本不是黑域的影响，而是军方对通讯设备进行的定点干扰以及直升机盘旋的声音。

由于擅闯军事封锁区，毕果三人被连人带车押往旗海县，等待上级的处理指示。不料还没等来批示，黑域的范围再度扩大，第一实验基地整体撤往旗海县，于是毕果三人索性被关入基地总部的临时监牢，交由彭飞负责。

刚被抓捕时毕果还试图辩解，但方小芳低声提醒他是他们闯祸在先，地远人稀又是在军管区，反抗是有理由被直接击毙的。毕果这才安静下来，毕竟大丈夫能屈能伸，先熬过这一关再说。

当他们受到“最高”待遇，被严密地施行分别关押时，毕果才隐约意识到事情没有他们最初想象得那么简单。神秘的墨黑色天柱和绵延数公里的警戒线都在暗示这里发生了什么不可告人的事件，如此看来，他们很可能这辈子都要在监牢里度过了，所以在跨入会议室时，毕果显得异常沉默和谨慎。

顾茂昌和修杰一起转头看向门口，却同时愣住，两人瞪大眼睛，目光定在毕果身后缓缓走入的方小芳的脸上。

毕果下意识地挡在方小芳身前，环顾整个会议室。在座的大部分人他都从没见过，但他认识旅行者乐队，不单认识，他和方小芳还去听过他们的演唱会，也知道他们是“天人”的追随者。

“你们，是夜族的人？”他小心地问，“你们要做什么？”

“你是谁？”修杰突然开口，目光却还停留在方小芳的脸上。

“你们应该知道吧？我叫毕果。”

“我不是问你，我在问她。”修杰的目光依旧执着。

“她是我的女朋友，方小芳，有什么问题你可以和我说。”

毕果话音未落就感到一阵刺骨的寒意，身体仿佛被一把冰冷的刀子劈开。他茫然地看向修杰，却撞上后者冷酷的目光。

在场的所有人都感到空气在隐隐颤动，而颤动的中心，正是修杰的身体，他缓缓张口，发出冰冷却温柔的声音。

“顾青，欢迎回来……”

没人料到，这个自己卷入黑域事件的方小芳，长得竟与顾青有七分相似，正因为如此，修杰才一改之前的游离态度，坚持要求毕果三人加入即将到来的探险，并与从世界各地征集来的科学家和科学探险爱好者一起，进行模拟航空训练。

志愿报名参与的科学家和科学爱好者大多体格平平，不到两天，参与训练的人数就从最初的上千人锐减到五十人。这五十人中，有来自几个发达国家的新锐科学家，也有对科学痴迷的热血青年，以及率先发现黑域的毕果、方小芳和布洛奇三人，他们的名字组成了这次黑域科研探险的成员名单。

“一号航天船上是我、你，还有K小队成员，二号上是旅行者乐队成员以及这五十个人，三号则是储备和逃生用船，名单你再看一下，如果没有问题，就暂时这样决定了。”顾茂昌指了指那份名单，抬头对修杰说道。

修杰却摇头笑道：“不用看，我对可能会死的人没兴趣，除了方小芳。”

顾茂昌眼神一黯，房间里只有他和修杰两人，他轻叹一声，道：“她确实很像顾青……不然，把她换到一号船上？”

“哈哈哈哈……”修杰猛地大笑起来，“顾茂昌，你是老糊涂了吗？你以为一号航空船就比其他的安全吗？你错了，一个普通人不管待在哪条航空船上，都难逃在黑域中死亡的危险。”

“那你为什么还要让他们一起去？”顾茂昌几乎要跳起来。

“因为跟着我们，也许还有生还的可能，至少我会想办法保护她，但如果我们全都有去无回，你说会怎样？”

顾茂昌的大脑一片空白。如果他们消失在黑域里，世界会怎样？他不敢再想下去，那个从天而降的酷似顾青的女孩若留下来，会有什么样的灾难等着她。

“修杰，无论如何，我们一定要活着回来！”

修杰没有回答，他的目光似乎穿过墙壁望向很远的地方，沉浸在没有黑域也没有“盘古”的回忆中，只属于修杰的回忆。

十五天后，航空船终于改装完成，夜族的效率再一次刷新了人类的认知，成为一种“既可怕又可敬”的存在。

不过在这段时间里，黑域的影响范围又扩大了数公里，由于暂时还没有大批人员伤亡，民众最初的恐慌已经得到控制，之前混乱的秩序也得到一定程度的恢复。人们安静下来，整个世界都将关注的焦点放在“黑域探索”上，是否能成功进入黑域并找出有效的解决办法，成了眼下最热门的话题。

按照修杰的计划，一艘专门用来探测的飞船首先被放出，它慢慢地升空，很快靠近黑域。飞船受到强大的吸力，转眼便消失在那片晃动的墨色中，就连绑在船身上足以绕行太阳系外围十周的绳索也消失不见，而采集到的数据也停留在飞船遭受强大吸力之前，试图以黑域飞船采集数据的尝试宣告失败。

众多媒体记者驻扎在旗海县周围，想第一时间了解这次科学探险的进展，但临时基地内的相关人员缄口不言，极大程度地激发了大众的好奇心。

与此同时，科学家和伪科学家们不断发表文章，推测这次探险的各种可能性，更有狂热的伪神学家提出了“摆脱磁场控制，穿梭于无尽的黑暗之中，寻找救世之光”的口号，借机招募大量信徒。最火爆的当属网络上不断出现的虚假报名地址，诓骗数以千计的网民缴纳高额费用，体验“环黑域一日游”活动，此类诈骗活动遭到各国警方的严查和追捕……

“体验活动？哼，人类还真是一种充满创造力的生物。”何翎羽咬着雪茄含糊地说，顺手将报纸揉成一团扔进垃圾桶。

他正站在一间生物实验室的门口，实验室里灯光明亮，“闲人免进”的牌子异常醒目，这里是小林在日本北部的秘密研究基地。

“不，与人类相比，夜族的创造力才是惊人的。”小林从显微镜后面抬起头，眼神狂热地回答道。

“哟，所以你的那些‘朋友’对这次实验结果很满意，对吗？”何翎羽突然问道。

“何先生为什么这么问？”小林有些发愣。

“小林先生，你还记得我们最初的协议吗？”

“记得，当然记得，我们，由我们负责提供场地和原料，制造克隆军队……”

小林的声音越发颤抖，何翎羽一脸阴沉，拔脚一步步走向小林。

“你就没有其他想说的了？”

何翎羽的声音冷到了冰点，从他身上散发出的危险气息让小林忍不住咽了咽口水。

“何先生，我没什么要说的，尤其是关于克隆技术这部分工作……”

何翎羽站在小林面前，慢慢地抬起手臂，他的手中捏着一张照片，照片里成百上千的培养器正密密麻麻地散发着鬼火般的微光。

小林似乎早有准备，就在何翎羽的手掌掐住他的脖颈时，他反手按下警报，几根机械管线自角落喷射而出，直捣何翎羽后心。何翎羽连头都没回，直接扯着小林高高跃起，失去目标的管线穿破器材，管内的化学药剂喷溅而出，洒在何翎羽身上，腾起数道白烟，烟雾散去后，何翎羽的皮肤上只留下了几点浅浅的痕迹。小林被掐着脖子无法言语，但他的眼中写满了难以置信。

“真是失礼，你难道以为，我何翎羽也是依赖科技出生的杂种吗？天真到令人作呕。”突然，何翎羽一改之前的语气，暴怒起来，“你他妈以为有了克隆技术，你们就能一步登天？笑话！你既然如此迫不及待，我会成全你的！说说看，你是喜欢翅膀，还是钳子？”

何翎羽的手收得更紧，小林无法控制地伸出了舌头，突出的眼珠里没有丝毫恐惧。突然一声巨响，实验室一侧的墙壁被强大的力量撞开，四个庞大的黑褐色球体翻滚而入，接着猛地一震，收紧的须脚全部张开，四只全身黑褐色的蜘蛛人赫然出现在何翎羽面前。实验室空间狭小，它们挤在一起，凭借着细瘦的节肢长腿从上方傲然地俯视着何翎羽，胸口处令人头皮发麻的猩红复眼之下，长满利齿的大嘴正流着口水，腥臭扑面而来。

何翎羽眉头微皱，放松了手上的力道，一息尚存的小林挣扎几下，对着那几只蜘蛛发出“杀”的指令，之后便头一歪，昏死过去。四只蜘蛛猛然一跃，撞得顶灯拼命闪动，接着它们斜斜地俯冲而下，大团蛛丝早已到了何翎羽的面前。

何翎羽冷哼一声，将手中的小林提颈丢出。让他有些意外的是，那些蜘蛛人见到小林并没有停止攻击，而是将他率先吞没在半透明的蛛丝之中，只留下一个隐约可见的黑影，接着便向他扑来。

何翎羽伺机而动，在下一团蛛丝砸来前猛地一跃，跳上最近的蜘蛛人背部。那蜘蛛人十分惊慌，灵活地摆动起来，想将何翎羽甩下去。何翎羽低吼一声，手臂上肌肉偾张，利爪自指间长出，嵌入蜘蛛人的背部，将自己牢牢地固定在上面。

何翎羽并没有马上发起攻击，而是稍加寻找，很快便发现端倪，他冷笑一声“原来是这个”，抬起爪子一把抓了下去。伴着碎肉、血液和蜘蛛人的叫声，一个蛋型人造整合器被抓了出来。随着“圆蛋”的抠出，那蜘蛛人开始抽搐，身上的腿和触须也纷纷掉落，最后只剩下一段没有四肢的人类躯干躺在地上，只有胸前的大嘴还在颤抖、扭曲。

找到了蜘蛛人的致命弱点，何翎羽轻而易举地放倒四只蜘蛛。玩弄着手中的四只“蛋”，何翎羽笑得有些复杂，他看了一眼蛛丝中淡得几乎消失的黑影，低声自语：“凭借那点技术，能做到这个程度真是厉害，不过我根本不想知道你是怎么做到的，再见了小林先生！”

何翎羽转身向实验室撞开的大洞走去，他的手掌依旧是狼爪的模样，只听咔吧几声脆响，金属碎屑如流光般从他的指缝洒落，蜘蛛人赖以生存的人造“蛋”被他轻而易举地捏碎了。

实验室的灯光还在闪动，室内一片狼藉，黑暗从缺口外面透进来，变身一半的何翎羽已经走到光阴交错之地，看上去更加诡异，接着他的身影消失在黑暗中。很快，一声狼嚎撕破夜的寂静，外面传来持续的撕咬和惨叫声，异常凄厉。

第二天，日本享誉盛名的生物科学家小林博士被发现在北部沿海的一所实验基地遇害，对外公布的死因是被最新研发合成的杂交生物攻击。这则消息转眼便传遍世界，在黑域盘桓不去的危机时刻，大多数人都认为小林的死没有报道上说得那么简单。根据后续报道，虽然警方已经展开调查，但由于某种变异生物具有极大的攻击和破坏性，实验基地内部遭到大规模的破坏，搜集证据的工作进展缓慢。接受采访时警方发言人透露，小林博士作为本国最顶尖的生物科学家之一，参与了对夜族克隆技术的研究和开发，所以这次事件不排除谋杀的可能性。

在尽力消除社会影响的同时，国际刑警组织在世界各地的分支机构都收到了一份监控副本，那是在小林遇害的生物实验基地外找到的监控。黑暗中，实验基地里的灯光来回闪烁，院子里有少量形状奇特的黑影在晃动。很快，一个巨大的黑影从基地内部扑出，院内的黑影数量开始增多，对这个巨大的黑影进行围攻。在慢放和定格中，专家认定，那个巨大的黑影是一头体格巨大的狼，在实验室里发现的四具人类躯体的背部也发现了狼爪抓挠的痕迹。经过一番简单比对分析，警方认定，杀害小林的狼形“怪物”正是拥有夜族力量的何翎羽。作为夜族在警方挂名的危险人物之一，恶意破坏夜族与人类的和平条约，袭击并杀害人类，让何翎羽背上“恐怖分子”的恶名，遭到警方的全球通缉，但何翎羽已经不知去向，就连移动城内也没有发现他的踪迹。

与此同时，顾茂昌等人刚刚进行完登船前的最后一次装备测试，正在一件一件地脱掉笨重的黑域航空装备。

“什么？何翎羽杀人潜逃？”顾茂昌听到这个消息大为吃惊，他看向修杰，却发现修杰似乎早已知道一样，“阿杰，这究竟是怎么回事？何翎羽不是应该留下来负责飞船的技术维护和返航接应吗？”

“顾茂昌……你觉得我们真的能返航吗？”修杰忽然问。

“你不要扯开话题，老顾在问你何翎羽的事。”林宇风语气中带着斥责。

“你竟敢对夜王如此不敬！”洛冰叫着，将手中的头盔一把丢出，却被李若辰抬腿扫开，滚到一旁去了。

“阿杰，你是不是知道什么？”顾茂昌走到修杰面前，神情诚恳地说道，“我想你应该明白，我们是同在一条船上的生死伙伴，如果你知道什么……”

“我们现在还没有登上同一条船，另外……就算我曾经知道什么，现在也已经晚了。”修杰冷冷地转身走开，“今天午夜登船，祝我们好运。”

修杰离开了，旅行者乐队成员紧随其后，洛冰捡起自己的头盔，恶狠狠地瞪了林宇风和李若辰一眼，安琪则向顾茂昌等人友善地点头以示告别。

装备间里只剩下K小队，顾茂昌一言不发地看着门口，李若辰的目光在几个人脸上转了一圈，小声问：“何翎羽肯定没有死，你们说，他会藏在哪里？”

“应该就在这里吧？”林宇风满不在乎地挠挠头，抢先说，“最危险的地方最安全嘛！”

“我同意。”李磊简单地附和。

“不过我觉得修杰那小子知道何翎羽到底是怎么回事。”林宇风继续推测。

“不，依我看，他知道何翎羽为什么杀人，却不一定知道何翎羽现在躲在哪里。”司徒萧终于开口。

“怎么可能不知道？狗在外面被打还知道回家找主子呢！更何况何翎羽他还是半个人，出了事肯定先找修杰。”林宇风明显很不服气。

“宇风，这可不见得，就算何翎羽求助，以修杰现在的性情也未必会帮他。”顾茂昌忽然开口，“我能感觉到他有什么事没和我们说，但不是关于何翎羽的。”

林宇风用鼻子哼了一下，还想再说些什么，但彭飞已经来到门口。

“顾教授，最后确定随行的三名旅客，他们想见见你。”

“毕果他们吗？”

“是的。”

“我这就去。”顾茂昌答。

“K小队的成员也一起吧，尤其是李若辰，那个叫方小芳的女孩希望你也一起去。”

“我吗？顾教授，可以吗？”李若辰问。

“当然，她应该是有些紧张，所以想找个女孩子一起说说话吧……”顾茂昌的目光突然变得深远，语气里带着伤感，“那么，李若辰和小萧同我一起去吧。”

“我也要去！”林宇风挡在顾茂昌面前，“要论窥探人的心理，我是没有司徒萧厉害，但我和李若辰是情侣，那个方小芳和毕果也是吧？中国有个词叫什么来的，感同身受！我们能说到一起去。”

“这……”顾茂昌一时无语，随即莞尔，“那么我们一起去吧，李磊，你可以吗？”

“我都行。”李磊说。

于是，K小队一行人跟在彭飞后面，浩浩荡荡地来到旗海县指挥所的一间休息室，毕果、方小芳和布洛奇正等在那里。他们的脸色不太好，黑眼圈也有些重，看上去有些紧张和惶恐，见到顾茂昌等人，毕果和布洛奇面色沉重地起身，方小芳有些勉强地咧开嘴笑了笑。

看着方小芳那张酷似顾青的脸，顾茂昌有一瞬间的失神，但他很快便抽回思绪，平静地迎视着众人的目光。

“我知道你们很紧张，我和你们一样从没去过太空，但今晚，一切都会发生变化，我们将去探索未知的危险领域。我无法保证你们能活着回来，若是反悔，你们可以留在基地，但如果不能解开黑域的秘密，就算留在地球上，也迟早会被吞没，安全只是暂时的表面现象，冒险却是永恒的责任。”

听完顾茂昌的话，毕果三人的神情反而坚定下来，他们看看彼此，之后点了点头。毕果郑重地开口道：“顾教授，我们有个疑问，参与这次行动的除了具有特殊能力的人类和夜族之外，剩下的都是科学家和科学爱好者，还有在实战方面具备经验的军人和战士，既然如此，我们三人又是怎么回事？我们没有特殊能力，体检数值也很正常，我们只是发现了黑域并将它公布于世，大可以把我们关一辈子，为什么要费这么大力气带我们一起进行探索？”

“这……”顾茂昌一时语塞。

K小队的成员也面面相觑，无法回答。沉默在众人间游移，慢慢化为尴尬，就在这时，修杰的声音从门口传来。

“顾茂昌没有说过吗？方小芳，你长得很像他的女儿顾青……”

“阿杰，你……”

顾茂昌后面的话没有出口，因为他看到了修杰脸上痛苦的微笑。修杰的目光并没有焦点，他只是空洞地看着墙壁，将难以回答的问题抛给了顾茂昌。

“顾茂昌，如果我们这次活着到达四维宇宙，是不是也能通往十维？”

我们，能见到顾青吗……

第十五章　彼岸世界

“飞船检查完毕，登船人员已到位，三号飞船物资已搬运完毕，救生设备检查完毕，等候指令。”

机械女声在沙漠上空旷回响，异常冰冷。这一夜天气晴朗，星空映着沙海，不知哪个数量更庞大。此时还没有登船，修杰透过面罩看着天空，忽然想起那天晚上，同样是沙漠星空，他和常琳站在无人之地，探讨着宇宙的终极奥义。此刻的修杰虽然拥有夜王种族的智慧，却不得不承认自己对宇宙所知甚少，他清楚地知道十维宇宙曾经存在过，却连四维宇宙的样子也未曾见过，而在黑域这个疑似四维宇宙触手的“侵略者”出现时，他竟然感到束手无策。修杰忽然怀疑，他真的有能力让宇宙回到十维吗？

顾茂昌和他站在一起，却并没有这么多烦恼。他失去了妻子和女儿，如今支撑他走下去的，是对整个人类世界的责任和义务。无论如何，他都想知道黑域后面藏着什么，他不怕自己一去不返，因为人类世界已经没有人等他回家了。他只是担心，若是搭载着自己和K小队成员的飞船在黑域里化为齑粉，至今未被抓获的何翎羽会不会建立起夜族对地球的统治。到那时，人类世界很难再找到能与何翎羽抗衡的力量，除非美国电影里的超级英雄真能从电影里走出来。

李若辰和林宇风跟在顾茂昌身后，用林宇风的话说，在这种性命攸关的时刻，有情人站在一起更容易得到心灵的慰藉，也正因如此，他多少有些怜悯司徒萧，在准备登船的过程中竟然没有与司徒萧进行口舌之争。司徒萧的神情很淡，似乎这只是一次登机旅行，只需要几个小时他就能平稳降落，坐进商务合作伙伴的汽车后座。至于李磊，他用自己的行动诠释着“服从”二字，丝毫不介意他们是去餐厅吃饭，还是到黑域里探险。

而旅行者乐队的成员则等在另一侧通道内，他们与顾茂昌等人一样穿着厚重的防护服。洛冰站在最前面，后面是安琪，戴维和强森并排站在最后，接着是毕果、方小芳和布洛奇三人，剩下的四十七人也是全副武装，安静地等待登船。

“所有人员准备完毕，等待指令。”机械女声再次响起。

众人平静等待的画面同步传回旗海县的临时控制中心，数百名工作人员紧张地盯着屏幕上的数据，虽然所有人都知道，要不了多久，这些航天飞船的数据就会消失。彭飞站在指挥台前，他的身旁站着白浩。

听到“人员准备完毕”的提示，白浩凑近对讲话筒，清晰地开口：“顾教授，祝你成功返航！我们等着你！”

画面里的顾茂昌点点头表示听到，还抬起手臂，竖起自己的大拇指。

得到特别准许对飞船升空进行同步采访的记者兴奋异常，飞溅的口水已经喷进了话筒。

“现在，激动人心的时刻到了！这次行动的总指挥彭参谋长刚刚下达了登船指令，顾茂昌教授率领他的团队，与夜族领袖修杰一起步入一号航空飞船，这是他们师生二人在‘盘古’事件之后的再次联手合作，相信以他们的超高智商和神秘的能力一定能破解黑域的奥义，还地球一片干净的蓝天。我们看到，除了一号航空飞船，二号航空飞船的乘坐人员也在登船，他们是旅行者乐队成员以及本次探索旅行的五十名公众参与者。现在一号航空船已经登船完毕，舱门正在慢慢关闭，从内部摄像头中我们可以看到，一号飞船内部的空间相当宽敞，正中间的大厅里摆放着探测需要的各种设备。现在二号航空飞船的舱门也正在关闭，工作人员正在外面检查舱门的闭合情况，以确保安全……等等，那是什么？”

随着女记者的惊呼，所有人都注意到显示着二号航空飞船应急通道的画面里出现了一个不该出现的人。

“天啊！这不是……”女记者的话到此结束，世界上所有正在直播“黑域飞船升空”的电视屏幕都被切换回各自的演播室，由主持人与相关专家进行“进一步”的探讨与设想。

出现在二号航空飞船应急通道里的不是别人，正是如今正在被警方全球通缉的何翎羽。他看上去略显憔悴，但目光炯炯，没人知道他是如何潜入飞船的，但经过与国际刑警组织的短暂沟通，对方同意不再重启舱门，待何翎羽回来再做抓捕和审判。

“翎羽哥，真的是你！”洛冰尖叫着，费力地移动着脚步向何翎羽走去。

她的叫声在每个人耳边回荡，因为此时，顾茂昌、K小队成员、旅行者乐队、随行公众以及指挥中心的通讯都没有关闭。

“洛冰，快找件备用防护服，马上就要起飞了。”安琪提醒道。

“闭嘴，用不着你提醒！”

洛冰的声音透着怨毒，一号飞船里的司徒萧听得微微皱眉。很快，何翎羽穿上防护服，第一件事便是向众人问好。

“又见面了！我是何翎羽，通缉犯何翎羽。夜王，你怎么想？”

“很高兴你能成功脱险，但你知道，我们的情况不容乐观。”修杰淡淡地说。

“放心，就算没有我在外面监督，这些飞船也绝不会出问题，不过我真的很惊讶，你们居然没人问我为什么杀了小林。”

“哈，杀人犯在炫耀功绩！”林宇风语带讽刺，“这下可不好了，和你同在二号飞船上的都是手无寸铁的民众，我说，你想怎么对他们？”

“何翎羽，你杀人的原因并不重要。”司徒萧突然开口，“国际警方暂停抓捕才是问题的关键。”

“我知道。”何翎羽似乎并不在意，“几乎没有人认为我们会活着回来，不是吗？”

何翎羽的问题过于冷酷，以至于无人回答，时间在慢慢流逝，一直静坐在座位上的顾茂昌突然说道：“是的，何翎羽，欢迎加入黑域探索敢死队，起先我还担心你留在外面会给世界带去灾难，但现在，我很高兴你加入了我们。”

“指挥中心，我是顾茂昌，一号飞船全体人员准备完毕，可以起飞，可以起飞。”

“指挥中心，我是安琪，二号飞船全体人员准备完毕，从现在开始，转交二号飞船负责人一职，请何翎羽通报起飞准备信息。”

“我是何翎羽，可以起飞。”

在众人的注视下，三艘航空飞船依次升起，慢慢向黑域驶去。近地面这段路途，修杰不顾顾茂昌的反对，坚持选用低级燃料，此刻，飞船正以肉眼能够追踪的速度驶向黑域。

突然，一号飞船的通信出现干扰，画面像波浪一样跳动几下便彻底消失，转眼，二号飞船、三号飞船的传输画面也逐个消失，最后连雷达也无法检测到它们的踪迹。

三艘航空飞船驶入了黑域。

飞船近地飞行过程中，所有人都被牢牢地固定在座位上，内部对讲系统暂时关闭，虽然众人都挤在同一个搭载舱内，却连最基本的沟通都无法进行。顾茂昌不禁看向面前的几个人，他们的面色无一例外的平静和放松，就连平日里最不安分的林宇风也是如此。

坐在内部，他们能感觉到推进器正在加速推动飞船，接着，舱内的灯光闪了闪，推动作用也在那一刻疲软，一种强大到无从抗拒的吸力骤然来袭，飞船开始不停地翻转。顾茂昌并没有感到不适，全靠夜王的周到设计，飞船中的载人部分设在正中央，既能最大限度地抵御外部破坏，又能在可以预见的强烈翻转中尽量保持平衡。

从出发到现在，顾茂昌已经默数了十秒，即使是低速运行，一号飞船此刻也应该到达黑域的边缘了。按照之前的观测，所有靠近黑域的物体都会在瞬间被吸入，而此刻，这艘载着K小队成员和修杰的飞船，应该也已经被无情地吸了进去。

在策划这次探索行动的过程中，顾茂昌曾无数次想象进入黑域时会有何种感觉，会不会因为强大的破坏力导致船毁人亡，连遗言都无法留下。他甚至不能免俗地号召K小队的人写下遗书，不过，真正动笔的人只有司徒萧和李若辰，因为其他人根本不知将遗书留给谁，包括顾茂昌本人在内。

但飞船并没有像之前担忧的那样在靠近黑域时被强大的力量压碎，顾茂昌稍感欣慰的同时，又开始毫无依据地操心起黑域内部的情况。不过，这种白白浪费脑细胞的行为很快便不得不被中止。

飞船的翻转似乎越来越迅速，顾茂昌被紧紧地绑着，只觉之前那股吸力不断变换角度，越来越强烈，几乎遍布全身。此刻重力已经不再产生作用，在距离地面不过几千米的空中，他们借助黑域的神秘力量脱离了地球的控制。

顾茂昌又数了二十秒，飞船在第十九秒时越转越快，顾茂昌几乎感觉不到那股吸力的方位变化。由于飞船的旋转，它的影响已经可以在一秒内遍布所有方位，但到第二十秒时，一切都静止下来。

飞船似乎悬浮在虚空中，没有动力，没有引力，感觉不到一丝移动，似乎在漫无目的地飘荡。向来秉持无神论观点的顾茂昌甚至有一瞬间的错愕，以为这是传说中灵魂离体时的感觉，但接下来发生的事，让他瞬间找回了自己的灵魂。

仿佛将整个人扔进低压舱中一般，吸力从飞船外侵入，开始拼命撕扯顾茂昌的身体。虽然有厚重的防护服保护，顾茂昌还是觉得虚弱不堪，如果不是被固定在座椅上，他一定早已瘫软到地上。身体里所有的内脏都在不受控制地扩张，仿佛要从躯体中挤出来，头部几乎要炸开，整个人就像一只不停充气的气球，满胀得即将爆裂。

顾茂昌强忍痛苦睁开眼睛，无力转头观察坐在旁边的修杰，但隔着防护面罩，他能清晰地看到林宇风脸上青筋暴跳，李磊咬紧的牙关在颤抖，司徒萧眉头紧皱，李若辰则靠在座位上，痛苦地张开嘴。他们痛苦的表情成为顾茂昌眼前最后的画面，紧接着，舱内压力监测装置发出耀眼的红光警报，之后所有的灯同时熄灭，搭载舱内陷入一片漆黑。

与浓郁的黑暗一起袭来的是更为强烈的痛苦，顾茂昌瘫在座椅上，用自己仅存的意识回忆之前对黑域的数次实地考察，每当他们试图靠近黑域，都会产生同样的感觉。

我们进入黑域了……

他这样想着，之后便失去了意识，跟飞船一起沉入无边的黑暗之中。

三艘飞船在黑域中以极快的速度移动，它们无法行驶，因为所有的动力设备都已经停止运行，但它们的速度却比世界上任何一台航空设备都要快。这三艘经过夜族改装的黑域飞船成功地冲破了黑域边缘的磁场，载着昏厥不醒的探险队成员向黑域深处急速而去。

不知过了多久，一号飞船搭载舱内仍是漆黑一片。忽然，一丝微弱的光线出现在搭载舱中，一团若有若无的雾气笼罩在修杰的身上。那是从一亿三千万个原子监狱中释放出的夜王的意识集合体，在这个神秘而未知的环境里，夜王的意识先于所有人类，第一个清醒过来。但因为作为肉体承载的修杰还没有转醒，夜王的意识体无法移动，只能静静地附在修杰的身体上，在防护服里发出微弱的光芒。

紧接着，不知为何，座位上的固定带扣全部打开，重力又开始显露力量，搭载舱内的六个人中，K小队全体成员都从座位上滑落，只有修杰一个人的身体还留在座位上。接着，飞船像是被什么东西拖着，飞快地向下移动，极快的速度直接使舱内五人被抛向搭载舱的天花板。

又过了不知多久，林宇风动了动，第一个醒来。他发现自己离开了座位，平躺在坚实的舱壁上，似乎所有的毛孔都张得很大，一种力量耗尽的虚脱感让他异常难受。

还活着！这是林宇风脑海中出现的第一个念头，他试着起身向周围看去，想看看其他人的情况，却发觉搭载舱内光线暗淡，只有那团奇怪的雾气散发着微光。认出那是夜王的意识体，林宇风不敢轻举妄动，于是伸出手，隔着手套在头罩下围处稍作寻找，便找到了对讲开关。

“醒醒！我是林宇风，李若辰！李若辰？老顾！李磊！司徒萧！听到回话！”

没有人回应，虽然只要有一个人打开对讲开关，整个搭载舱里其他人的对讲装置都会同时启动，但林宇风问了几次都无人回应，无边的恐惧向他袭来，他甚至怀疑整个搭载舱里是不是只有他一个活人。

修杰身上还散发着微弱的光芒，好像在提醒林宇风他不是一个人在战斗，但队友毫无反应，敌人却率先清醒，这让林宇风心浮气躁，忍不住大声骂道：“修杰你他妈不说话在那儿装鬼啊！老子都他妈上天了还怕鬼？夜王你个犊子玩意，你给我滚出来！跟个小鸡似的躲那破壳里有意思吗？”

但修杰和夜王的意识体都没有反应，林宇风骂着骂着感到不对劲，于是他含糊地咕哝一声，之后不顾飞船正在飞速移动，一骨碌爬起来，想走到修杰身边去看个究竟。

林宇风一站起来便感觉到不对劲。虽然他与修杰的距离不远，但按照他的印象，他们之间应该至少有一个固定用的座椅。他四下环顾，伸手去摸索，却发现周围空无一物，但脚下坚实的感觉却明确地告诉他，他们还在飞船的搭载舱里。更为诡异的是，头顶上方那股熟悉的重力感，让他误以为自己是大头朝下地站着。如果以地球上的常识分析，他大概正站在搭载舱的天花板上。

“怪了，上天之后我还会飞檐走壁了！”林宇风咕哝道，“人会变得力量强大，那这么说，夜王是不是要死了？”

嘴上嘀咕着，林宇风脚下不停，磕磕绊绊地向修杰走去。没走几步，突然脚下一绊，整个人直挺挺地拍向“地面”。林宇风下意识地想要进行瞬间位移，却发现自己的身体没有半点变化，摔了个结结实实。

“谁暗算我！”林宇风趴在地上咬牙切齿。

“别过去。”李磊的声音传来。

“李磊！哎哟太好了李磊你还活着！”林宇风一骨碌坐起来，举起手在身前摆动，“你能看见我吗？”

“能，我就在你十点钟方向，看着你像傻逼一样朝我的肚子挥手。”

“滚犊子！亏我刚才还担心你死了！”林宇风发了句牢骚，接着问，“快跟我说说你看见什么了？”

李磊坐起身，看向周围。他们现在都坐在搭载舱的天花板上，顾茂昌双手摊开仰面躺着，司徒萧像自由泳一样侧卧，李若辰大约是凭借肌肉记忆，从座椅上掉落时保持了安全姿势，现在仍然蜷曲着身子躺在那里。至于修杰，就连林宇风的眼睛也能看清，他一动不动地靠坐在角落里，夜王的意识体却在防护服里轻轻晃动，仿佛随时都会冲出来一般。

搭载舱的设备没有明显损坏的迹象，没有断电，空气循环设备仍在运行，李磊一边看一边向林宇风简单描述着，忽然，他的目光被一块方形金属板吸引。

“宇风，你记不记得这船上有观测窗？训练的时候说过的，要怎么打开来着？”

“我哪知道？那节课我吐到直接昏睡。”林宇风没好气地答道。

“找到手柄，先向上扳一次，再向下扳两次，之后抓紧手柄抬起窗板……”

“李若辰！李若辰你在哪里？”林宇风听到这声音就像打了鸡血，开始伸手在周围摸索。

“她在你身后大约四步远的位置。”李磊说。

林宇风终于摸到李若辰的防护服，喜极而泣地叫着：“我就说你不会死！写什么狗屁遗书！你看，我们不是都还好好的吗？”

“顾教授和司徒萧呢？还没有醒吗？”

“他们体质太弱，一时半会儿不会醒，怎么样李若辰，我们打开观测窗看看风景吧！”林宇风兴致勃勃地说。

“顾教授！顾教授！”李磊的喊声在所有人耳边响起。

“李磊你他妈要把我耳朵震聋啊！”林宇风骂了一句。

这时对讲系统里传出一声叹息。

“穿上防护服唯一的缺点，就是不能再看到李若辰把你收拾得服服帖帖。林宇风，你现在有大把的时间随意造次。”

“司徒萧，你别一睁眼就怼我，我们可是一条船上的蚂……探险家！”

林宇风这边正说着，只见搭载舱壁上出现了一道缝隙，微微透进光亮，接着那缝隙越来越大，观测窗被打开，借助窗外微亮的光线，他们看到李磊正站在那里，向他们比了一个胜利的手势。

“外面有什么？”司徒萧问。

“什么也没有。”李磊回答。

“快把顾教授叫醒，没有他，我们什么也干不了。”李若辰说。

众人在飞船向下的高速运动中聚拢在顾茂昌身旁，将他扶起，轻轻摇晃，大声呼唤。很快，顾茂昌恢复了意识。

“我们在哪里？”顾茂昌醒来就问。

“不知道，也许你会知道。”李磊摇头回答。

“修杰呢？他没说什么？”顾茂昌又问。

“他？他还没醒呢！不，不对，我醒来的时候，夜王已经醒了，但修杰没有。”林宇风抢着回答。

“怎么回事？快扶我起来。”

当顾茂昌被林宇风和李磊扶起，勉强在天花板上站稳，他险些被眼前的景象惊呆。

飞船里的空间颠倒了，所有人都站在天花板上，感受着大脑充血的浑噩。座椅像巨大的钟乳石一般在头顶垂下，侧壁上的观测窗被打开，微弱的光线照亮了搭载舱，修杰委顿在角落，身上仿佛神灵附体一般散发微光。

“这是……夜王的意识，它又一次离开了修杰。”顾茂昌喃喃自语。

“我觉得它进到黑域之后能量在不断增强，比之前亮了很多。”司徒萧说。

“难道它还要玩一把‘波塞冬的觉醒’？”林宇风惊讶地问。

“什么波塞冬？”顾茂昌问。

李若辰的窃笑声从对讲系统中传出。

“没什么。”林宇风突然正经起来，“我们要不要先宰了他以绝后患？反正旅行者乐队那帮人也没在这里。”

“还是再等等看。小萧，与其他飞船取得联系了吗？”顾茂昌问。

“刚刚尝试了……联系不上。”司徒萧答道。

“什么？”

众人一惊，争先挤到观测窗前，又将其他方向的小窗隔板拉开，用观测望远镜四下看去。什么也没有，周围是一片暗灰色的雾状气体，根本看不到任何飞船的影子，他们所在的一号飞船就像迷雾中的孤舟，被不知名的气流扯动，正飞速前往未知的空间。

地面指挥中心一片沉寂，所有设备还在照常运行，但工作人员已经全部起立。

“已经过去十个小时了，完全没有回应，就像之前所有的探测设备一样。”白浩低声说。

彭飞的语气有些悲痛：“顾教授他们大概已经……”

“不可能！修杰说飞船不会有事的！他们一定会回来！”白浩打断彭飞大声说。

“但那也许是几百年后的事了，到那时，地球早就成为了黑域的一部分，他们也将无处可回。”

“不会的，一定会回来的。”白浩盯着那些设备的屏幕，一字一顿地说，“他们一定会解决问题，很快回来的。”

白浩瞪大眼睛，右眼透露出的不甘与左侧义眼的平静形成强烈的对比，看上去异常骇人。彭飞摇了摇头，转身离开，留下白浩守着整片的沉寂，还有那些再也不会变化的数据。

经过几个小时的尝试，顾茂昌等人此时已经放弃努力，枯坐在天花板上，绝望和恐惧悄悄地笼罩着整个搭载舱。他们的通讯设备全部失灵，无法联系二号与三号飞船，也无法与指挥中心取得联系，似乎除了他们六个人，其他的探险队员全都在一瞬间消失了。

其中最为焦虑的自然是司徒萧，他坐在角落，抿紧嘴唇一声不吭。林宇风感到气氛过于压抑，便起身走向修杰。

修杰还在昏迷中，但那雾气似乎又亮了一些，照亮了大半个搭载舱。林宇风没好气地走过去，抬脚重重地踢在修杰的肚子上，当然，隔着防护服，这一脚的力量微乎其微。

“要不是你最早整什么‘盘古’，现在老子能这么惨吗？上不着天下不着地的，跟他妈孤魂野鬼似的！”

林宇风一边骂，一边转身想走回顾茂昌身旁，只听对讲系统里响起冰冷的声音。

“宇宙长河雄浑滔滔，人类之渺小，怎可敌孤魂野鬼？”

“夜王？”林宇风一惊，因为飞船的高速运动，他脚下一个不稳摔坐在地上，“你说什么？什么淘淘迪迪？”

“他是说宇宙太大，人类太小，连孤魂野鬼都不如。”司徒萧说。

“夜王，你终于开口了。”顾茂昌摇晃着站起来，“我们已经进入黑域，现在怎么办？”

“不，还没有，但也近在咫尺。”

夜王的话刚刚说完，飞船猛地一震，仿佛被什么东西整个抓住，随即粗暴地向一个方向拖去。所有人都倒在地上来回翻滚，顾茂昌因为有李磊保护，所幸没有大碍。他们能感觉到，飞船似乎被拖进一个曲折异常的空间里，外面重新漆黑一片，但夜王意识体的光线却照亮了整个搭载舱，令人感到莫名的压抑。

“感觉像他妈过山车！我要吐了！”混乱中林宇风叫道。

“闭嘴，会咬到舌头！”李若辰吼着。

“不是说天上会失重吗？为什么是这样！”

林宇风的问题问到了每个人的心里，但谁也无法给出答案。司徒萧和顾茂昌一语不发，只有李磊的状况还好。

“你们知道蜂巢吗？蜜蜂的巢穴，还有蚁穴，以前有科学家用微型摄像机拍摄过蚁穴的内部，我感觉我们在一个很大的蚁穴里。”

“李磊你够了！我有聚集恐惧症！”林宇风声嘶力竭。

“是密集。”李磊纠正。

“李磊，准备逃生。”顾茂昌的声音响起。

“收到。”

李磊应着，同时在不断颠簸和转向的搭载舱中爬起来，他先扯住顾茂昌，之后拖着他爬向紧闭的逃生舱门，扯开门借着甩动的惯性将顾茂昌扔进逃生舱，之后是李若辰、司徒萧和林宇风，最后是修杰。

不到几分钟的时间，六个人已经挤在逃生舱中。顾茂昌、林宇风、李若辰和司徒萧自行钻入逃生用的茧形护艇，李磊先将修杰塞入护艇安置妥当，最后自己也进入护艇中，说了一句“我也准备好了”。

“好，飞船一旦平稳就进行弹射，无论抓住飞船的是什么东西，先逃出去再说。”顾茂昌对众人吩咐。

“收到。”几个人齐声应着。

这种过山车一般的情况持续了半个小时左右，突然，之前左冲右拐的飞船毫无征兆地停了下来，

“走你！”林宇风说着按下弹射按钮。

其他人也一起按下弹射，但什么反应也没有，弹射舱门并没有打开，弹射架也没有推出，一切都跟着飞船静止下来，整个逃生舱里弥漫着紧张和不安的气息。

紧接着，飞船开始震动，那震动十分规律，像是有东西在外面撞击飞船。众人的不安变得更加浓烈，他们一动不动地躺在那里，被修杰身上白惨惨的亮光照着，活像在老旧医院的停尸间里的尸体。

“这他妈什么情况！”林宇风第一个从护艇里坐起来，“我去看看。”

“不行宇风，不能去。”顾茂昌说。

“我们应该先了解一下外面的情况。”司徒萧说着也坐起来。

撞击和震动还在继续，林宇风已经爬出护艇，走到外舱门前，说道：“还了解啥！再这么婆妈回头让人连锅端了！”

“我和你一起去。”

夜王的声音忽然响起，众人惊讶地转过头，就连林宇风也停下了脚步。只见夜王的意识体紧箍住修杰，它的光亮慢慢变暗，却没有完全消失，接着，修杰动了起来，他依旧闭着眼睛，身体却灵活自如地从护艇中爬出，走向林宇风。

“夜王，你要干什么？”顾茂昌惊问。

“外面的东西不可能是人类，如果是林宇风，必定有去无回。”夜王淡淡地说着，抬起修杰的手抓住外舱门的手柄，转动起来。

顾茂昌等人也跟到外舱门口，看着夜王和林宇风一前一后穿过隔层空间，走到逃生口。

逃生门刚刚打开，一条闪着白光的带状物便从缝隙中飞快地探进来，接着逃生门被撞破，一大团刺眼的白色物体冲了进来。

“快退后！”

众人最后的印象，是夜王急促的话语和他张开双臂挡在林宇风身前的样子，之后便在一片白光中失去了意识。

顾茂昌等人在一片“沙沙”声中逐渐恢复意识，白光已经消失，他们还穿着防护服，但飞船已经不见了踪影。六个人被集体装在一个渔网状的容器里，吊在一只很小的飞行物下面，正在空中高速移动。

值得庆幸的是没人受伤，防护服自带的氧气制造装置已经启动，里面的药品至少够他们呼吸一两个月，更幸运的是，防护服的对讲系统依旧可以使用。

“无线电波的发明简直是人类的一项壮举。”顾茂昌不禁感叹道。

“只有人类这种依赖空气的生物才需要无线电波。”夜王冷声说道。

“夜王，能问你一个问题吗？修杰为什么一直没有醒？”司徒萧忽然开口。

“哦，那是因为脱离了地球的引力场，我现在可以自由出入他的身体和意识，没有我，他就是一块废肉。”

“那你为什么不从防护服里出来？你们夜族不是很牛吗？”林宇风挑衅道。

“你是猪吗？”夜王的口气极具讽刺，“在这种未知环境下，即使是最勇敢的异星人也不会贸然离开保护罩，我要留着这个人类，让他来承受防护服的重量。”

“啊，虽然你救了我，但我还是要说，你这个阴险狠毒的怪物。”

“异星人是什么？”顾茂昌问。

“不知道。”夜王答道，“大概相当于你们的谚语吧。”

他似乎并不想继续解释，而是抬起头看着上面的飞行物，很有兴趣地说：“看起来，这个世界的科技相当发达，他们居然将‘sufliag’改造成了运输机。”

“那又是什么？”

“按照你们的命名习惯，大概叫做巨型锁翼十七环扁头无足蜘蛛？谁知道呢，总之这东西在宇宙中能够高速飞行，体力很好，不过总是群体出行，也极少听从指令，想让它们运载东西可不是一件容易的事。”

夜王说着，顾茂昌等人默默听着，这些话他们都听得懂，但对于解开这个未知的世界却没有任何帮助。而此刻，他们不得不承认，夜王已经成为他们的智囊。

一路上，众人默然不语，虽说那只“沙沙”作响的虫子飞得很快，但周围的星球却像静止一般，顾茂昌知道，那是因为行星的距离太远。这里确实是另一个世界，他们呈现出失重状态，周围是发光的行星，就像是一次合理想象中的星际旅行。

“我们要去哪里？那虫子会回答我们吗？”

“不会，它们没有语言，所以既听不懂问题，也听不懂命令。不过，目的地在那里。”夜王指了指远处。

很快，乘着“sufliag”运输机，顾茂昌等人靠近了一坨造型古怪的悬浮物。从外表上看，它的周身立着细碎的岩石类沉积物，就像海底常见的珊瑚，又像一块吸满铁屑的磁铁，形状怪异，颜色暗淡。

顾茂昌等人被直接拖进悬浮物内部，从一个很小的入口进入，很快飞入一片狭窄的空间。那只飞翔的虫子突然停住，顾茂昌等人惊恐地发现之前那个笼罩着他们的“渔网”正在被虫子收回体内，接着虫子向上飞去，消失在黑暗中。

紧接着，一道豁口从他们脚下打开，将众人吸入。借着从身下射出的强光顾茂昌等人清楚地看到，在这个狭窄空间的上半部分，密密麻麻地挤着上千只“sufliag”，有些还在蠕动和扇动翅膀，即使没有密集恐惧症，也让人感到极不舒服。

他们落入一个干净的空间里，空间的形状像一只梨。这里没有生物，没有门窗，光线似乎是从墙体里直接发散出来的，明亮异常。一想到头顶还有上千只虫子，所有人的脸色都很难看，尤其是林宇风，他的脸色几乎和墙壁一样白。夜王的意识体依旧在修杰的身体外自在地晃动着，他似乎对眼下的情况并不担忧。

“这又是什么地方？”顾茂昌问。

“不知道，大概是另一种大型生物的变异体。”夜王懒洋洋地回答。

“我们被它抓住了？这里是它的胃吗？它是不是要把我们消化掉？”李若辰问。

“我想不会，这里一定存在着统治生物，我们是入侵者，按照宇宙惯例，我们会被带到统治生物面前。”

“希望它不是虫子。”林宇风几近虚脱却仍要接话。

“夜王，你不担心自己的手下吗？”司徒萧忽然问道，“和他们已经失联很久了。”

“不用担心安琪。”夜王善解人意地说，“她接受了我的力量，就不再是简单的人类。虽然在这个鬼地方，她的能力会被削弱，不过你的安琪就算到了氧气稀薄的环境里也能生存很久，她比你强壮得多。”

司徒萧被当众戳破心事，未免有些尴尬，于是只是点了点头，没有再说话。

在这个怪异的空间里，一切都是静止的，时间似乎也停了下来。六个人静静地漂浮着，都没有再开口。

顾茂昌开始感到困倦，他不记得自己有多久没有休息，因为时间在这片未知的空间里全无意义。因为周围平和安宁的环境，顾茂昌的眼皮开始打架，他努力地想要保持清醒，但因为漂浮在空中，他连换一个姿势都很困难，渐渐地，他垂下眼帘，又张开，再垂下，最终迷糊地睡着了。

“老师？”

突然，一个声音撕裂昏暗和沉静，让顾茂昌一个激灵睁开眼。

“阿杰！”

只见修杰正漂浮在顾茂昌面前，瞪大眼睛惊讶地看着他，夜王的意识体还漂浮在修杰体外，但修杰的瞳仁却是熟悉的暗黄色！

“阿杰你……”

顾茂昌的话还没有说完，他们所在的空间突然剧烈地震动起来，一股强大的力量将他们向上抛出，头顶的墙壁再次裂开。

正当顾茂昌等人做好准备打算再次面对上千只虫子时，却发觉自己正趴在一块坚实的地上，周围是明亮却并不刺眼的白光。

“阿杰！”顾茂昌第一时间看向修杰，却发现夜王的意识体再次包裹住他，那双眼睛也变得漆黑。他还是夜王，脸上没有一丝表情，似乎完全不知道刚才发生的事。顾茂昌甚至有一丝错愕，以为自己只是在迷糊中做了一个逼真的梦。

接着，顾茂昌下意识地抬起头，当看到眼前的情景时，他像K小队的四名成员一样不禁瞪大眼睛，屏住了呼吸。

眼前的一切比科幻电影还要科幻。就在顾茂昌等人被扔入的地方，围着许多外星生物。几只像坛子形状的粘稠液体正在离顾茂昌不远的地方微微颤动，它们悬浮在空中，小心地将身体的一部分凹进去，生怕顾茂昌碰到自己，但在他们的身体顶端，似乎应该是头部的位置，正努力前倾，像一群近视眼一样观察着顾茂昌一行。

在这些悬浮液体身后，是一群身体发光的耀眼的白色生物，顾茂昌不得不眯起眼睛观察它们。它们和冲入飞船的那只外星生物非常相似，身体如同拧在一起的短粗麻花，周围还游动着手臂一般的细丝，看上去柔软得像只水母。

还有一些皮肤酷似岩石表层的生物吸附在地上，支起管状触须，像用单眼望远镜一样死死盯着这群闯入者，那触须还在微微晃动。这些实体生物的数量不多，但无论从大小、颜色还是形状上都五花八门，空间里还悬浮着许多更加细小的生物，他们有些是气化物，有些具有一定的实体，这些大小生物悬浮摇摆，不断发出“嗡嘤”的噪声。

这里看上去就像是一个遭受了生化侵蚀后的异种大型水族箱。

“怎么全都是软体生物？”司徒萧问道。

“这是最低级的。”夜王的声音很低。

“那高级点的岂不是和地球上一样？”李若辰问。

“不，不一样，比地球上高级很多。”夜王说。

此时，顾茂昌已经站了起来，好奇地看向四周。他们在一个很大的岩质行星上，地面看上去虽然与地球岩层不同，但至少同样坚实。

与他们在渔网中经过的空间不同，这里感受不到任何引力，除了不知名的外星生物，空间中还悬浮着很多小行星和碎屑。放眼望去，这里就像是一个微型宇宙，顾茂昌从未见过星球之间的距离可以如此之近。

“这就是黑域内部？”顾茂昌自言自语地说，“没有万有引力，行星之间不会相互吸引，所有被吸入的东西都只是悬浮着……”

“我想不止如此，不要小看宇宙中的任何一种存在。”

“先不管这里是哪儿，我们该怎么办？”林宇风问，“被这么盯着感觉真想死。”

“我来试试，也许他们懂得地球语，或是我们的手势。”

顾茂昌说着，向前踏了一步，之前围在旁边的外星生物迅速后退，避之唯恐不及。顾茂昌试着挥动手臂与他们交流，又切换对讲系统到不同频段，不断更换各种语言进行问候和询问，但眼前那些古怪的生物根本没有回应，他们自顾自地通过改变形态、相互碰触进行沟通，像是对顾茂昌等人议论纷纷。

吵闹的围观陆续引来新的外星生物，导致了第二轮的围观。这一次出现了看起来比软体生物更为高级的形态——一些奇怪的蛛型生物，他们有很多条腿，或者说很多触须，这让他们看起来既像章鱼又像蜘蛛。这些怪家伙彼此缠绕在一起，以极快的速度来到顾茂昌等人面前，所有先行围观的生物都拼命躲避。

地球上的来客看着这些扭曲缠绕在一起的枝状物，他们大概有几百只，慢慢展开后连成一张极大的网，不断摇动的触须似乎还有不同颜色，只要看上几秒钟就会感到头晕眼花。

“不行，我的聚集恐惧症又犯了……”林宇风说着向后退去，但下一秒他就惊恐地发现，不知什么时候，这些奇怪的枝状物已经绕到他们后面，将一行六人整个围住。

林宇风的一声惊叫引起了众人的注意，眼前的枝状物似乎越来越多，实际上那只是他们的触须在变多，如果不采取行动，顾茂昌等人马上就会被他们彻底围住。

“夜王，你认得这东西吗？”顾茂昌问。

“不，我从不知道有这种东西，它们不像生物……”夜王回答。

“可是他们都在动。”司徒萧说。

“不，不一样，仔细看，他们的动作是完全一样的，就像一个复制另一个。”李磊说。

“我看不下去了，我想吐……”李若辰低声说。

林宇风已经无力地悬浮在他们身旁，一声不吭地装死。

“我会想办法和他们沟通的。”顾茂昌说着绷直身子，打算利用自己的特异功能，尝试入侵外星生物的思维。

“老顾没用的，我在飞船上的时候就试过了，超能力不好使。”林宇风见状挣扎着翻转身体，对顾茂昌说道。

但顾茂昌已经闭上眼睛开始集中精力，很快，他们眼前由枝状物组成的大网便颤动起来，所有触须都扭在了一起。

“成功了？”司徒萧小声问。

“不，还没有。”夜王紧盯着眼前的变化，声音越发冰冷。

夜王的声音刚落，顾茂昌面前的一只枝状物突然凭空炸开，接着凝成一道光束，猛地刺向顾茂昌的防护头罩。李若辰反应敏捷，即使穿着厚重的防护服也仍然准确地踢到那束光，她的防护服挡住了光束，让它转移方向直击其他枝状物。

“顾茂昌，快停下。”夜王的声音突然响起。

但一切都太晚了，光束撞击在最近的枝状物上，几百只扭动的枝状物仿佛被成片点亮的灯火般一齐发光，接着猛地炸开，形成一张刺目的光束网。众人耳边响起顾茂昌痛苦的叫声，他像是被无形的力量撞击了大脑，直接向后仰去，接着便毫无知觉地悬浮在空间中。在他们面前，几百只枝状物彻底消失，只剩下远远围观的外星生物还在伸长身体的某一部分，好奇地观望着。

“顾教授！”

K小队的人惊慌失措，连夜王也转身看向顾茂昌。他头上没有任何伤口，却面如死灰。林宇风等人拼命呼唤，顾茂昌却依旧毫无反应。

突然，他们脚下的地面开始晃动，起先是小幅度的波动，但很快，之前坚实的地面不复存在，取而代之的是如同床垫一般的流体表层，仿佛带有莫名的吸力，只要与之接触，稍不留心脚就会整个被吸进去。

“保护顾教授！”林宇风叫道，一只手扯住顾茂昌，另一只手去拉整条腿陷入地表中的李若辰。

K小队的几个人乱作一团，夜王却异常惊讶。

“真没想到，黑域里还有这种东西……”

那些看起来像沼泽一样危险的地面上，突然生出细长而柔韧的带状物，以肉眼无法捕捉的速度扑向众人。李若辰大喝一声一个回转，将那些土色的带状物踢开，同时用手抓住七八条正刺向林宇风和顾茂昌的带状物，但在她的脚下，不断有带状物喷射而出。

“不要惊慌，他们不是在攻击。”夜王说。

众人看向他，发现那些带状物已经缠住了夜王的脚踝，并不断收紧，眼看已经要透过防护服的表层。

“可是……”李若辰迟疑一下，又返身扫过一片新冲出的带状物，“他们要干什么？”

“他们相当于一种嵌入式翻译器，虽然原理完全不同，但效果一样。”

不等夜王说完，缠在他脚踝部位的带状物已经穿透防护服消失了。

“这防护服除了供氧还他妈能干点啥！”林宇风破口大骂。

“能供氧就不错了！”李磊气喘吁吁地说，他正费力地从一大团带状物中抽出手臂。

虽然林宇风等人奋力挣扎，但面对越来越多的带状物，他们渐渐力不从心。

第一个被穿入的是司徒萧，司徒萧因为善于操控，长期以来都是以训练精神力为主，体力搏击向来不是强项，再加上在失重的环境中行动不便，很快就被层层缠住，眼睁睁地看着那些奇怪的带状物轻松地穿过他的防护服。接着，他感觉到腰上传来一阵轻微的刺痛，接着脑海中便响起一道声音。

这声音既不是顾茂昌那样的传音，也不是从耳朵进入，而是直接出现在大脑中，语调严肃平和，与夜王完全不同，却比他的声音更加机械："带来灾难的异星人后代，如你们所愿，我们同意和你们进行沟通，使你们听令于我。"

"你们不要动了，这东西真能让我们和外星生物沟通。"司徒萧叫起来。

听到司徒萧也这样说，林宇风、李若辰和李磊这才放弃挣扎，心惊胆战地看着那些带状物进入他们的防护服，就连昏迷的顾茂昌也没能幸免。

那个声音的主人仿佛能看到他们的行动，当众人全都停止抵抗，声音再次响起："欢迎来到类宇宙，成为我们新的俘虏，鉴于你们在攻击'比沙'护卫团中表现出的超能力和危险性，你们的危险指数等级为二级，祝你们在类宇宙P-63小星球上生存愉快。"

那声音还没有消失，熟悉的sufliag"渔网"便迎头罩下，但这一次比之前的网更大。六个人不等回过神就发现自己已经飞驰在空间之中。由于这种移动方式较为熟悉，林宇风等人并没有惊慌，有一两分钟的时间，他们一直在面面相觑，弄不清刚才发生了什么。

“为什么突然就能听懂了？”林宇风问，“是因为那些奇怪的蚯蚓吗？”

“那不是蚯蚓，而是从地表直接凸起的东西，完全是一体的。”李若辰说。

“那不是地表，而是一种拥有集体智慧的生物。顾茂昌最开始就弄错了，他以为这是个星球，但其实只是这个生物本身。”夜王低头看着自己的脚踝，“在集体意识中有一种高级意识，他们没有名字，却能将任何形式的沟通转化为接受者自己惯用的语言，不过这种意识原本只存在于传说中，没想到会在这里见到。”

“接受者自己的语言模式，那你刚才听到的难道是夜族的语言？”司徒萧若有所思地追问。

“没错，你的智商还算够用。我之前能够与你们交流，完全是因为我与修杰共享意识，借助他的语言能力与人类沟通……我现在对你们说话，使用的就是夜族的方式，但你们听到的一定是人类的语言。”

“你们说P-63小行星是什么样的地方？”司徒萧问。

“管他呢！去了就知道，不喜欢还可以逃走！”

“不管是什么地方，我们都不可能逃走。”

夜王的声音突然变得冰冷，察觉到异样，林宇风等人转头看去，发现夜王的意识体再次脱离修杰的身体，漂浮在防护服中。

“大哥，你这么进进出出的不累吗？”林宇风问。

“只有这样，我说的话才不会被窃听。”夜王说，“毕竟印记是留在修杰身体上的，和我的意识体无关。听好了，从刚才起，你们所说的每一句话都能通过你们身上的印记传递给母体，进而传达给想监听你们的任何一种生物，建议你们说话小心一些，如果你们真的想成功逃走的话。”

夜王此话一出，所有人都沉默了。这种沉默一直保持到他们到达P-63小行星，顾茂昌悠悠转醒为止。

仿佛是浩瀚星河中的一颗尘埃，漂浮在空间中，没有开始没有结束，周围有很轻的耳语，无法分辨，也因此使这一切越发的不真实。远处有星辰在发光，身边却漂浮着无数碎屑，人类的一生，在宇宙看来也不过是碎屑一片。

“我是谁？我在哪里？”顾茂昌从这样的疑问中睁开眼睛。

光线微暗，不远处一颗庞大的星球照亮了周围，但它与太阳的亮度相比简直是天差地别，这颗巨大而暗淡的星球就像圣诞树上的球灯，悬在那里一动不动。

见顾茂昌动了一下，林宇风凑上来。

“你醒了？”他一边询问一边认真地盯着顾茂昌看，“哪里不舒服吗？”

顾茂昌缓慢地摇了摇头，接着看向四周。身后是一片石壁，看起来是真正的岩石，有着和地球上同样的颜色和纹理，脚下是灰色沙质地面，放眼望去空荡一片，像是无边的戈壁，但地平线并不平直，而是呈弧线卧在远方，从它的弧度上看，这个星球并不算大。

一些空间天体爱好者或狂热的物理学家也许只要看上一眼，就能计算出脚下这个球体的大小，但对顾茂昌来说，这项计算工程的难度系数太大，于是他放弃了思考，直接问：“这是哪里？”

“监狱。”几个人异口同声地回答。

“星际监狱？”

“就是那个意思。”林宇风用力点头道，“我们现在被困在一颗小星球上，是宇宙中的放逐者……台词是这么说的吗李磊？”

“不知道，我不看科幻电影。”

“为什么关押我们？”顾茂昌又问，“我们能逃出去吗？你们怎么回事？怎么不说话？”

众人面面相觑，之后一起看向夜王。因为还在休息中，夜王的意识体悠闲地漂浮在体外。他晃动几下，开口道：“顾茂昌，很遗憾地通知你，现在除了我，你们所说的每一句话都可能被敌人听到，当然，如果他们想的话。”

“我昏迷的时候发生了什么？”顾茂昌问。

“说起来可能没人会相信，因为你试图控制外星生物，我们被定为二级危险人物。”司徒萧解释道，“而且，这些话是由外星生物的领袖直接传达给我们的。”

“怎么回事？他懂得地球语言吗？他出现了吗？”顾茂昌顿时激动起来。

“不，他没出现，而是……”

“顾茂昌，别像个无知少年一样不断提问。”夜王粗暴地打断了这次谈话，“如果你有力气，我们现在就去探测地形，看看这个P-63星球的具体情况。”

此时，夜王已经重新回到修杰的身体中，除了皮肤还散发着淡淡的光芒，几乎再看不到意识体的存在，他站起来向前走去。

“至于发生了什么，一路上自然会有人告诉你，我看林宇风就很适合，他最喜欢讲无聊的故事。”

“夜王，连你也挖苦我！你不是一向冷静残酷缺乏情绪吗？为什么现在也变得和我们这些低贱的人类一样了？”林宇风一边叫着，一边扶着顾茂昌追过去。

夜王脚下不停，声音却充满愉悦：“那是因为和你们在一起实在太无趣了。”

“无趣也应该是人类才有的感觉吧？”司徒萧低声说。

夜王停下脚步，淡淡地应道：“其实拥有人类的感觉也不错，会恐惧，会思念，会担忧……”

夜王突如其来的感慨让林宇风等人再次沉默下来。对讲系统里传来司徒萧轻轻的叹息声，与搭载着安琪等人的二号飞船失联后，他很少提起安琪，如今得知自己可能被监听，更是不能开口。

顾茂昌眼前突然闪过方小芳的面容，那张像极了顾青的脸上满是不情愿，顾茂昌不由得一阵失神，若是顾青还在，应该比方小芳还要大上几岁吧？

“夜王，你自己没发觉吗？自从进了黑域，你变得很奇怪。”李磊问。

“是在变化，我的力量在增强，虽然我不明白是什么原因造成的。”夜王心不在焉地说。

“不，不是力量，你不像夜王，倒更像一个真正的人类。”李若辰突然说。

“真正的人类吗……”夜王依旧语气敷衍。

听到这里，顾茂昌猛然回过神来，他突然记起自己半梦半醒中看到的修杰，忍不住死死地盯着夜王的背影，恨不能将修杰从他身上揪出来一般。

但夜王静立在那里，不知在想什么，半晌没有答话。最后，他转过身，隔着防护头罩凝视着走到面前的众人，缓缓开口。

“那是因为，这里是另一个世界。”

第十六章　逃出P-63

在失重的环境下行走并不吃力，但保持平衡却异常困难，毕竟在这个缺少引力的地方，一旦因跳得过高而无法回到地面，就会成为大大小小飘浮物中的一员。

顾茂昌一行六人在P-63星球上慢慢走着，林宇风刚刚绘声绘色地讲述了他是如何被那些枝状物的光芒晃得闭上眼睛、看到顾茂昌陷入昏迷、遭到地面攻击以及获得“多语言功能”的全过程。他讲述得过分夸张，以至于李若辰隔一会儿就要问：“当时是这样吗？”

“啊，终于讲完了，我刚才就想说，李若辰，你在前面走路的姿势看上去好像一只袋鼠！”

“林宇风，你又想死了是吗？”

这一次林宇风并没有夸张，善于弹跳的李若辰每一步都会像袋鼠那样高高跳起，再稳稳落下，她似乎很喜欢这种感觉。

“真是狗嘴里吐不出象牙，林宇风，我真不明白李若辰怎么会看上你。”司徒萧挖苦道。

“那是因为老子体力过人嘿嘿嘿……”

“林宇风！”李若辰大喝一声作势要扑。

“因为我体力过人，所以比较耐打！”林宇风下意识地改口道。

“不知道你们什么感觉，我有点饿了。”李磊突然说。

“我们进入黑域已经过去上百个小时，防护服里储存的能量供应快耗尽了。”夜王回答道。

“我们不大可能在这里找到食物，外星生物不会乖乖变成小龙虾。”林宇风说。

一直沉默不语的顾茂昌突然开口问：“你们有没有想过，既然我们以为的星球是高级生物的集体意识物，那要怎么解释他身上有其他外形生物存在？难道是寄生关系？或者那些根本不是生物，而是像‘比沙’一样，是制造或改造出来的防卫武器？”

“不，被林宇风说成是扭麻花的生物来自高温气态行星，枝状物则是将某种水中生物通过电波改变其结构，培养出的集体无意识武器，那只最早攻击飞船以及后来看到的白色液态生物，我虽然不认识，但宇宙中以液态形式存活的生物也有很多。”夜王否定了顾茂昌的推测。

“他们会不会是语言不通，所以在那里等待被赐予这种能力？”李若辰停了一下脚步，问道。

“你说的这种可能性很大，但好像还是解释不通……”顾茂昌的声音很困扰。

“我同意顾教授的说法，这件事确实解释不通，在这个被称为类宇宙的地方，我们应该是唯一的闯入者，为什么除了我们还有其他生物语言不通？”司徒萧接着说。

“我知道！我知道！”林宇风大喊一声，一跃而起落在众人中间，“你们听我说！我们之前看见的那些生物，一定是由那些被黑域吸走的士兵和天蛾人变成的！”

“不可能！”

一时间，对讲系统里响起其他五个人的反驳。

“怎么不可能？我们到现在还穿着防护服，你们敢保证脱掉了防护服，人类不会变成那种黏糊糊的水球和麻花吗？科幻片里人类不都是这么变异的吗？”

众人被问住，一时间竟没人答话，只是依旧沿石壁向前探索。突然，走在最前面的夜王停住了脚步，他立在石壁一块狭窄的凹处，向里面看着，等到顾茂昌五个人靠近才向旁边挪动两步，露出了那个位置。

虽然顾茂昌等人早已有了看到怪物的觉悟，但当夜王移开身子，石壁凹处的景象出现在眼前时，所有人还是倒吸一口冷气，背后发冷。

那是一具骸骨！一具人类的骸骨！若在平时，戈壁中出现一具人类骸骨是再正常不过的事，但在黑域中，情况便没那么简单了。众人站在远处死死地盯着那具骸骨，一时间不知所措。

“我去！原来这地方有人！”林宇风第一个反应过来。

“看样子像是先驱者。”李磊说。

“他为什么来这里？”李若辰问。

“先看看有没有什么线索。”司徒萧说着向石壁凹处走去。

“等等！”李若辰一边叫着一边去追司徒萧。

“放心，一副骨头架子而已，那小子死不了。”林宇风满不在乎地说着，脚下却加快步子，赶在李若辰之前跟了上去。

由于石壁凹处光线昏暗，众人走到近前才发现，这具骸骨与正常的人类稍有不同，它的下肢较短，几乎与上肢等长，垂下的头颅比人类颅骨稍大，形状也更长一点，乍看起来像个橄榄球。

“这不是人类。”顾茂昌说。

“怎么可能不是？你看这手指头和胸骨，还有肋条！”林宇风有些着急地指着这具骸骨说，“我们也许能在这里找到人类！”

夜王从众人身后绕出来，抬手就去抓那头盖骨。

“这不是人类，不信你们自己看。”

头颅被抬起，正对着林宇风等人，在夜王自身光线的照耀下，众人看到那颗头颅的鼻孔、嘴巴都与人类无异，但鼻洞两侧本该是眼睛的地方却是整块骨头，而在额头部位，赫然有一个又圆又大的洞，让原本自然的器官塌陷处显得无比诡异，宛如一个个大小不等的黑洞。林宇风“嘶嘶”地吸着气，司徒萧不禁“呀”了一声，就连一向冷静的李磊也发出轻轻的惊叹，李若辰更是后退了两步，只有顾茂昌还专注地看着那颗头颅。

“真是奇观！生命的奇观！”

半晌，顾茂昌才说出话来，他的语气激动，与以往判若两人。

“地球之外是否存在与人类相似的生物，到今天终于有了定论！这绝对是最好的证据！”

“没错，不过顾茂昌，你要如何向地球人证明这一点？”夜王的语气里带着讽刺。

“如果能回去的话……”顾茂昌的语调转低，“可惜的是这里只有骨骼，我很想知道，他们是不是拥有和人类一样的呼吸方式。”

“我想没有，他身边没有任何面罩或面罩的碎片。”正在观察周围地面的司徒萧说。

“也许被他的同类抢走了。”林宇风提出假设。

“有这种可能性，所以这个星球上囚禁的不止是我们，应该还有其他生物。”顾茂昌严肃地说，“但向他们寻求帮助的希望很渺茫，从现在开始，我们需要提高警惕。”

几个人点点头，又带着满腹疑问看了看那具骸骨，转身继续前进。

眼前的景色没有任何变化，绵延的大片荒漠，走不到尽头的石壁，防护头罩内静寂得听得见呼吸，悬浮的碎屑跟在他们身后规则地移动，就像随船而走的浮游生物，满眼都是一成不变的景象。

顾茂昌等人自从进入黑域就一直没有休息过，除了夜王，所有人都感到疲惫困乏。正当他们停下脚步打算稍事休息时，远处出现一个光点，以极快的速度向他们移动过来。

“你们猜这回是什么？”司徒萧问。

“不知道，不过我们要是有这速度，这小星球早就跑遍了！”林宇风气恼地回答道，“会是刚才发现的遗骸的同类吗？”

“我希望不是。”顾茂昌说。

“是个很奇怪的东西，和刚才看到的不一样。”紧盯着光点的李磊终于开口，“这次的东西很像一条蛇。”

“蛇？”林宇风反问。

“抱歉，我的形容词很有限，反正就是那种形状，喏，你们自己看吧！”

那条“蛇”转眼便到了众人面前，先是在外围绕了几圈，似乎是要确定这群人的身份，之后便滑到他们眼前晃动起来。离近一些观察，这条“蛇”看起来更像一根管子，身体光滑，两头有瘤状突起。

“啧啧，真像狼牙棒，还是双头的。”林宇风说。

“你说的狼牙棒一定不是武器。”司徒萧揶揄道。

两人正说着，这条“蛇”忽然凌空打了个结，之后又展开，围成一个方形，再弯曲身体进行折叠，接着又开始变换和组成各种形状，看上去就像是一场精彩的独角戏。

但没人留意他的动作，所有人都被自己听到的东西惊呆了。这一次，声音依旧直接传进他们的脑中，随着眼前复杂的形状不断变化，声音源源不断地传来。

“你们好，新来的异星人俘虏，这里是类宇宙P-63号监牢星球，你们坚持这么久都没有死，真是个意外！如果你们想寻找水源，需要继续前进。离这里最近的星球是P-62号，按照你们的速度，大约要飞一天左右。好了，你们还有什么要问的？”

“你是外星生物吗？”林宇风问。

“是。”

“你叫什么名字？”李若辰问。

“罗阿罗罗阿罗罗阿罗罗阿……”

“好了我知道了罗阿罗。”李若辰忙打断他。

“这里有食物吗？”李磊问。

“在你脚下。”

“这些沙土？”李磊难以置信地追问。

“是。”

“这里还有其他生物吗？”顾茂昌问。

“没有。”

“但我们看到了尸骨。”林宇风强调道。

“已经死了的有很多。”

“能对你们的首领说，我们没有恶意吗？”顾茂昌问。

“不能。”

“我们只是想来探测黑域，并不想攻击你们。”顾茂昌再次解释。

“黑域是什么？”

“你不知道？”司徒萧问。

“知道什么？”

“黑域啊！”林宇风说。

“黑域是什么？”

“……”

众人一时不知如何回答，最后还是林宇风气不过骂了一句：“是不是傻！”

“好了我们没有问题了。”顾茂昌最后说。

那条自称“罗阿罗”的蛇形生物再次摇摆了几下身体，忽然整个缩成一团。林宇风下意识地挡在顾茂昌身前，但“罗阿罗”并没有攻击，只是又说了一句话。

“逃跑是不明智的，因为会死。”

接着，他化为一道流光飞快地溜走了。

经过这一番折腾，一行人暂时忘记了疲惫，林宇风气得大发雷霆，李磊开始研究脚下的岩土，夜王独自向前寻找水源，李若辰让自己飘浮在空中，看着不远处硕大的光源体，默不作声。

顾茂昌和司徒萧坐在一处，张开双腿像在乡间树下一般好不轻松，但两人脸上的表情却无比沉重。司徒萧在身边找到一块称手的石块，在地上写下“食物”，之后让顾茂昌看。

顾茂昌转头看着地面，司徒萧便将“食物”划掉，又在后面画上对勾，顾茂昌点头表示明白，司徒萧又写了“水”，在后面再画对勾，顾茂昌也点头，之后司徒萧写下“空气”，转头看着顾茂昌，又在旁边写下“夜”，画对勾，再写上“K”，之后两笔划掉。

顾茂昌沉默良久，摇摇头，自己也捡起一块石头，笨拙地在旁边写上“怎么办”，司徒萧毫不犹豫，刷刷刷写下一个“逃”字，顾茂昌只在后面画了一个问号，司徒萧最后写下一个“想”字。

司徒萧的意思很简单，这个星球上只有水，没有食物，没有空气，他们要如何生存？到最后怕是除了夜王的意识体，所有人都要死，但他一时又想不出逃走的办法，集体被监听的处境，更让商讨变得异常困难。

很快，夜王探险回来，说在前面约半小时路程的地方发现了水源。他环顾众人，问道：“相比水源，我们缺乏的是制氧药剂。你们打算怎么办？”

没人回答，司徒萧指了指地上的字，夜王看了一眼，俯下身伸出手指在地上轻松地写下“超能力”三个字。

顾茂昌没有作声，只是皱紧眉头，盯着夜王写下的字迹。

“可以吗？”林宇风第一个问。

“可以试试。”夜王答。

“那要怎么做？”李磊问。

“先休息一下吧，之后再想办法。”夜王说着坐到地上，他的意识体缓缓离开修杰的身体，几乎充斥了整个防护服的空隙。

“夜王，你好像长胖了。”林宇风说。

“也许吧。”夜王的声音淡淡的。

“夜王，我有两件事想问你。”顾茂昌说。

“我拒绝回答。”

“第一，异星人是什么？宇风说外星生物的首领也提到了异星人。”

“我说过我不知道。”

“那好，第二个问题，如果你现在离开修杰的身体，你和他会怎样？”

“我没办法离开，除非意识消亡。”

顾茂昌欲言又止，他对那天修杰的突然出现耿耿于怀，但他心里清楚，夜王不会给他任何解释。

“好了，我们休息一下吧。”顾茂昌放弃追问，也闭上了眼睛。

“我和林宇风轮流值守。”李磊说。

“我拒绝。”林宇风马上说。

“别废话！你先值守，我陪你。”李若辰厉声说。

“那……好吧。”林宇风勉强答应，“一班多久？”

“我只睡两个小时，然后就换你。”李磊说着，微微向后倾斜一些便不再动弹。

李若辰踏出两步来到林宇风身边，因为对讲系统开着，其他人都在休息，他们没办法聊天，只能静静地坐在一处。

李若辰用石块在地上写着画着，林宇风凑上去看，发现她将自己和林宇风的名字写在地上，名字紧紧地挨着，就像他们两人一样。在林宇风的印象里，李若辰对他向来粗暴，即使两人互有好感，她也很少对林宇风露出和颜悦色的一面。这是林宇风第一次发现她还有一颗少女心，于是也来了精神，挤到李若辰身旁，抄起一块石头画了一个大大的心形，将两人的名字拢在一起，下一秒他忙向后闪了一下，准备以此躲避李若辰的拳脚。

不过让他意外的是，李若辰并没有动，她只是静静地坐在那里看着地面。林宇风有些奇怪，凑过去仔细观察，却见到李若辰眼角有泪光滑落。隔着防护服，林宇风无法为她擦眼泪，只得轻轻拍拍她的后背，李若辰摇摇头，勾起嘴角笑了一下，之后抬起手臂将手里的石头抛了出去。

林宇风呆愣了几秒钟，之后像得了特赦般欢欣地直起身子，抡圆手臂，也朝着李若辰抛出石块的方向扔出了手中的石块。

两块石头一前一后，在空间里相互追逐，笔直地穿行，一路上撞到各种悬浮物，悬浮物继续相互碰撞，在远处躁动，映着暗淡的光线，星点般闪耀。

就在顾茂昌等人被押送到P-63星球上时，与他们失联已久的二号飞船正在空间里游荡。在进入黑域时，二号飞船的船身轻微受损，失去平衡被卷入乱流中，颠簸震荡了许久才勉强平稳下来，而此时，飞船上搭载的旅行者乐队成员以及随行的普通人已经全部在压力的巨大变化中昏死过去。

何翎羽在一股浓浓的血腥气味中转醒，这是他熟悉的味道。他活了太久，见过太多战争与屠杀，人类的血液对他来说和动物的血液没有两样。

他睁开眼，发现周围一片漆黑，自己被扣在固定座位上，悬浮在空中。他轻而易举地解开固定扣，逃出座椅。借着设备信号发出的微弱光线，何翎羽看到搭载舱内一片狼藉，固定座位全部离开基座，悬浮在空中，带着上面的人相互碰撞，还有一些人不知为何被抛出座椅，造型怪异地挤在座位之间。

那股血腥气味搅得他有些心烦，他记起夜王命人在防护头罩下安装了对讲系统开关，便摸索着打开对讲系统。

“有人吗？”何翎羽问道。

没有声音。

“喂！有谁听到了吗？”何翎羽大声喊道。

回应他的还是一片静默，何翎羽心中涌上一阵不安，他想起自己昏厥前看到安琪已经难受得张开嘴大声尖叫，若不是当时对讲系统处于关闭状态，他的耳朵一定会被众人的叫声震聋。

“安琪？安琪你在哪里？”

何翎羽一边叫着，一边凭着记忆开始寻找，他记得安琪就坐在他的斜对面，但现在所有的固定座位都浮在空中，昏暗的光线里，他根本无法隔着防护服认出安琪。何翎羽疯了一样一边叫着，一边挨个寻找。

他先找到了洛冰，接着是一名科学家，但看不清面孔，他的防护面罩里一片血污，已经开始发黑。很显然，这名勇敢的科学家没能用血肉之躯熬过压力的剧变，在乱流来袭时内脏受损，已经没救了。很快，何翎羽又找到强森、三名士兵以及五名科学家。他将这些人从座位上放下，带到搭载舱一侧，将他们简单地排列放好。

当找到第二十人时，安琪还是没有出现，何翎羽已经快急疯了，周围的血腥味越来越浓，每一个防护头罩里血污遍布的人，何翎羽都要仔细查看，他生怕安琪也变得惨不忍睹，不得不逐一检查。

"翎羽哥……"终于，一个细微的声音在对讲系统里响起。

"安琪，安琪是你吗？"

"翎羽哥，救我……"安琪的声音听起来很痛苦。

"安琪你在哪儿，你能看见我吗？"何翎羽焦急地问。

"看不见，什么都……看不见，我被挤住了……血腥味特别浓……"

"安琪你等着，我这就救你出来！"

何翎羽被安琪的话提醒，继续在人堆里寻找。随着他摸向角落，血的味道也越来越浓。

眼前浮动着五六个人，何翎羽将他们一个个拨开，终于发现了安琪。她在混乱中被抛出座椅，与另一个人一起被挤在设备的夹缝中。和她一起的另一个人的身体已经瘫软变形，即使隔着防护服也能闻到浓重的血气，想必这个人就算没有身体爆裂，也一定在挤压中筋骨尽断。安琪被那人已经变形的身体紧紧地卡在夹缝里，动弹不得。何翎羽见了暗暗心惊，若不是安琪的身体与常人不同，怕是早就被一起挤成了"破布娃娃"。

"翎羽哥，设备动不了，想个办法救我。"安琪见到何翎羽，动了一下手掌，那是她全身仅存的自由部位。

“不要怕！”

何翎羽说着伸出双手扒住两台设备，大力向两侧拉去，安琪用尽全身的力气向外挤着，但收效甚微，为了保证运行，整个飞船中的设备全都经过加固，饶是何翎羽的力量也无法将它们挪动半寸。

何翎羽喘着粗气松开手，四下看去，想找一件能帮得上忙的工具，这时背后有人拍他一下，递上一支便携式激光切割刀。那是探险队员的标配工具，是夜王为了应付特殊情况为众人准备的“自残式武器”，它的用处不是攻击敌人，而是切割自己，加入特殊射线的激光能即刻隔开防护服和藏在里面的人体，以求“断臂自保”。

这支切割刀让何翎羽顿悟，连道谢谢，接着来不及去看身后是谁便转向安琪，说道：“安琪，你千万不要动，我绝对不会伤到你。”

何翎羽打开切割刀，一束细细的光线射出。

“翎羽哥，这样不好……”安琪的声音传来。

“没办法，这是为了救你！”何翎羽说着，手上的动作却不停，只一划，一块连着防护服的肉被切下。何翎羽探手去拨动那块肉，将它扯出，暗红色的血液从断口洒出，一颗颗浮在空中。

很快，何翎羽便将卡住安琪的部分切掉，他伸手拉住安琪的手，稍一用力就将她扯了出来，一起被扯出的，还有另外一个人的残躯。

“安琪，你还好吧？”何翎羽担心地问道。

“我没事，谢谢你翎羽哥，其他人呢？”安琪问。

“刚才谁给了我切割刀？”何翎羽说着摇晃着转过身。只见一个瘦长的身影悬浮在他眼前，头罩内是洛冰那张冷冰冰的脸。

“洛冰，谢谢。其他人醒了吗？”

“强森刚刚找到了戴维，但他还没有醒。”

洛冰说完就像没看到安琪一样，招呼也不打地转身飘走，她的姿态很美，就像平日里用翅膀飞翔时一样。

“翎羽哥，我们需要与一号飞船和指挥中心取得联系，打扫现场和救援的任务能交给你吗？”安琪问。

此刻她已经恢复过来，正凭借着强大的夜视能力飘向一台设备。

“你去吧，剩下的我来。”

“安琪，二号飞船的指挥现在是翎羽哥，不是你。”

“好了洛冰，安琪本来就负责联络工作，你过来帮我一下。”

在何翎羽的半哄半劝下，洛冰跟了过去，帮助何翎羽检查伤亡人数。

“怎么完全没有信号？”安琪自言自语的声音从对讲系统中传出，她焦躁地尝试着各种方式，向一号飞船发出信号，却根本没有回应。

“一号飞船怎么了？”何翎羽问。

“联系不上，完全没有回应，地面也是一样，我们……好像失联了。”安琪回答。

“有夜王在，不会有事的，夜王不会出事。”何翎羽的声音很坚定。

“三号飞船也没有像之前预设的那样跟在我们后面，刚才向三号船发出了探测距离信号，根本探测不到它的位置。”

“没事的安琪，不要急。”何翎羽柔声安慰。

听到何翎羽对安琪的安慰，洛冰明显不耐烦起来：“也许只是距离比较远，用不着大惊小怪的。一号船上有夜王，一定不会出事，我们这里有翎羽哥，难道你不相信翎羽哥的能力吗？”

“我相信翎羽哥，但得不到夜王的指示，我们接下来怎么办？”

“这里应该就是黑域，在与夜王会合之前，我们必须活下去！”何翎羽说，“洛冰，损失了多少人？”

“八个人，包括被你切碎的那个。”洛冰干脆地回答。

“强森，你把那八个人处理一下，这味道实在让人难受。”何翎羽说。

“好的。”强森说着扯起一个人向舱门飘去。

何翎羽则将四周的观测窗打开，刚一拉开窗，他就忍不住低喝：“这是什么情况！”

安琪和洛冰一起向外看去，只见观测窗外大小各异的岩块和星球近在眼前，仿佛随时都能撞到飞船，它们挤在一起，像一大堆散落的大葡萄粒，而飞船飘浮在其中，宛若细小的飞虫。

“安琪，飞船还可以控制方向吗？想办法避开它们。”

“可以！”安琪应声回到设备前。

“星球怎么会挨得这么近，太诡异了！”何翎羽盯着外面，喃喃自语。

“翎羽哥，人处理完了。”强森的声音突然响起。

“对了，有个叫方小芳的女人，夜王特别交代过，她还活着吧？”何翎羽突然想到夜王的特殊关照，急忙追问。

“还活着，她幸运得很，不知怎么回事，离开固定座位后和她男朋友抱在一起，两个人都没事。”洛冰饶有兴致地说，“不过他们的朋友的运气可不太好，他和安琪一起卡住了，这样看来，两个人之外多出来的那个人，连创造神也看不惯呢！”

“洛冰！”何翎羽轻喝一声。

洛冰冷冷地哼了一声，转身飘到搭载舱的角落里去了，而安琪始终像没有听见一样，忙着操纵飞船绕过悬浮在空间中的障碍物。

隔了一会儿，她仿佛自言自语地开口说道：“我们需要找一个可供五十人生存的地方，这么多的星球，一定有适合人类居住的环境，在见到夜王之前，我们绝不能死……”

不光是夜王，还有司徒萧，无论如何，一定要活着与他相见！

在P-63星球上进行探险之后，连续几天，顾茂昌一行人话都很少。正如那个“罗阿罗”的奇怪生物所言，这个用作监牢的星球上没有生命、没有植物，除了水，再没有其他资源。但他们还是花了一些时间探索了整个星球，毕竟它是那么的小，几乎不能称为星球，最多只是一个“星块”，这个充满揶揄的称呼毫无悬念地来自林宇风。

“你们说他们为什么要费力给这些星块编号？它这么小，周围大概有成千上万个类似大小的星块，它们从A到Z，然后再从1到千万，这样编号是不是太累了？”

林宇风让自己舒适地平躺在空中，大大咧咧地说着。他们正在用石块、地面和手势做交流，制定出逃计划，现在是休息时间，林宇风提出想要聊聊天活动一下舌头。

“也许这并不是它们真正的编号，你别忘了，我们听到的只是自己习惯用的语言，也许外星生物并不懂数字。”司徒萧提醒道。

“好吧，这话有些道理。”

“P-63，监牢星球，你们有没有想到什么？”顾茂昌突然问。

这个问题似乎是专为司徒萧准备的，因为他几乎没有任何犹豫就开口回答道："在英文中监狱称作prison，首字母是P，地球的赤道半径为6378.2千米，两极半径6356.8千米，前两位数字都是63，所以P-63号是为地球人设立的专用监牢星球。"

隔了几秒钟，林宇风才彻底理解和消化司徒萧说的话。

"虽然我不想承认，但你这话说得好像也很有道理。"

"所以我们可以清楚一件事，这些外星生物知道我们是从地球来的。"李磊突然说。

"说得没错，但异星人又是怎么回事？小萧，你之前学给我的那句话是怎么说的？"顾茂昌问。

"带来灾难的异星人后代，他说我们是异星人后代。"司徒萧说，"夜王那天也提到了异星人，不是吗？"

"我解释过四次了，异星人对我来说只是一个词语。"夜王冷冷地说。

"说异星人'带来灾难'，可能是因为异星人有能力破解黑域，如果能找到他们就好了。"李若辰突然说。

"我们之前看到的那个独眼的骨架会不会就是异星人？"林宇风翻转一下看着众人问。

"那他为什么没有使用能力逃出去？"李磊反问。

"也许是遇到了意外，就像地球上山洪暴发什么的。"林宇风继续说，"不过我觉得很有意思，夜王不是夜族吗？为什么也被当成人类了？"

"那是因为和你们在一起混得太久了。"夜王说。

“这好像是《教父》里的台词，你什么时候看的？”司徒萧问。

“修杰看过，他好像很喜欢这部电影。”

“哎！真是好，可以和别人共用回忆，如果我上学时能这样，那不是科科考满分？”林宇风大声感慨。

就在这时，他身下的地面上，几个石块突然剧烈地颤抖起来，接着猛地跃起，直接砸在林宇风的头罩上，林宇风一惊而起。

“什么东西！”

“成功了。”司徒萧笑吟吟地说了一句。

“好了宇风，休息够了吗？休息够了我们继续。”

顾茂昌向林宇风摆手示意，众人围向顾茂昌身前。在他面前的一大块土地上，横七竖八地写着画着很多图和字，还有一些极为复杂的计算公式。他们默不作声地在地上写着，用手势交流着，一个清晰的计划慢慢显现在地面上。

“K小队逃跑计划”很简单，核心成员林宇风、司徒萧，辅助成员李若辰。在行动开始前，唯一不会被监听的夜王意识体做了最后一次分析与陈述。

“由我来说，一起检查一下是否还有纰漏。”

首先，在没有引力作用的情况下，K小队成员只要开始高速运动，就会以同样速度一直向前，所以，只要给予一个极高的初始速度，他们就可以逃到距离很近的另一颗星球上。

其次，考虑到没有任何推动装置，运动速度过慢，林宇风需要携带所有人进行瞬间移动，提升逃跑速度，以免被发现。

最后，为了在运动过程中躲避悬浮的大块碎屑，保持速度，李若辰需要随时准备清理路线。

所有行动的基础都建立在类宇宙的失重条件下，因为失重，司徒萧能用精神力将巨大的岩石举起，哪怕岩石里的金属含量只有0.01%。同样因为失重的关系，只要人体经受碰撞，就会开始运动，而林宇风的能力向来只受距离和携带重量两方面的限制，在人体失重的情况下，只要他精神力充足，直接移动到另一颗星球上也是可能办到的。如果计划顺利，他们六个人完全可以一起逃走，在路程中利用悬浮的星球碎石不断提升速度，尽快寻找一个人类能够生存的环境。

“我说完了，你们还有什么补充？”夜王最后问。

顾茂昌、司徒萧、李磊和李若辰都在摇头，只有林宇风开口了。

“在飞船上时，我被李磊抓住脚，下意识地想要移动，但是完全没有效果，是不是防护服减弱了能力？”

“不会，我考虑到了你们三人使用精神力的特点，防护服不会对能力产生影响，真正限制你的是当时飞船所在的空间。”

“当时的空间怎么了？”

“不知道，我只是感受到一股强大的力量，意识体也是在那时得到从肉体分离的能力，但我知道的只有这么多。”

“夜王，我还是不能理解，你为什么帮我们？”顾茂昌问。

“原因很多，为了夜族，为了我的手下，还有方小芳……不过更多的是因为修杰。顾茂昌，用你的全部力量感激修杰吧，如果不是因为我们共用的那部分意识，你恐怕早已入土为安了。”

“阿杰……”顾茂昌的声音里，不知是伤感还是叹息。

休息了整整一天之后，逃跑计划开始了。一切进行得比想象中顺利，司徒萧先集中精力，轻而易举地将楼房大小的一块石壁从地上拔起。

“老天！在地球上你也就能搬搬桌椅什么的，现在直接变大力神了！”林宇风惊呼起来。

“宇风，管好你的嘴。”李若辰提醒。

“好了，到我们了。”顾茂昌说。

石壁断裂引发的星球震动慢慢停止，司徒萧拔起的石壁飘浮在空间里，活像巨大的手掌，他们正是要借这“手掌”之力，将身体推送出去，用最快的速度离开P–63星球。

包括司徒萧在内，所有人都尽全力高高跃起，为了保持在相近高度，他们互相拉住手臂，夜王只是轻轻点了一下地面，就和李若辰跳起相同的高度，其次是林宇风、李磊和司徒萧，顾茂昌则是被林宇风和李磊两人合力拖起来，与众人会合。

李若辰在林宇风的助力下调整了位置，保证自己能在队伍的正前方，之后她抬起手臂，竖起拇指示意自己已经准备好。

“我要开始了。”

司徒萧说着调转身体，背对众人，死死盯着那块巨大的石壁。石壁开始毫无反应，紧接着凭空抖动起来，它没有移动，抖动的幅度却越来越大，仿佛积攒了磅礴之力，随时都会炸裂开来。突然，司徒萧闷哼一声，他的目光没有收回，这一次全部集中在石壁中心。慢慢地，巨掌一样的石壁晃动几下，开始向司徒萧的方向移动，速度越来越快，越来越近。

当石壁距离他们只剩不到几十米时，司徒萧还在用力控制着它，他在心里默念着“快一点，再快一点”。

“够了！让开！”

夜王冰冷的声音从对讲系统中传出，司徒萧被人猛地一扯，甩在李磊手边，被李磊一把抓住。说时迟那时快，石壁撞击在夜王的防护服外，之后，所有人都感到身子一震，接着就在石壁的强大推动下向前飞出。

夜王承受了最强烈的撞击，却并没有什么不适，李若辰因为与其他人拉在一起，无法完成幅度较大的动作，但她眼疾脚快，转眼已经踢飞数十个流星一般的碎石。李磊和林宇风护着顾茂昌，司徒萧疲惫至极，被李磊的另一手臂拖着，虚弱地随着队伍向前移动。

“这速度很快，我想可能没有我的用武之地了。”林宇风有些自嘲地说。

“还远着呢，不好说。”李磊一边说，一边盯着前方，“李若辰，注意一点钟方向，十一点十二点也很多。”

“知道了！”李若辰嘴里应着，脚已经踢出。

也有许多碎屑因为过于细小无法阻拦，如细雨般打在众人的防护服上，但它们对速度的影响并不大，这全赖司徒萧准备了一块体积巨大的“推进器”。

大约过了几分钟的时间，他们彻底离开P-63监牢星球，行进在空间中。离开近地面后，碎石的数量明显减少，空间变得干净，但也因此显得异常死寂。因为一切进展顺利，顾茂昌等人也从开始的紧张中恢复，第一次抬眼观察周围的环境。

和在P-63星球只能抬头观望不同，现在，他们就在那些小星球之间行进。它们的直径只有只有数米，表面或平滑或岩石遍布，气态星球散发着微弱的光芒，液态星球的表面则不断晃动。因为体积过小，它们看起来不像是星球，更像是一个个装饰灯泡。有一两次，他们擦着巨大的星球掠过，方向却丝毫没有受到本应存在的引力的影响。

这些拥挤在一起的星球颠覆着人们对宇宙神秘未知的敬畏感，带来一种误入游乐场的感觉。由于在移动中靠近了新的光源星球，他们周围变得明亮起来，随着清理道路的任务变得越发简单，李若辰也开始有了空闲。

“我从来没见过这样的宇宙。”她一边将一块小碎石踢开一边说。

“这些星球会转动吗？就像地球那样自己转，之后再绕着太阳转？”经过一颗很小的星球时林宇风问。

“理论上说是会的，但在这么近距离的空间里旋转，恐怕会互相撞击。”顾茂昌说。

“我以前看过太空纪录片，两颗星球之间的距离都很远，近的被称作卫星。”李磊说。

“军队也看纪录片？”林宇风问。

“军队也有娱乐活动。”

“我在想一个问题。”司徒萧还是有些虚弱，“我们要停在哪里？”

“目前还没有发现合适的地方。”夜王说。

“速度变慢了，要快一点决定。”司徒萧说。

这时顾茂昌等人才意识到，他们似乎已经漫无目的地在空间中行进了很久。

“我们往那边去。”李磊忽然抬手指向左前方，那颗星球看起来与P-63星球大小相近，不同的是，在它外面包裹着一层似有似无的空气层。

“空气层！”顾茂昌像发现新大陆一样叫起来。

“也许会有生物。”夜王说。

“这个发现非常好，但是，我们要怎么改变方向？”林宇风问。

“当然要用你。”李磊回答。

“李磊说得没错。”顾茂昌笑着说，“不过，先用身后的石壁改变方向也许一样可行。”

与之前的出逃相比，改变方向就显得容易很多。在夜王的要求下，顾茂昌等人相互拉扯排成一列，夜王重重踏在身后石壁上，巨大的石壁转眼改变方向，径直朝右后方向飘去，同时，林宇风感觉自己领口一紧，原来是夜王从后面将他一把抓住。

“夜王，我是人不是鸡！有胳膊不抓你抓什么脖子！”

“鸡？都是地球上的生物，没差别。”夜王一边说，一边提着林宇风的后领，带着拉成一串的众人向那个有空气层环绕的星球飞去。

几个小时之后，众人猛地降落在一片柔软的土地上，虽然没有重力影响，却还是因为惯性仰面朝天地摔在地上。

“林宇风，你是不是傻！”李若辰叫道，“叫你降落，你就真瞬移到地面，就不能留点缓冲距离！”

“他就是傻。”司徒萧说，“不过瞬间移动这种事，用起来还真难受。”

“这能怪我吗！”林宇风不服地叫着，“我怎么知道你们会突然变重！”

“我认为他没错，是情况突然发生了变化，这里有重力。”李磊说。

顾茂昌在一片吵嚷声中慢慢睁开眼，最先映入眼帘的是一层极细极短的灰色绒草，再抬头看去，天空有着很淡的蓝色，远处似乎有山脉，一片灰紫。

“你们快看，是植物，还有大气，能把光线折射出蓝色的大气……”

顾茂昌此话一出，所有人都抬头看去。

“这里确实与地球有几分相似，但我并不认为离开了P-63星球，我们就能获得自由，这个空间里密集的星球让我感到不安。”夜王说。

“夜王，这里的氧气含量适合人类生存吗？”顾茂昌问。

“不适合。”夜王答。

“但生成剂的储量已经不多了，还需要一些食物……”顾茂昌自言自语地说着。

“哼！所以说人类简直脆弱得可悲，离开了地球，你们完全无法生存。”

“不管怎么说，这里既然有植物，可能也找得到食物。”李磊说。

“我们四下看看吧。”李若辰的声音很愉快，“这里看上去挺美。”

“有人说，越是美丽就越是危险……”林宇风小声道。

“林宇风，你觉得我是不美丽还是太危险？”

“啊不，我不是说你，我们出发吧！”林宇风一跃而起向后跳去。

这是一颗相对富饶的星球，脚下土地湿润，大部分地面都被植物覆盖，这种植物非常矮小，几乎与苔藓一般，却紧密地覆盖着土地。除了颜色是灰蒙蒙的一片，再看不出任何异样。

他们向看似是树林的地方移动，途中遇到一条窄而深的河流，顾茂昌用随身携带的小型检测器检查了水的成分，发现只有镁的含量超标。

“如果直接用在氧气生成设备上，应该可以被过滤掉，直接以汽化的方式被吸收，现在看来还是空气的问题最严重。”顾茂昌对众人说。

“我们离开飞船多久了？”

“至少十五天，按照用氧量计算，你们还有不到二十天的时间。”夜王毫不迟疑地说。

“修杰的身体也一样会因缺氧死去，到那候你要怎么办？”司徒萧问。

“好聪明的小子，不过这没什么，修杰需要的氧气比你们少。更何况，进入黑域之后我的力量一直在增强，也许到你们死时，我已经可以脱离这副沉重的肉体，重新回到纯能化的状态。”

这时，走在前面的李磊突然停下。

现在他们已经来到那片“树林”的边缘，一根根笔直的树木没有分叉、没有树冠，就像一根根钉子一样插在地上，尖尖的顶端指向天空，树干呈暗橙色，色彩均匀，仿佛被人涂抹过一般。地上还是灰色的绒草，一直铺向林间深处。

“顾教授，这些是树吗？”李若辰问。

“暂且叫做树吧。”顾茂昌回答，“李磊，你刚才看到什么了？”

“树林里有影子在晃动，但太远了看不清楚。”

“哪个方向？”夜王问。

“十一点方向。”李磊回答。

众人一起看去，什么也没有，因为拥有空气层，这个星球上的光线很朦胧，照进树林后更是模糊不清，除了李磊，没人看出里面藏着东西，留给他们的只有不安。

“我们进去看看。”顾茂昌第一个抬起脚。

“顾教授，万一有危险……”司徒萧急忙阻拦。

顾茂昌却回过头，隔着防护面罩露出笑容：“不会有危险的，就算有，我身边还有你们，还有……阿杰。”

夜王哼了一声，没有回答，却毫不迟疑地跟在顾茂昌后面进了树林。

众人一踏入其中，整座树林就像突然活了起来，似乎有风吹动这些尖细的钉树，让它们来回摇摆。虽然隔着防护服，他们还是从脑海中听到了一种“咚咚”的声音，那声音小而缓慢，就像他们的脚步一样。

慢慢地，随着摇摆，钉树上开始出现不规则的光斑，就像被无形的手掐住的痕迹，这里一下，那里一下，随着光斑的移动迸发出小而密集的光点，环绕在钉树旁，像是雾状的树冠跟着钉树摇晃。

“李磊，你刚才看到的是这种东西吗？”顾茂昌问。

“不是，我看到的东西在树下，在地面上。”李磊回答。

“这是为了欢迎我们，所以树都长出叶子了。”林宇风说。

“看上去很神奇，但不了解真实情况的话，总让人觉得心里发怵。”李若辰边看边说。

“这些生物应该没什么危害。”夜王说。

“生物？不是植物吗？”顾茂昌惊问。

“不是。”夜王说，“他们是不会移动的生物，比起他们，李磊刚才看见的东西可能更加危险。”

“那就让我们提高警惕。”林宇风说，“反正他只看见了一个，应该对付得了。”

“一定要小心，在不熟悉的环境里，任何大意都会引发危险。”李磊的语气非常严肃，让所有人的表情不由自主地沉重起来。

顾茂昌等人走了几个小时，身体变得越发沉重，除了夜王，所有人都累得气喘吁吁。就在这时，一株庞大的植物吸引了他们的注意力。

那植物高大得出奇，与其他钉树完全不同，深绿色的叶子整齐地绕圈排列在主干上，交错向上，就像层层裙摆。在顾茂昌这些地球来客眼中，这可谓是一株真正的植物。不过这株植物比地球上任何一种都要高大，即使是热带最茂盛的雨林中也不曾有如此高大粗壮的树木。

“这是……是树吧？”顾茂昌惊叹道。

“不知道……顾教授，你在问我们吗？”林宇风惊讶过度，说话难得的一本正经。

“这是绿色的植物，那是不是意味着我们有氧气了？”李若辰问。

“你们先看树的下半部分。”李磊低声说。

众人闻言将视线从指天的树顶移开，看向阴影中的树干底部。那里没有叶子，却出现了一个个生长点，有些因为时间过久而木质化，但还有几处非常新鲜，那里的叶子明显是被什么东西扯掉的。

“这里一定有生物，但会是什么呢？”

仿佛是要回答众人的疑问，一道黑影在远处一闪而过。

“就是它！”李磊话音落时人已冲出，但因为防护服，他的速度比之前逊色许多。

李若辰很快冲到李磊前面，对那个黑影紧追不舍。司徒萧紧随其后，但很明显速度不够，渐渐落后。

林宇风因为要保护顾茂昌，移动缓慢，见李若辰单枪匹马地追了出去，心急如焚地大叫起来："李若辰小心！把它赶回来！赶回来包围！"

"我去前面，李磊，你到侧面去，司徒萧你跑得太慢了！"李若辰叫道。

顾茂昌本想让李若辰三人回来，先静观其变，话还没有出口却觉身体一轻，再看时自己已经被夜王提着肩膀，几步登枝，直接爬到树上。防护服似乎对夜王毫无影响，他踩着宽大的枝叶简直就像在走楼梯一样。

"夜王你要干什么？给老子放开他！"林宇风冲过去一把抓住最下面的叶子，向上爬去。

"林宇风，趁我还没改变主意，你最好去支援一下，不然他们很可能越追越远。"

林宇风一愣，明显陷入两难。

"宇风，去吧，我在上面看着你们，不要担心。"顾茂昌说。

林宇风又看了夜王和顾茂昌一眼，这才松手下树，转身向李若辰三人消失的方向追去。

K小队凭借语音联络，四人配合下，很快追上那个奇怪的黑影。顾茂昌在树上看得颇为真切，那个人形生物的身体整个呈墨绿色，他起先用两条腿奔跑，后来见李若辰和李磊越追越紧，突然向前一跃，四肢落地开始狂奔。

和众人之前担心的不同，这个古怪的生物并没有选择越逃越远，而是在钉树林中绕来绕去，显得异常烦躁。

“妈的耍我们！”林宇风气喘吁吁地骂道。

“不，不对！他想回去！”李若辰的声音也微微带喘。

“看我的！”

林宇风说着一个瞬移，直接移动到那生物的前方堵住他的去路，对方调转方向想要绕开林宇风，但李若辰从另一边扑上来。那生物见状在自己脖子上抓了一把，胡乱塞进口中，之后继续向那株植物的方向猛冲。

“真不怕死！来吧！”

林宇风话音未落，那东西已经冲到近前。林宇风这才看清猎物的长相，橄榄型的脑袋，鼻子嘴巴都很正常，额头上长着一只大大的眼睛。独眼人！林宇风一愣，突然想到他们在P-63星球上发现的骸骨，一时竟忘了采取行动。

“宇风！”

李若辰的一声怒吼惊醒林宇风，此时那独眼人已经从他身边冲了过去。林宇风反手一把抓住他的后脚。

“哪儿走！哎我去！”

没想到那独眼人完全不在意自己被抓住，而是借着惯性继续猛跑，林宇风被强大的力量拖倒，紧紧抓着独眼人的脚踝。李若辰等人见状从三个方向包抄而来。

“危险！放开他！”司徒萧叫道。

“不，不能让他靠近植物！老顾还在！”林宇风叫起来，“趁他慢下来快追！”

这时独眼人已经拖着林宇风跑了几十米，他的速度渐渐慢下来，最后越跑越吃力，当李若辰追上来时，他已经踉跄着摔在地上，手一样的前肢用力伸出，方向正是不远处的那株巨大的植物，紧接着，他软软地趴在地上不动了。

“真他妈能跑，这要是抓回去比赛，准能破纪录。”林宇风气喘吁吁地爬起来，看着地上的独眼人，“他干什么非要跑回那棵树去？”

李磊靠近独眼人，仔细观察。

“因为叶子。”李磊说着指了指独眼人的脖颈处。众人这才注意到独眼人的脖颈上缠着一层又一层的叶子，因为颜色过于接近，追赶时他们都以为那是独眼人身体的一部分。

“刚才被我们追的时候他吃了这些叶子。”林宇风说，“就在我眼前。”

“这样说来，他不是拼命想回去，而是不能离开那株植物。”

“我们再喂一些叶子给他吧，别让他死了。”李若辰提议。

“万一喂醒了你再去抓啊！”林宇风说。

“可要是死了就什么也问不出来了。”李若辰有些着急。

“李若辰的话有道理，快给他塞点叶子，带回去给顾教授。”司徒萧说。

林宇风嘟哝一句，没好气地弯腰从独眼人脖子上扯下叶子，戴着手套笨拙地撕开，之后揉搓几下，塞进独眼人口中，又用手指向喉咙深处推了几下。

“老八你可看好了，老哥我已经把草给你喂进去了，是死是活看你的造化了！”说完他站起身，抓住独眼人的肩膀，“老李，脚给你抬！”

“为什么叫老八？”李若辰问。

“怎么不叫老八，他这么绿，上辈子绝对是王八！”林宇风一边费力地抬着独眼人一边回答。

李若辰“噗哧”一下笑出声来：“林宇风，你嘴巴这么损，就不怕将来吃大亏？”

“老子不怕！我林宇风就怕你李若辰一个人。”

“行了别贫！好好抬！”李若辰试图用粗暴的语气掩饰羞涩，之后她快步走到最前面去了。

夜王和顾茂昌远远地看着K小队四人将那个墨绿色的生物搬回来。

“夜王，送我下去吧。”顾茂昌说。

“等一等，拿你的检测器出来。”夜王说。

顾茂昌掏出检测器递给夜王，夜王立即进行检测，几乎是启动的瞬间，检测器显示的数值便一路飙升。

“这是……”

“创造神赏赐的制氧池。”夜王淡淡地答道，接着抓住顾茂昌的肩膀，猛地向下一跃，稳稳地落在地上。随着两人高度的变化，显示氧气含量的数值也在变化，但直到地面仍然有50%以上的浓度。

“老顾，这次我们抓到个活的！”林宇风在李磊的帮助下将那个独眼人放在地上，得意地对顾茂昌说。

“好消息，我找到氧气了！”顾茂昌晃动着手中的检测器对林宇风等人说。

“太好了！这一趟果然没白忙。”李若辰说。

“这样就有希望进行长期作战了。”司徒萧说。

“哎！氧气是解决了，什么时候能吃上肉呢？”林宇风感慨道。

“那你要先找到在防护服里解手的办法。”夜王冷冷地说，“真是麻烦，吃完还要排泄，之后再吃。”

“这叫乐趣，你懂个屁！”林宇风一边反驳，一边将那个独眼人拖到顾茂昌眼前，“老顾，上次遇见的是死的，这一只是活的，就是不知道现在还活着不！”

林宇风和李磊守在两边，防止独眼人突然醒来，顾茂昌站在一步开外观察着这个奇怪的生物，李若辰和司徒萧站在他身旁，夜王则走得更近一些。

这个独眼人表皮柔软，肤色墨绿，和植物叶子的颜色极为相似。脑袋的形状与橄榄球极为相似，额头上一只硕大的眼睛正半闭着，他没有鼻子，只在鼻洞的位置长有两条竖缝，嘴巴很大，嘴角还残留着叶子的碎片。

除了头部与人类不同，独眼人的身体也非常特别。从正面看，他的身体平整得像飞机场，除了手掌和脚底坚硬厚实，其他地方一马平川，没有任何器官，但紧接着，随着夜王伸手将他掀翻过去，惊人的一幕出现了。

在这个独眼人的背部上方，赫然凸起一根短小的鞭状物，而应该是人类脊椎的位置，从上到下排列着大小不一的孔洞，一共五个，从脊背中部一直延伸到臀部。

“看来这边才是正面。”顾茂昌说，“果然和人类差别很大。”

“他的鼻子一动不动，会不会已经死了？”李若辰问。

“不，他也许根本不需要鼻子，也没有肺之类的东西。”司徒萧说。

“那怎么判定他的死活？”李磊问。

“他动了！”林宇风一声惊叫，一把按住独眼人的头和手，“李磊，脚！”

被林宇风和李磊两人按在地上，独眼人剧烈地挣扎起来，他明明向着地面的头突然一百八十度回转过来，硕大的眼睛里两个黑点打着转，瞪着林宇风。

“你他妈敢吓唬老子！”林宇风一惊手下力气更大，只见那独眼人挣扎得更加用力，突然，一个呜咽的声音在众人脑海中响起。

“放开我，放开我！我不是逃犯，放开我！我不想死……”

一股粘稠的液体从独眼人眼中流出，落在灰色的绒草上，一时间，所有人都愣住了。

第十七章　存疑之人

这独眼人竟然哭了！

杀气十足的林宇风顿时一阵手软，他求助似的看向顾茂昌，顾茂昌向他点点头。

“呼！好吧，不过至少要抓住你一只手，因为你跑得太快了。”

林宇风说着松开按着独眼人头部的手，转而紧紧地抓着他的手臂，李磊却依旧按着独眼人的脚没有松开。

“怕他跑，按住后脚不是更管用吗？”

“万一他坐起来之后用手臂勒住你的脖子，或是一口咬死你呢？”林宇风说。

“你以为这是散打吗？”李磊反问。

“我不会逃走的，放开我吧，放开我……”那声音又在众人脑海中响起。

独眼人瞪大唯一的眼睛看着林宇风，那两个黑点拼命颤抖，之后又流出眼泪来。

“他又哭了！谁过来接把手，老子要恶心死了！”

“那我来吧。”李若辰说。

“不行，太危险了！”林宇风断然拒绝。

“算了宇风，你放开他，这样根本没办法问他问题。”顾茂昌说。

于是林宇风充满戒备地松开独眼人的手臂，但还蹲在地上，虎视眈眈地盯着他。李磊也松开手，那独眼人忙将双脚收回，尽量将自己的身体收缩起来。他警惕地坐稳，之后将背部上方凸起的鞭状物像触角一样探出，慢慢向下摸索，检查着自己背后那五个孔洞是否正常。他的眼睛因为大而显得很呆滞，但里面的两个黑点却转来转去，不断观察着顾茂昌等人。

“你们不是护卫队，你们是什么东西？”他问。

“我们是俘虏。”顾茂昌回答。

独眼人用眼睛盯着顾茂昌，看了很久突然问：“你们也是异星人的后代？”

“异星人是什么？”顾茂昌忙问。

“是祖先，给我们留下灾难的祖先。”独眼人说。

“真的有异星人吗？异星人长什么样？”顾茂昌追问。

“不知道，没有见过，但他们说我们是异星人的后代。”

“他们是谁？”

“类宇宙联合军队的统治者。”

“联合军队？由很多个星球的很多种生物组成吗？”

“是的。”

“他们说你是异星人的后代，但并没有伤害你，是吗？”

“不，不是的！”

独眼人猛地站起来，声音也变得激动。林宇风一把将他扑倒在地，骑坐上去大吼道：“你要干什么！”

“你让我起来，我带你们去看发生了什么。”独眼人的声音忽然变得很哀伤。

林宇风只得笨拙地从独眼人身上爬下来。

独眼人站起来走到树下，伸手又摘了三片叶子，将它们从中间撕开，然后仔细地缠绕在脖子上。

“你为什么吃这些叶子？”李若辰问。

“你们等一下就知道了。”

独眼人说着转身向钉树林更深处走去，顾茂昌率先跟了过去，K小队成员见状连忙追过去，只有夜王留在后面。他仔细地观察着那株植物，摘下一片叶子拿在手里，不慌不忙地跟在众人后面。

一路上，顾茂昌问了很多问题，独眼人一边吃着叶子，一边慢条斯理地回答着。从这些片段式的回答中，顾茂昌等人拼凑出独眼人的来历，还有在这个星球上发生的事。

独眼人来自一个读音为ChaChaMali的星球，按照他的描述，顾茂昌推测Cha星的环境与地球很像。Cha星上都是独眼人，雌雄同体，没有性别之分，每个个体都能繁衍后代，他们在自己的星球上生活了上亿年，之后，类宇宙的端口出现在星球上空。

“所以你的星球也是被吸进这里的？这个类宇宙？那个端口是不是黑色的？还会从空中侵入地下？”司徒萧问。

“我不知道，那是我出生之前的事，我是在类宇宙中出生的。”

“那么，你对类宇宙知道多少？”

“类宇宙中有很多星球，很多生物，都是被端口吸入的，经过多年战争，类宇宙现在有自己的首领，统治其他种族。”

“统治者是什么样的人？”

“统治者吗？我不知道，我没有见过真正的统治者，只听到过他的声音。类宇宙是一个联合统治的空间，拥有权力的种族很多，像我们这样的流放种族不可能知道统治者是谁。”

“你们？你还有同伴？你们为什么会被流放？因为是异星人的后代？”

“是的，我们是带来灾难的异星人，但现在只剩下我一个。”

独眼人说着突然停下脚步。顾茂昌等人跟着停下脚步，发现他们已经来到钉树林的尽头，眼前是一片岩滩，再远处可以看见水光。

“天哪！那是什么！”

随着李若辰的一声惊呼，众人的目光转向两侧，就在钉树林的边缘，数百具骸骨或躺或坐，旁边还散落着无数零散的骨骼，不知有多少独眼人死在这里。

“他们……是你的同伴？”

“不，他们大部分是我的祖先和敌人。”独眼人说，“这片岩滩以前也和这里一样，但是后来，那边的luvava叶子被摘光了。”

“你吃的叶子名叫luvava？是食物吗？”

“不，我没有吃，我的嘴在后面，这里只是用来咬碎luvava的。”那独眼人指指自己的“嘴巴”，继续解释，“咬碎了就可以吸收。不然会昏迷，甚至死亡。”

“通过碾碎叶子获取氧气，是不是太浪费了？”夜王端详着手里的叶子，自言自语。

“这个星球现在只剩下一株luvava，当它的叶子被摘光，这里也会变成荒地。”

“怎么会变成荒地？不是还有这些钉子树吗？”林宇风听了一路，终于有机会开口提问。

“这些不是树，它们是luvava的根。”

“什么？根？”

直到走回那株luvava前顾茂昌还是无法相信，他们花费数小时才能走完的钉树林竟然是这株植物的根系。难怪会一起摇摆，因为它们本身就是一体的，那些光点大概就是luvava细小的根须。

“我们就这么被它的根包围着，真的不会有事吗？它会不会‘唰’一下再蹿出一条根来把我缠住当养料？”林宇风问。

“林宇风你是科幻电影看多了吧？”李磊问。

“谁说我看科幻电影了？再说什么科幻电影能有我们这么精彩！我要是回去，一定把我们的故事写成小说。”

“宇风，我怎么听李若辰说你前段时间沉迷于动漫呢？”顾茂昌忽然问。

“没有的事！”

“听说你很喜欢看什么圣斗士，还把自己比作五小强，真是暴露年龄的爱好啊！”司徒萧接着说。

“你们说的这些都是什么？”独眼人问。

“没，没什么，都是我们地球人的娱乐！”林宇风忙解释道。

“你别听他的，我从来没有这种娱乐。”司徒萧很认真地说。

“你们在一起真开心！”独眼人忽然说。

“什么？”

“我独自生活了很久，没有人可以说话，不过再过一段时间，我就彻底成年了，可以生育，以后我的后代会和我聊天的。”

“他们也可能会为了独占这颗大草杀掉你……”夜王说。

“夜王，不灭人希望你会死吗？”林宇风骂道。

“这是事实，不然刚才我们看到的骸骨是怎么来的？”夜王冷冷地说。

“下次这种欠打的话在心里说就可以了。”李磊说。

“我是意识体，没有心。”

“够了！给老子闭嘴！”林宇风吼道。

就这样，顾茂昌等人与这个来自ChaChaMali星球的独眼人建立起非敌非友的和平关系。独眼人将自己听说的关于类宇宙的战争讲给顾茂昌等人，按照他的说法，ChaChaMali种族是最早进入类宇宙的第一批成员，却在后来的战斗和抗衡中被打败和关押，流放到监牢星球，他们依靠luvava的叶子维持生命，一旦星球上的luvava被吃光，他们就会死去。

慢慢地放下戒备之后，独眼人开始询问顾茂昌他们是如何来到这个星球的，顾茂昌隐瞒了众人具有超能力的情况，而独眼人因为没有做过空间探险，对顾茂昌的讲述深信不疑。不过，当林宇风得意洋洋地说起他们已经成功逃脱统治者的囚牢时，独眼人大为震惊。

“什么？你们不知道吗？”他几乎是叫起来，摇晃着橄榄球一样的脑袋。

“怎么了？”林宇风问。

“你们并没有逃脱，这里也是监牢区的一部分，难道你们不知道吗？”

众人愕然，接下来是一阵沉默。

“你是说，监牢并不是某几个星球，而是整个空间区域，是这样吗？”夜王第一个开口。

“没错，首先有这样的一个封闭空间，这个空间用于囚禁和流放，你们来到这个星球，就说明并没有逃出去。”

“按照他的说法，我们只是逃出了牢房，但还在监狱里。”司徒萧说。

“只要你们没有离开这个封闭的空间，想再抓到你们很容易，他们说这个空间很小。”独眼人说。

“确实很小，难怪这里连基本的空间法则也毋须遵循。”夜王恍然大悟地说。

“那监牢空间在什么位置？是类宇宙的中心吗？”顾茂昌问。

“不知道，应该是在边缘吧，我真的不知道，我一出生就在这里，连ChaChaMali都没有见过。”

“你们整个种族被关押了这么久，为什么不找机会逃出去？”李磊问。

“离开监牢星球，我们会死。”独眼人指了指自己的脖颈处，接着小心地打开缠在上面的最后半片树叶，“这里会炸开。”

顾茂昌等人看到，在独眼人的脖颈上，靠近下颚的部位有一个不大的突起，颜色却白得刺眼。

“他们说我们是异星人的后代，为了不让我们逃走，他们在我们的身体里种下了这个，一旦离开就会爆炸。”

“可是，不代表你的后代也会有啊！这东西是种下的，到下一代应该就结束了啊！”

“不会，种下的东西就像luvava，会不断生长，luvava是祖先，叶子是后代。”

“真够阴毒的。”李磊说。

“那我们身上不会有这东西吧！”林宇风惊呼起来。

“你傻吧？要是有的话我们早就死了，你现在还能在这里大呼小叫？”李若辰哭笑不得地说。

“为什么没给我们种这些东西？”

“因为我们没有见到统治阶级，他们一定当我们是小人物，扔到P-63星球上，要不了多久就会因为缺少氧气和食物死掉。”司徒萧说。

“如果发现我们逃跑，他们大概会更加重视我们。”顾茂昌说。

夜王没有说话，而是走到luvava前，伸手去摘叶子。

“不要摘了！你们又不吃，留下给我和我的后代吧！”独眼人叫道。

“如果你相信我，我会留出很多给你。”夜王说着，拿着几片叶子很快消失在钉树林中。

“他要去哪儿？”李若辰问。

“谁知道呢……”林宇风说，“我觉得夜王变了，变得难以捉摸了。”

“自从他进入黑域，就变得越来越像人了。”顾茂昌若有所思地说，“有时候会让我有种阿杰回来了的错觉。”

“他不会回来的，他不是已经死了吗？”林宇风问。

“宇风！”李若辰语带埋怨。

“不对，修杰没有死，夜王只是意识体，不可能为人类提供生命力，但修杰的身体却一直没有腐烂，说明他作为人类的意识和身体都还活着。”司徒萧说。

“但修杰的意识不可能抢得过夜王啊。”李若辰说。

“没错，可夜王最近经常会离开修杰的身体，修杰的意识可以趁机觉醒。”司徒萧说。

“你们这么盼望修杰醒过来，他有什么好的？”林宇风不太高兴地打断众人，“万一那小子还疯疯癫癫的想再把‘盘古’复活一次呢？万一他在黑域里醒过来，投靠敌军了呢？”

“就算不觉醒，夜王本身的危险性也很强，认真起来，我们未必是他的对手。”李磊说。

正在这时，地面一阵颤动，来源正是夜王离开的方向。众人转头望去，只见眼前的钉树林全部向后倾斜，仿佛是要躲避什么。接着，一株luvava冲天而起，很快就长成母株的一半高度。

“我去！拔地而起！他这是告诉我们他不好惹吗？”林宇风惊呼道。

“居然用几片叶子就重新种出了luvava……”独眼人激动得在地上绕着圈又叫又跳，他四肢落地、背后小鞭凸起的样子很像一只短尾猴。

没过一会儿，夜王回来了。独眼人迎上去，激动地问：“你是怎么做到的？怎么做的？”

“这个当然不能告诉你，不过，你现在愿意把luvava的叶子分给我们一些吗？”

独眼人连忙奔回树下，费力却迅速地摘下一捧叶子，颠颠儿地送到夜王眼前。

“给他们。”夜王说着指了指顾茂昌。

独眼人又将那些叶子送到顾茂昌眼前。

“夜王，谢谢。”顾茂昌说。

“没什么，既然暂时没办法逃出去，至少要想办法活下去，制完氧的废料也许可以分解为食物。”

“我试试。”顾茂昌说着接过那些叶子。

K小队的人坐成一圈，默默地看着这一幕，他们无法理解夜王为什么要帮助他们活下去，但之前的经验已经证明，询问也不会有什么结果。

此时，夜王的意识体正依附在修杰身上，藏在防护头罩中的脸散发着淡淡的白光。他的目光投向远方，目光失焦在惨淡的天空里。

“顾青，你还活着吗……”

从飞船内的计时器上看，二号飞船进入黑域已经超过十五天了，却依旧没有与一号飞船取得联系，但值得庆幸的是，他们找到了三号飞船，现在，三号飞船正跟在二号飞船后面，穿行在星球之间。

在乱流中受伤不治身亡的探险队员全部被强森装进了冷冻室，而受伤的队员则统一脱下防护服进行简单救治。由于大部分人都是因压力变化导致的内脏受损当场死亡，可以救治的伤员很少。最后统计下来，五十人的队伍中有三十三人存活了下来，其中有八名在清理搭载舱时已经确认死亡，另外九人则是因伤势过重，在其后的几天内陆续死亡。整个二号飞船的搭载舱内，除了弥漫着久久不散的血腥味，还笼罩着死亡的恐怖阴影。

为了尽快与一号飞船取得联系，安琪已经在设备舱里连续守了几十个小时，虽然现在已经到了戴维的轮值时间，安琪依旧在不断地发送着信号。

何翎羽从休息舱飘出，戴维向他点点头算是打了招呼，安琪却丝毫没有注意到何翎羽已经进入设备舱。何翎羽来到安琪身后拍了拍她的肩膀，安琪一惊，这才转过头来。

“安琪，休息一下吧。”何翎羽低声说。

由于对讲系统是几人共用的，而此时洛冰和强森已经休息，所有人说话的声音都很轻。

“我没事。”安琪摇头答道。

“已经几十个小时了，你必须休息。”何翎羽不由分说地将安琪拉起，扶着设备快速移动，向休息舱飘去。

“可是翎羽哥……”情急之下安琪的声音也大起来。

“嘘……小声点，好了好了，这里有戴维在呢，你回去睡觉。”

何翎羽连哄带拖地将安琪扯进休息舱，强森和洛冰已经将自己固定在舱壁上沉沉睡去，何翎羽将安琪扯到另一边的舱壁旁，用带子将她固定好，之后隔着防护服拍拍她的肩膀。

“好了安琪，睡一会儿吧，夜王不会有事的。”他安慰道。

安琪点点头，勉强笑了一下。

何翎羽微笑一下，走到安琪旁边，也将自己固定住，之后他转过头看着安琪。

“安琪，你的司徒萧也会没事的，放心吧。”

“翎羽哥？”安琪愣住了，接着鼻子一酸，声音也跟着涩起来，“谢谢你。”

“傻姑娘……”何翎羽笑笑，“好好睡吧。”

安琪点点头，乖巧地闭上了眼睛。她和何翎羽都没有注意到，睡在对面的洛冰此时已经睁开眼睛，满是怨恨地看着他们。

没过多久，安琪真的安心睡下，也许是被何翎羽感动，她梦见了第一次见到何翎羽的情景。

模糊的梦中，安琪独自一人站在深夜的街头，弹着吉他大声唱着歌，脚下的吉他包里躺着几张皱巴巴的零钱。天上飘着轻雪，那天是新年夜，街上来往的行人很多，却没几个人注意到她。

安琪的衣服很单薄，她并不是因为爱美，而是街头卖唱的收入实在买不起一件冬衣。她站在风中瑟瑟发抖，手指僵硬地拨动琴弦，嘴里不停地唱着，周身的感觉越来越麻木，到后来，她甚至不知道自己在唱些什么，只记得父母离开的那天，路边积了厚厚的雪，汽油从发动机里汩汩流出，模糊了刺眼的血迹。

安琪在回忆里喃喃地唱着。

“寂寞的夜……独自承受……慢慢，慢慢没有感觉，慢慢，慢慢我被忽略……”

“你叫什么名字？”一个浑厚的声音响起。

睁开眼，一个高大的中年男人站在眼前，目光清澈、深邃而沧桑，左眼角下方有一颗黑痣，微笑和蔼可亲，却透露着无法表述的野性。他身上的大衣材料考究，衬衫领口处还别着一枚五芒星形状的领扣。

“你是谁？”安琪抱着吉他，下意识地问。

“问你叫什么就快说，你出来卖的时候你爸妈没教过你吗？”一张百元大钞飘落在吉他包旁的地上，说话的女人站在中年男人身后，帽子和围巾将脸挡住了大半，只露出一双深凹的眼睛，写满冷傲，那张百元大钞正是从她手里甩出来的。

安琪却还是看着那个男人，眼神迷离，长发被风吹起，遮住了半张脸，看上去异常颓废和无助。

“你是谁？”

“我是一名音乐经纪人，正在寻找有着好声音的女孩子，你有兴趣加入我们吗？”

“翎羽哥！你打算在路边随便捡一个卖唱的做主唱吗？”那个只露出一双眼睛的女子急了。

“你的琴弹得很差劲，但你拥有我听过最奇妙的声音，怎么样？你愿不愿意加入旅行者乐队，成为一名灵魂歌手？”

“旅行者乐队？灵魂歌手？”

“我会好好打造你，如果你愿意，我也会好好保护你。所以，你叫什么名字？”

“安、安琪……我叫安琪。”

“很好，安琪，现在收好你的东西，跟我回去，我要给你试音。”男子说着便转身要走。

“你还没告诉我你是谁！”安琪忽然回过神来，追问道。

“放肆！怎么能这么对翎羽哥说话！”女子尖厉的声音再次响起。

中年男子却很有耐心地转回身来，对安琪伸出右手，说：“我叫何翎羽，很高兴认识你，安琪。”

安琪犹豫了一下，将自己冻僵的小手抬起来，与何翎羽握了握。抬起眼，却看到帽子和围巾中间，那双眼睛正恶毒地瞪着她。

雪忽然下大了，黑夜里灰扑扑的雪花漫天飘下，天地间只剩下那双女人的眼睛，死死地盯着安琪。

安琪一惊猛地睁开眼，发觉只是一场梦，但接下来她又倒吸一口凉气，因为洛冰就飘浮在她面前，正用和梦里一样的目光瞪着她。

“洛冰？”安琪喃喃地唤了一声。

“洛冰，你在干什么？”强森突然出现在休息舱门口，看看洛冰，接着又看向安琪，“安琪你醒得正好，翎羽哥找我们商讨下一步的行动计划。”

“好，知道了。”

安琪说着伸手去解自己的固定带扣，而洛冰早已一脸阴沉地离开休息舱，经过强森时还毫不掩饰地撞了他一下。

“强森，翎羽哥要商量什么事？一号飞船还没有消息吗？”

“没有消息，翎羽哥在考虑寻找一个合适的星球着陆，再这么没头没脑地飞下去，没等找到夜王，我们的燃料和物资就全耗空了。”

“确实是这样，我们必须在找到夜王之前想办法活下去。”安琪说着在舱壁上一推，向舱门飘去。

“手给我。”强森向安琪伸出手。

“谢谢。”安琪笑着伸手握上，任由他将自己拖出休息舱。

距离顾茂昌等人逃离P-63星球已经过去了一段时间，在新的星球上，夜王已经成功种出了三株luvava，极大增加了钉树林的面积，而顾茂昌利用防护服自带的仿日光装置，用luvava的叶子进行高效的光合作用，收集氧气压缩以备使用。一切似乎都踏上了良性循环的轨道，但眼尖的林宇风也发现，修杰的身体似乎比原来更加苍老。

“如果夜王再这么搞下去，没等修杰的意识觉醒，这副身体就会被他玩废，精尽人亡！”

“但luvava是我们的必需品。”李若辰说。

“现在这些已经足够了，种那么多有什么意义？万一他刚种好，黑域里那群浑蛋又来抓我们怎么办？”

“什么浑蛋？”李磊问。

“就是那些叫什么‘比沙’的章鱼军队！”林宇风比划着说。

“林宇风，别这么乌鸦嘴。”司徒萧说。

“怎么，你这个心理学专家也迷信这个？章鱼有什么可怕的？再说俗话说怕啥来啥，你越怕它越来劲儿，你要是不怕……”

林宇风正说着，众人只觉得脚下一阵颤动。

“我去，他以为自己是山神啊！又他妈不是给自己留后，种那么多干屁！”

“这一次不是我。”夜王的声音响起，“我只是去了一趟水边。”

看着走近的夜王，众人面面相觑。

“我们被发现了。”顾茂昌说，他手里正拿着一把叶子，准备摊放在地上。

“那个独眼老兄呢？”林宇风说，“快把他找来一起躲一下。”

“你能往哪儿躲？”夜王问，“难道变成几片叶子？”

“顾教授，现在怎么办？”李若辰问。

“这还不简单，如果对方想下杀手，就和他们拼了！如果只是想抓走我们，就酌情应对。”李磊说。

“我们可以试着和他们沟通一下。”

“沟通个屁！一群章鱼有什么可沟通的，这要在地球上早被我们绝种了！”

“快跑！快跑！”独眼人的声音突然窜入众人脑海。一道墨绿色的身影闪电般冲来，独眼人椭圆形的脸上满是惊恐，他大张着嘴，四肢发力向众人奔来，嘴里叫着“快跑”。

在独眼人身后，大片暗影袭来，原本暗淡的天空更加昏黑。接着顾茂昌等人听到了另一个冷酷的声音：“G-47号星球俘虏窝藏逃犯，编号ccx58935，予以处决。”

“不！”独眼人绝望地叫起来，再次留下粘稠的眼泪。

“不是他的错！他没有窝藏！我们是自己来的！”

这一次林宇风没有嫌弃独眼人，而是跳到他和追击者之间，张开双臂大声辩解。但就在这时，“砰”的一声，独眼人脖颈上的那块白色突起物炸裂开来，他的头部在所有人的眼前被炸飞，墨绿色的血液喷溅出来。不等林宇风回头，独眼人的头便带着血和眼泪翻滚着落在他眼前。

“凭什么杀他！凭什么！”

“宇风你干什么！”

林宇风大叫一声冲向扑面而来的追击者，李若辰眼疾手快地一把扯住他。

“林宇风，冷静！”司徒萧吼道。

“P-63星球的六名俘虏，鉴于你们的越狱行动惊动了总部，现决定将你们作为二十九级重犯移交总部受审，听候处置。”

“我不去，我要先宰了你们！”林宇风冲着漫天的外星生物吼道。

那群生物与之前的“比沙”不同，他们有着大大的头和圆圆的身子，挤在一起就像一锅煮发的汤圆，又像是挤在一起的巨型蚕蛹，密密麻麻无比诡异。

“林宇风，别忘了你有密集恐惧症！”李磊叫道。

“屁的恐惧症，我要把他们剁碎了喂狗！”林宇风已经气疯了，但他被李磊和李若辰按住，无法动弹，只能大声叫骂。

那些奇怪的生物并没有靠近顾茂昌等人，而是直接围住了整个星球。接着，众人感到脚下一摇，整颗星球以难以置信的速度移动起来。

“哎呦我去！你威风啊！还整个搬啊你们！”林宇风还在骂着。

“够了林宇风，别像小丑一样又叫又骂，你要是真有脾气，等会儿到了总部再说。”夜王冷冷地说。

“你们看，他们在蚕食这颗星球！”李若辰惊叫道。

这些小而密集的生物正在以飞快的速度吞食着他们脚下的星球，随着星球不断被吞食，外面的生物越来越大，他们的移动速度也越来越快，几乎到了要将内脏从身体中抽出的程度。

随着脚下土地的消失，顾茂昌等人再次脱离引力悬浮在空中，而周围的生物还在慢慢收紧包围圈，他们得以容身的地方越来越小。

最初进入黑域时那种难以忍受的感觉再次袭来，在近乎窒息的痛苦中，他们接连陷入昏迷，在最后的清醒时刻，每个人脑海中都闪过不同的念头。

顾茂昌：这次一定要解释清楚。

司徒萧：安琪，你在哪儿……

李若辰：现在该怎么办?

林宇风：老子要宰了你们!

李磊：总部吗……

夜王：也许这样就能解开全部的谜题了。

类宇宙的执政中心，巨大的总部星球上炸坑累累，地面上到处是碎石沟壑，满眼是战争的痕迹，举目望去没有水也没有植物，除了各种造型奇怪的生物，这里唯一不缺的就是电光一样的白色光线。空中穿梭着各种交通工具，那是一些既无轮足也无伞翼、看上去和铁饼一样的东西，却能在低空和高空中自由飞行，就像一个个高高抛出的飞盘。

顾茂昌在床上醒来时，发现林宇风正在窗边兴致勃勃地评论着下面的飞行器，李若辰靠着窗玻璃频频点头，夜王慵懒地侧卧在一张床上，李磊则坐在门口，靠在墙上，像是在休息。

发生了什么，为什么是一派安详的景象?

顾茂昌一时竟有些恍惚，他睡在房间里，这里有床铺、门窗和墙壁，能感受到重力正将他牢牢地固定在床上。可是，他们不是已经进入黑域了吗?这里是远离地球的空间，为什么还会有这种熟悉的东西?难道是梦境?

他又仔细看看，却发现这里和常见的房间不一样。

这个房间的墙壁上没有白灰或墙纸，窗户和门没有边框，只是一块透光度很好的透明材质的挡板。天花板没有密封，中间也是大块的透明挡板，能看到楼上的楼上，一眼望去有很多层。最不同寻常的是窗外，外面没有蓝天，背景是一片昏暗，不断有白光来回照射，像是无数个探照灯。在模糊的远方，顾茂昌隐约看到几个巨大的星球，再远处似乎有星光，但被外面的白光闪得看不真切。

“这是什么地方？”顾茂昌轻声问。

“你总算醒了顾教授！”李若辰开心地说，“这里就是黑域的总指挥部！”

“指挥部？”顾茂昌有些疑惑地坐起身子，“和地球一样的建筑？”

“很遗憾，是地球上的建筑和这里一样。”夜王淡淡地说。

“顾教授，你昏迷时我们已经见到了总部的外星生物。”司徒萧说。

“他们怎么说？”顾茂昌一下直起身子。

“这帮怪物们说要等领袖裁决，但我们说我们的领袖还没有醒，所以他们让我们在这个房间里等。”林宇风说。

“夜王，你为什么不与他们交涉？”顾茂昌转头问。

“我不是地球人，代表不了你们K小队。”夜王冷冷地回答，“关于我的问题，我会自己和他们说明的。”

“夜王，总部的生物是什么样的？”顾茂昌低声问。

“很高级，我已经和你的队员说过了，尽可以放弃武力解决问题的打算，不要说这里聚集了上千只高等宇宙生物，就算只有一只也够我们应付的。他们消灭我们，就像你们踩死蚂蚁那么简单，不，可能还要更简单。”

“所以老顾，我们的小命就全靠你了！之前你每次都能晓之以理、动之以情，搞定那些刺头，这次也一定没问题。”林宇风兴冲冲地说。

“顾教授，我觉得总部的那些生物挺友善的。”司徒萧接着说。

“说白了，我们已经放弃努力，准备等死了。”李磊冷冷地说。

“李磊……”李若辰欲言又止。

“老李你怎么说话呢！”林宇风叫起来，“我们这是在提倡和平解决问题！”

“是谁在来的路上嚷嚷着要宰了他们的？”

“我还不是怕连累你们，难道你觉得老子怕死不成？”林宇风恼羞成怒。

“好了宇风、李磊，我明白了。”顾茂昌摆摆手制止两人，接着问，“他们在哪里？我这就去见他们。”

顾茂昌说完，房间的大门迅速地向上收起。顾茂昌一愣，随即笑道：“这是被全员监视了呀，我说你们怎么都在说闲话。”

“我可以保持沉默。”李磊说。

“但我们所说的一切都可能成为不利证据，顾教授，米兰达警告，你明白的。”司徒萧说。

顾茂昌点点头，接着转过身准备向外走。

“顾教授，我们和你一起去。”李若辰说。

“我会管住嘴的。”林宇风忙说。

顾茂昌转头看看众人，笑了一下，率先走出房门。其他人跟着鱼贯而出，只有夜王还躺在床上，一动不动。

顾茂昌与K小队四人沿着长长的走廊向下走去，走廊的一侧有很多一样的房间，里面空无一人。

“为什么会有这么多空房间？”顾茂昌问。

“据说这是关押候审犯人的地方，只不过根本没有那么多犯人可以关押。”司徒萧说。

“听说被吸进黑域的大部分生物都加入了联军，如果有不服的，就扔到监牢区域等死。”林宇风说。

正说着，走廊前方爬出一只体形巨大的生物，黑色身躯，没有头和眼睛，远看就像一团黑雾。那生物出现后也不动作，只是堵在走廊中间来回晃动。

众人立刻收住脚步，那个黑色生物动了动，对顾茂昌等人说：“少了一个。”

“他说自己和我们不一样。”林宇风说。

“少了，少了。”黑色生物继续说。

接着，从那团黑雾里“唰”地窜出一根坚硬的触手，直奔众人而来。

“小心！”

李若辰一把将林宇风和顾茂昌扯倒，司徒萧闪到一旁，李磊则俯下身子仔细观察。只见那触手并没有在他们身边停留，而是直接沿着走廊向他们来时的方向蹿去。远处传来一声巨响，那横在顾茂昌眼前的触手一震，之后加大力气，似乎在与什么东西搏斗。

很快，它似乎占了上风，平静下来开始收回触手，一大团被缠得密不透风的东西被拖了出来。

“这……难道是夜王？”林宇风低声问。

“很有可能，因为一路走来那些房间都没有人。”李磊说。

“我带你们去审讯室。”那只黑色生物终于说出一句完整的话。

下一秒，顾茂昌等人只觉得被猛地缠住向下一扯，整个人便失足一样坠落下去。就在他们开始担心会不会有危险时，那黑色生物已经砸向地面，巨大的撞击力从触角传到众人身上，震得他们牙关打架。

“带来了。”黑色生物通报一句便放下他们离开了，直到他离开后收回触手，顾茂昌他们才看到那个被包裹得密不透风的东西正是夜王。

他们被放在一扇散发着金属光泽的大门前，上面没有任何标识。几人刚挣扎着站起来，随着“嗡”的一声，门开了。

这是一间极大的审讯室，里面空旷无人，也没有任何座位。顾茂昌等人走进室内，发现室内没有窗户，也没有其他出入口，像是一间密室。他们环顾四周，却没有发现任何生物，之前紧绷的神经也稍微放松了一些。这时，他们的注意力被审讯室的天花板吸引。天花板上装饰着许多形状不同的照明板，此时正发出明亮的白光，其中还有一些照明板上流动着淡淡的色彩。

“真漂亮……”李若辰仰头看着天花板感叹道。

“我想知道审讯我们的人在哪里。”李磊说。

“这里没有被告席，连审判席也没有，他们会不会从地下升起来？或是从那边的墙里出来？”司徒萧认真地分析着。

“太不正规了，是不是？”林宇风打趣起来，“我猜我们现在是在某个怪物的胃里，他有辨别谎言的能力，如果发现我们说谎，他就会释放消化液，将我们溶解掉。”

“林宇风，越说越恶心了。”李若辰冷冷地说，“你出来之前不是承诺要管住嘴吗？”

“可是现在还没开始审讯。”林宇风辩解道。

“谁说还没开始？”夜王饶有兴趣地反问。

“嘘，你们听……”

顾茂昌的声音很低，在他的提醒下，众人安静下来，这时，他们才听到无数个声音在窃窃私语。

“异星人……后代……灾难……第一次见到……他们可怕吗……是的绝对是异星人……和ChaChaMali不一样……穿着铠甲……杀了他们……首领团什么意思……”

无数个细小的声音组合在一起，竟然也有了意义，夜王说得没错，他们正在进行审讯。

“出来！别他妈偷偷摸摸的！都给我出来！”林宇风率先发怒。

“宇风！”顾茂昌急忙喝止，接着他放缓语气，对着空无一物的审讯室严肃地开口道，“既然要对我们进行审讯，至少应该让我们知道审讯人是谁。也许你们认为俘虏的身份和地位不值得你们出现，或者是对平等这个词不够了解，但在我们地球上，这是每个人都应当享有的权利。虽然这只是一次审讯，但我们是本着解释和谈判的目的来的，请你们给予我们应有的尊重！”

“尊重？”一个冰冷的声音响起，其他如私语般的交谈声立刻停止。

顾茂昌环顾四周，想要找到那个声音的来源，但那声音经由他小腿上的入侵意识体直接传递给大脑，根本无法通过双耳判别方向。

“为什么要尊重你们？”那声音还在继续，“你们是一个喜爱窥探他人隐私又令人厌恶的种群，用你们自己的语言说，就是卑鄙的好奇心泛滥。为了探知其他外星生物的秘密，不断发出各种信息，将你们的好奇心变成宇宙信息，充斥在整个空间里，你们简直是宇宙通讯界的噪音！”

“我们只是想与外星文明取得联系！”顾茂昌辩解道。

“联系？不，你们只是想研究外星文明，研究了地球生物还不够，还想研究其他文明，希望一切生物成为你们的小白鼠。”

顾茂昌不禁打了个寒战，其他人的脸色也不大好看。面对这种居高临下的讽刺和斥责，他们竟找不到理由辩解。

“你们为何会了解地球上的活动？难道地球上……”顾茂昌试探着问。

“当然没有，研究你们这个愚蠢而狂妄的种族根本不需要花费力气，最为可笑的是，我们对地球所知甚多，你们连我们是谁都不知道，却还幻想着要进行研究。”

“所以，我们成了研究对象是吗？”顾茂昌问。

“不，你们连研究对象都算不上，你们只是一群小白鼠，在宇宙的边缘，作为灾难的后代苟且生存。”

“我们并没有苟且，也许我们的技术不如其他星球文明，但我们依旧在认真地生活。我们这次来是因为黑域正在吞噬地球，也就是你们说的类宇宙。我和我的伙伴一起冒险进入这里，想要找到办法拯救我们的星球。”

窃窃私语顿时又起。

“听到了吗？他们要打破类宇宙……拯救星球……别相信，这一定是谎话……可我们也要……别说话，听木卡斯木的……首领团还没有回应吗？”

这次的声音比之前大了很多，但整个审讯室里依旧没有出现任何生物。陌生和无助的感觉攫住K小队的成员，他们一边紧张地打量着四周，一边下意识地向顾茂昌靠拢，直到将顾茂昌整个护住。

“顾教授，他们一定就在这里，我感觉到了。”李若辰说。

“不管他们从哪里出来，想办法保护顾教授。”司徒萧说。

“妈的，最看不上这种缩头缩尾的家伙！”林宇风恨恨地发着牢骚。

“但事态还在可控范围内。”李磊提醒道。

夜王抬起头，若有所思地凝视着那一块块明亮的天花板，突然冷笑一声，高声说：“下来吧，我看到你们了。”

所有的声音都停了下来，审讯室里一阵尴尬的沉默，接着靠近前端的一块照明板晃了一下。

“Ruwa，你干什么！”

“算了木卡，这样没意思。再说，我也想让那些地球人看看我完美的姿态。”一个温和愉快的声音答道。

那片照明板猛地下坠，落到与顾茂昌等人相同的高度之后急速滑行，转眼便停在他们眼前。顾茂昌刚要开口问候，却一下子愣住了，不止是他，K小队的成员也全都惊呆了，就连夜王也定定地看着这个被称作Ruwa的生物。

他没有形态，雾气一般盘踞在巨大的平面上，移动时像火苗一样左右摇摆。很显然，他和夜王一样，也达到了纯能化，但与夜王单一的白色光线不同，Ruwa的光线更加柔和多彩，在众人面前不断晃动，活泼地变换着不同的姿态。

“这么美……”林宇风喃喃地说。

“不要小看我，虽然我很美，但越美丽的东西越危险。”Ruwa说到这里忽然整个变了颜色，通体血红，像是一片血雾，“你们中也有和我一样的生物，嘿你，为什么要躲在铠甲里？”

“因为我比你多了一具肉体。”夜王回答。

“胡扯，那肉体不是你的，我看到了另一个意识体。”Ruwa厉声说道，“不要试图蒙骗我们，不然真的会让怪物把你们消化掉！”

“所以你们都听到了，对吧？”顾茂昌问。

“我不知道。”Ruwa说着向后飞速移动，转眼到了审讯室墙边，“你可以问问他们。”

他依旧通体血红，向上伸长一些，像手臂一样指向天花板。

顾茂昌这才想起之前听到的那数百个声音，连忙抬头看去。果然，那些被他们当作是天花板装饰的顶灯上都探出了模糊的身影，那些装饰正在晃动，紧接着，他们全都降落下来，在顾茂昌他们头部的位置上悬浮着，将他们包围起来。

这些生物与顾茂昌等人初入黑域时见到的完全不同，他们有一半左右没有固定的形态和颜色，有些是液态或气态，只有极少数是完全的意识体。剩下的则具有实体，有些很高大，顾茂昌只能勉强看到他们的关节部位，还有一些则非常小，如同sufliag一样，但他们看起来比巨人还要危险，因为其中一只就在顾茂昌眼前转眼增大了几十倍。

从颜色上看，这些生物有些呈现出代表高温的红橙色，有些则呈现出超低温度的暗灰色和深黑色，还有一些五颜六色的光带，顾茂昌可以肯定，那是他们独有的生物电。

突然，一阵强烈的压迫感袭来，上方的空间里再次落下数十个生物，他们落在审讯室的最前面，而之前的生物则绕到顾茂昌等人后面，安静地排列在他们与大门之间。

顾茂昌看向那些后来者，发现他们绝大多数的身体都在发光，从形态和颜色上几乎可以断定，这些人是刚才那些审讯者的首领。

“这些一定是他们说的首领团，竟然每个都不一样，这让我联想起多民族会议。”司徒萧低声说。

“他们看起来很光鲜。”林宇风说。

一个深灰色的大型生物缓缓出列，他的身体和人类相似，却有三条腿；没有手臂，取而代之的一对耷拉着的翅膀；头比马还要长，眼睛却长在头顶，像一对马耳。随着他的走动，三条腿之间还有轻微的火花闪动。他一直走到审讯室的前面，与那些后来出现的生物立在一处，之后开口。

“P-63星球的逃犯们，现在可以开始了吗？”正是刚才那冷酷又充满讽刺的声音。

“可以，我们已经做好接受询问的准备了。”顾茂昌说着挺起胸膛。

“我是木卡斯木，中间那位是尊贵的联合首领大人，你们需要回答他提出的所有问题。”木卡斯木说着，向首领大人示意。

立在正中间的首领大人从长袍一样的毛发下探出“手”，向顾茂昌等人举了一下。他的手看上去和身上的那些毛发一样，顾茂昌暗自猜测，也许那些看上去像毛发的东西也是他的触手。但这个猜想并没能持续下去，因为下一秒，从木卡斯木身上散发出的强烈电流直击在顾茂昌身上。虽然有防护服的保护，顾茂昌还是感到一种极为强大的力量碾过他的大脑。

“怎么……回事……”

顾茂昌大惊，这种感觉极像他在“神思计划”中与盘古建立连接时那样，眼前的景象一片模糊，世界就像跳帧播放的影片，漩涡一般扭曲翻转，他忍住强烈的眩晕感，紧紧闭上眼睛。

突然，那种强烈的不适消失了，一阵失重感袭来，顾茂昌慢慢睁开眼睛，发现自己正悬浮在空中，审讯室内的所有人也一样飘在半空中。

顾茂昌不禁苦笑起来，他再一次看到了意识体本能的自我构建，又一次被带入虚像中。他之前一度以为“盘古”是唯一能做到这点的奇妙生物，现在看来，黑域中一个并非首领的外星生物也能做到这一点，而且根本不需要考虑他们脑波频率之间的差异，想到这里，顾茂昌心里不禁冒出浓浓的恐惧。

他转头看向K小队的成员，发现他们都没有穿防护服，而是以模糊的意识体形态悬浮在空中。夜王的意识体非常清晰，保持着完整的人形浮在那里，但让顾茂昌在意的是，在夜王身后还有一片极为模糊的意识体，必定属于修杰。

“阿杰……”顾茂昌下意识地唤道。

“你已经适应了？真不简单。”木卡斯木说，“你们现在在我制造的意识场内，你们看到的是我们的意识体，也许这样讲话能让你们感觉更亲切一些，而且……这样也能更容易判断你们是不是在撒谎。”

顾茂昌看向木卡斯木，发现他已经脱离三脚马的形态，化为一团带着电光的雾气，从意识体的浓郁程度来看，他的能力应该与夜王不相上下。顾茂昌暗暗心惊，他忽然明白这个意识场的真正用意，谈话的真伪并不重要，摸清他们的能力状况，才是这些外星生物的真正目的。

顾茂昌看向审讯室最前方，那位首领现在也以意识体的形态出现，可怖的是，所有生物中只有他依旧保持着原来的样子，只是毛发变得更长，周身也发出刺眼的青色光芒。

“为什么你们的首领……是因为特殊地位的保密需要吗？”顾茂昌问。

“当然不是。”木卡斯木鄙夷地说，“我们这里和你们的官僚机构不同，首领之所以为首领，是因为他已经将自己的意识体实体化。”

“实体化……”夜王的意识体禁不住颤动起来。

“那边寄生在地球人身上的朋友，这是不是让你很向往？”木卡斯木的声音充满嘲讽。

“好了，木卡斯木，我要开始了。”首领沙哑的声音响起。

“是，我的首领。”木卡斯木的意识退到了后面。

“地球人，既然你们不是ChaChaMali的残部，为什么要闯入类宇宙？”

“我们并没有想要闯入，只是想了解这里到底发生了什么。”顾茂昌回答。

“果然是好奇心作祟。但你们是不是闯入，我们自有判定，所有进入类宇宙的种族都是与自己的星球一起进入，你们呢？告诉我们，你们的地球呢？它在哪里？”

“地球正在被类宇宙吞噬，而且速度很快，我们进入这里只是想了解情况，寻找解决办法。”顾茂昌镇定地解释道。

“但是，类宇宙的端口为何会在地球上打开？”

“因为……”顾茂昌迟疑起来。

“因为我们做了一项实验，引发了强大的能量撞击，意外开启了类宇宙的端口。”夜王突然插话道。

身后充当陪审团的众多生物顿时又议论纷纷。

“实验！可怕的实验！……果然和异星人一样……带来灾难……他们还在进行实验……这次又要毁灭什么……”

“这个陪审团简直像苍蝇一样……”林宇风悄悄说。

“闭嘴！”李若辰低喝道。

首领似乎并不着急，他一动不动地站在那里，直到所有人都安静下来。那名首领可能拥有的眼睛和嘴巴完全被毛发遮住，但顾茂昌还是能感觉到，首领一直在注视着他们。

“我很好奇，你们到底在地球上进行了什么实验？”首领问。

顾茂昌知道，他解释的时间到了。他先简明扼要地讲述了“盘古”复活的情况，夜王则进行补充和解释，抛却军方对“盘古”的控制以及人类与夜族对“盘古”的争夺，简单的叙述便完全能够自圆其说，最终，“盘古”被摧毁了，而类宇宙的端口也出现在天空中。之后，顾茂昌简单讲述了人类对黑域的研究，他们如何闯入类宇宙，最后又如何被外星生物掠出飞船。

最后，顾茂昌真诚地说：“我讲完了，这就是我们进入类宇宙的原因和经过。我想要重申的是，我们没有恶意，一切只是为了自救。我们在逃跑过程中遇到了一名来自ChaChaMali星球的独眼人，他告诉我们类宇宙里的所有星球和生物都是被黑域吞噬的，我猜想你们也一定在想办法逃出类宇宙，拯救自己的星球，从这一点上来说，我们的目标是一致的，我们不是敌人。”

周围又传来“嗡嗡”的议论声，但因为语气友善，反而有些听不清楚。又等了几分钟，议论声停下，所有人都在等待首领开口。又过了几分钟，首领动了一下，慢慢开口。

“你说宇宙有十维空间，制造‘盘古’是为了回到十维空间？”

“正是，但这是不现实也没有好处的，不仅因为‘盘古’的巨大杀伤力，更是因为十维空间里并没有永生，而是永恒的死亡！”

“你们还分析类宇宙是四维空间？会将你们所处的三维宇宙彻底吞噬？”

“是的，你们不也是连星球带种族一起被吞入这里的吗？你们难道不想逃出去吗？”

“当然是要逃出去的，我们也确实在许久以前就被整个吞进了类宇宙，但十维空间是什么？四维、三维又是什么？”

“那是宇宙的不同空间，地球现在就处于三维空间里，三维空间最为稳定，持续时间也最长。”

“那么，你们认为类宇宙是几维空间？”

“这个，我们在地球上进行观测和研究时，一度相信这里是四维空间，但现在看来并非如此。类宇宙虽然与三维宇宙有相似的地方，但也有一定的不同，没有经过详细的研究，很难做出判断。”

首领又沉默了一段时间，之后把木卡斯木叫过去低声商讨。很快，他们做出了决定。

“你叫什么名字？”首领问。

“我叫顾茂昌。”

“顾茂昌，你的讲述不是谎言，但我们无法理解你对宇宙维度的解释，所以，我们依然怀疑你们是有目的的恶意闯入者。”

“你们必须相信我！难道你们都没有听过高维宇宙的存在？你们中

间有谁对宇宙历史了解更多一些？这都是真实存在的，至少曾经存在过！”顾茂昌也激动起来。

首领仔细地打量着顾茂昌，之后一字一顿地说：“不，我不能相信你，我们都不相信你，我们不相信异星人的后代。古老的歌谣告诫我们，你们的祖先是罪恶的根源，你们就是罪恶本身，异星人和他们的后代都是无法信任之人。”

“我说的全都是真的。”顾茂昌无力地说。

“是不是真的，让我们找一位可以信任的生命者来问一问吧！”

首领话音刚落，突然传来一阵眩晕，再回过神来，顾茂昌的意识已经回到了身体中，全身感到阵阵的刺痛。他有些惊讶地看向木卡斯木，弄不明白为什么结束了意识场的运行。

木卡斯木似乎看出顾茂昌的疑问和忧虑，声音冷淡地说道：“还没有结束，但在意识场里，你看不到我们的终极生命者。”

此时，顾茂昌等人身后的生物已经热火朝天地讨论开来，但话题已经不再是顾茂昌等人的嫌疑和审讯内容，而是关于生命者的传闻。

在那些混杂了“叽咕”等感叹词的叙述中，顾茂昌听到了“终极”“数十纪元”“抬起”等词语。

“看来他们要请出自己的技术顾问了。”司徒萧说。

“希望他能懂得我的意思，还有我们的处境。”

“希望吧。”夜王懒懒地说。

大约过了十几分钟时间，审讯室唯一的大门打开了，所有生物全部让到两侧欢迎他们口中的终极生命者——热。

顾茂昌等人原本以为一个存活了数十个宇宙纪元的生物到底会是

何种模样，是会更大还是会比首领更加实体化，但现实却出乎他们的意料。

四个与Ruwa相近的纯能化生物小心地抬着一个不大的箱子走进审讯室，他们在其他生物的注视下穿过审讯室，一路走到最前方，小心地将箱子放到地上。

那箱子是透明的，里面是暗红色的物质，在流动中闪现出美妙的金色光泽。

这便是热！

第十八章　无妄之灾

在众人的注视下，热被打开了。

箱盖打开的瞬间，一道淡淡的烟雾从里面飘出，之前平缓流动的液态物突然变得迅速而激烈，颜色也变得鲜艳起来，就像一箱沸腾冒泡的岩浆。

顾茂昌等人静静地看着这一幕，就连林宇风也学会在不明情况的时候保持沉默。审讯室内所有生物的目光都聚焦在那个箱子上，之前一直热衷于议论的陪审团，现在却一丝声音也没有。

“我至高的生命者，请你清醒，倾听困惑。”首领轻声说。

“嘀嘀嘀嘀，为什么又打扰我的睡眠？”一个浑厚的声音在众人脑中激荡，声音大得几乎要将脑子震开。

“至高的终极生命者，我们有一件无法理解的事，希望你能为我们解答。”首领的声音充满虔敬。

“唷嘀！你们这群星屑一样的小生命，有什么事是你们能够理解的？说吧说吧，这次又摊上什么事了？”

“生命者，类宇宙里有闯入者，他们称自己的闯入是合理的，还……”

“Vakkiv，好好说话！”热突然不耐烦地打断首领，“别跟我发牢骚，再不说重点我就继续睡觉了！”

“我说当着外人的面你好歹给我点面子啊！”首领突然吼起来。

箱子里的液态物猛地涌动起来。

“我早说过那个共享翻译的意识体不能启用，不然谁会知道我们在说什么！”热的声音也相当不满，“算了，我要睡了！”

“你是不是老糊涂了！我看你的智力跟着能量一起蒸发没了！我不盖上箱盖，你永远无法入眠，难道你忘了吗？”

“嚯！卸磨杀驴！我的能量不断蒸发，只剩这么一小箱，还不是因为你是类宇宙里最笨的首领！每次有事都要开箱来问问问！”

“热！你信不信我现在就把你洒到空间里去！”

“要洒快洒，让我早休息两年！”

“洒就洒，我怕你不成！”

“快洒，快把我搬出去！”

……

虽然明知道这些外星生物语言不通，但正是凭借着热所说的共享翻译意识体，在顾茂昌等人听来，这两只外星生物正在用最传统安全的方式炮轰对方。为了不惹人厌恶，他们努力保持面部平静，但周围涌起的“嗤嗤”低笑声早已将他们淹没。

“这到底是什么东西？”司徒萧低声问。

“不知道，看上去像是科幻电影。”李若辰说。

“我们的经历本身就很科幻。”李磊接话道。

“那是能量聚合团。”夜王说，“高级且高能的生物能够将自己的纯能状态实体化，形成纯能实体，但即使是这样，如果活得太久，就算是纯能化的实体也一样会消亡，最终以能量聚合团的形式存在。不过这个消亡的过程很漫长，他们的生命有一半以上的时间处在消亡中，如果用特殊方法保护能量聚合团，这个过程还会更长，只在每次箱子被打开时消亡，就像刚才那样，涌出一阵烟雾。”

“真是一种可畏的生存方式。”顾茂昌感叹道。

首领Vakkiv和热还在为“洒还是不洒”继续争执，周围的议论声也悄悄响起。

“那个……不能洒呀，洒了怎么问十维宇宙的事啊，你们说是不是？”林宇风终于忍不住插话。

这句话就像一颗炸弹投进了外星生物堆，顿时寂静一片。

“从来没有人敢打断我的话——”首领阴沉地说，“不过，你说的话好像也有道理。”

“这些就是你刚才提到的闯入者？”热的语气里流露出浓浓的好奇。

“是的，交给你了，他们说的东西我听都没听过，但他们坚持说自己没有说谎。”首领有些疲惫地说。

“当然当然，不能因为你的无知就把现实说成虚幻，将事实判为谎言。”

首领转过脸去，虽然看不见他的脸，但顾茂昌能感觉到他带来压迫感已经移开了。现在，热正用岩浆一样的身体“打量”着顾茂昌等人。

“年轻人，说说看，Vakkiv不相信你什么？”

“他认为……”顾茂昌开口。

“不不，不是你，是那边那个年轻人，比你活得更久的那个。”热打断顾茂昌的话，“就是那个有两个意识体的小伙子。”

“夜王？小伙子？”林宇风难以置信地叫起来，“他都已经活成老王八了！”

“不不，他还是个年轻的小伙子，就是身体不太好，透支得有点厉害啊哈哈哈哈！说吧，到底怎么回事。”

“还是让顾茂昌说吧，他比我有条理。”夜王指了指顾茂昌。

“好吧，那你来说。”热又在箱子里摇晃了一下。

于是顾茂昌便将“盘古”和十维宇宙的存在以及四维黑域的假设又重新讲了一遍，再次重申道：“这就是我们来到这里的理由，并不是闯入，只是想要自保。”

热在箱子里翻腾着，比之前还要剧烈，接着，他稍稍放缓了思考的速度，开口道：“我活了不知道多少个宇宙纪元，但我也没听过十维宇宙这个概念。”

陪审团又开始了热议。

“什么？连生命者也没听说过？……那一定就是没有的……不，生命者说过，不能因为无知就把……你敢说生命者无知吗？……他们是骗子……骗子……异星人的后代……”

事到如今，顾茂昌已经不知道该如何解释和证明自己说的话了，但他还是努力说道：“你活了这么久，阅历丰富，请务必仔细回忆一下，这关乎我们的性命和去留，还有地球上的所有生命。”

“啊，你很会说话，比Vakkiv强多了，让我想想……地球啊，我知道的，一颗蓝色的星球，它是新兴的星球，我还没有去过，当然也不可能再去了……十维，‘盘古’，十维……”

“是的，在理论上时间永恒的十维宇宙。”顾茂昌热切地说。

“永恒……完美……我想到了原初世界，好像和你说的十维宇宙有些相似。”

“真的吗？是什么样的原初世界？”

“让我好好想想……那应该是宇宙的史前时期，曾经有过非常美妙的‘黄金时代’，也就是原初世界，不过原初世界很快就被打破了，因为平衡被打破，所以之后的宇宙因为能量不足开始坍塌，很多美好的东西都消失了。”

“这正是宇宙从十维向低维度坍塌的过程！”顾茂昌忍不住大声说。

“哦？是吗？原初世界就是你所说的十维宇宙吗？”热漫不经心地问道。

“是的，从你的描述上分析，原初世界就是十维宇宙。那么尊贵的生命者，原初世界为什么被打破？是什么力量打破了它？”顾茂昌继续问道。

热忽然在箱子里晃了一下，之后慢慢摇动，他的声音也变得迟疑起来：“你难道不知道打破原初世界的罪魁祸首是谁？”

顾茂昌一愣，老实答：“我不知道。”

“你们没人知道？其他的小孩子也不知道？”热又问。

林宇风等人纷纷摇头，就连夜王也在摇头，他知道创造神与十维空间同在，但他不知道是什么打败了创造神。

“嘀嘀，越来越有意思了。”热晃动起来，声音也变得兴奋，“那就让我来告诉你吧，是异星人，是你们的祖先异星人，一种长着头、躯干和四肢，用双腿直立行走的生物，喏，就和你们一样。”

“异星人……和我们长得一样？”顾茂昌震惊之余，喃喃地重复着。

“你说那个‘盘古’分裂出了你们地球人，是这样吗？”热问道。

“是的。”

“你们的‘盘古’是什么模样？”热继续问。

“和我们一样有头，有躯干和四肢……两腿直立……但盘古没有眼睛。”顾茂昌低声说。

“不可能，我看到你的意识在否定这个说法，好好想一想，年轻人，你还没有老糊涂。”

顾茂昌静下心来，忽然，一个画面浮现在他脑海中。那是“盘古”的眼睛，“盘古”是有眼睛的，他在“神思计划”中见过，那只眼睛长在额头正中，就像……那个独眼人一样！

“你们见到的‘盘古’没有眼睛，是因为他还没有完全苏醒。”热肯定地说，“你们地球人和ChaChaMali人都是异星人的后代，这不会有错。”

“可是，如果我们都是异星人的后代，如果ChaChaMali人也是从‘盘古’中分裂出来的，为什么我们完全不一样？恐怕连DNA也不会一样。”

“我不知道DNA是什么，听起来很奇妙，但我不会看错，你们和ChaChaMali人是一种人，你们都是异星人的后代！”

“难道‘盘古’是异星人？”

“也许吧！而且，谁说只有一个‘盘古’？”

最后这句话像一记重锤砸向顾茂昌，连夜王也震惊了。

“你是说，还有很多个‘盘古’？”

“我只是说说，我又没见过你们口中的‘盘古’，凡事都有可能不是吗？就像你们和ChaChaMali人都是异星人的后代，却长得一点都不像！”

顾茂昌张了张嘴，却发觉自己无话可说。巨大的震撼将他推向谷底，他忽然怀疑自己的观念是不是又要进行一次坍塌和重塑。

“好了Vakkiv，我很累了，他们说的十维宇宙，我不能肯定是否存在过，但那确实和原初世界很相像，我们姑且就当它存在吧！所以这些闯入者的理由是说得通的！再见吧孩子们，梦里见！”

热说完也不等其他人回应他的道别便安静下来，不再晃动。首领挥挥手，箱子旁的生物小心地将盖子盖住。很快，热的光泽渐渐淡去，这个热情的老顽童又变成在箱子里缓慢流动着的暗红色液态物，被小心地搬离了审讯室。

首领的目光又重新落在顾茂昌等人的身上，但此时，他们并不觉得特别紧张。

“我们的生命者认同了你们说的话，很高兴你们没有说谎。”首领慢慢说，“但是，你们一心想要恢复的十维宇宙，或者说是原初世界，其实就是你们的祖先破坏掉的。”

“是的，也许是我们的祖先，但不是我们。我们是和平主义者，我们进入类宇宙没有丝毫恶意，我们也不知道自己的祖先曾经做过毁灭宇宙的事。”顾茂昌心里一惊，急忙辩白。

“事态很明朗，这些人会带来灾难和罪恶。”木卡斯木突然说。

“木卡斯木，你是这样认为的吗？”首领问。

“是的，类宇宙的统治史中，从没有出现过对异星人后代的宽容和怜悯，因为事实证明，他们和他们的祖先一样不值得信任。没错，现在站在这里的闯入者也许没有恶意，但他们有闯入类宇宙和逃离监牢星球的能力，难道真的要对他们放任不管吗？如果对这些地球人放任不管，那么我们之前制裁和处决的ChaChaMali人是不是就显得过于无辜了？”

木卡斯木的一番话，在陪审团中掀起了新的热议。

“不能姑息……但他们没有错……他们是越狱者……带来灾难……不可信……木卡斯木说得对……太残忍了……最终还要看首领团……我希望他们被释放……这不可能……”

不止是陪审团，这一次位列前端的首领团也在窃窃私语，看着他们奇怪的身子摇来晃去，顾茂昌心中升起不祥的预感。与此同时，他注意到林宇风等人再次将他围了起来，很显然，他们也感到事态正在向不利的方向发展。

周围的议论声不断，顾茂昌忽然有种错觉，他仿佛站在联合国会议的现场，又仿佛是在被联合国入驻中国的专家团质问，除了与会者的形态不同，一切都太过相似，他忽然觉得有些好笑。

“外星生物的统治者竟然和地球上的没什么区别，真是一种惊人的讽刺。”司徒萧说。

“他们唧唧歪歪的什么时候能完？老子饿了！”林宇风低声咒骂。

“等他们决定将我们处决时，你就不会觉得讽刺了。”夜王冷冰冰地说。

“如果我们被处决，那地球上的其他人怎么办？如果地球被吸入类宇宙，地球上的幸存者怎么办？”李若辰问。

“会有办法的，即使被处决也有办法逃出去。”李磊说，“我们必须回去。”

首领团的讨论还在继续，突然，审讯室的大门被猛地打开，几百只暴怒的sufliag扑面而来，发出尖锐的声音。

“怎么回事？”顾茂昌一惊。

林宇风已经牢牢地护住了顾茂昌，K小队另外三名成员也即刻进入战斗状态，就连夜王身上的光亮都猛增许多。但这些翅膀发红的sufliag并不攻击顾茂昌等人，而是直奔首领团而去，围在首领团上方拼命盘旋，上下飞舞。

首领团先是非常吃惊，之后木卡斯木向上方伸出双手，盘旋在审讯室中的sufliag顿时安静下来，颇有秩序地飞出了审讯室。虽然那些sufliag飞走了，但审讯室内的气氛已经降到了冰点。

顾茂昌等人不知发生了什么事，只能静静地看着首领团。Vakkiv先是与木卡斯木简单地沟通了几句，木卡斯木便点着自己的马头，转向顾茂昌严厉地问道：“顾茂昌，你们进入类宇宙时还有同伴吧？”

“我们……”

“我们得到消息，在领域的边缘地带，有入侵者正在抢夺一颗有大气层覆盖的星球。我想那应该是你们的同伴，因为作为地球生物，你们急需寻找这样的星球。”

顾茂昌等人顿时紧张起来，尤其是司徒萧。

“就算入侵者需要大气层，也未必是我们的同伴。你们说有人在抢夺星球，证据在哪里？也许根本就没有抢夺战，而是你们在罗织罪名。”李磊说。

“你们最好认真回忆一下。”木卡斯木的声音突然变得更加阴冷，“如果你们确信那些抢夺者不是你们的同伴，我们会直接对其进行剿杀，根据情报，他们刚刚占领了那颗星球，损失颇为惨重。”

“那是我们的同伴！”顾茂昌大声说，“他们和我们一样来自地球，和我们一样没有恶意，虽然你们坚持说我们会带来灾难，但在没有弄清情况之前，所有的流血事件都是在滥杀无辜！”

首领团的人看向顾茂昌，沉默不语。

“现在出发，抓捕新的入侵者。为了减少伤亡，顾茂昌，你和我们一起去。”Vakkiv开始下达命令。

“让我去吧。”夜王突然向前跨出几步，“那条船上都是我的手下。”

Vakkiv转过头看了夜王一眼，迟疑一下，点了点头说：“木卡斯木，那你也要一起去。”

“遵命。”

看着夜王跟在木卡斯木后面离开审讯室，顾茂昌等人不知是该高兴还是该担心。高兴的是，二号飞船没有在进入类宇宙时毁掉，除了旅行者乐队成员，存活的成员里一定还有科学家，这样他们才能准确地选择要攻占的星球；但让他们感到担心的是，他们并不了解类宇宙的军队实力如何，就算有夜王同行，他们是否能真的遵守诺言，对二号飞船上的成员手下留情？更令人担心的是，夜王若是与旅行者乐队的成员会合，他和顾茂昌等人暂时的联盟关系会不会就此破裂？

怀着这些疑问和不安，顾茂昌和K小队的成员被当作高危犯人，关入审讯室下方的监牢里等待消息。

类宇宙边缘一颗不怎么起眼的星球上浓烟滚滚，大片的树木被烧焦，数十名鼻子柔软的外星生物横七竖八地躺在地上和水中，银色的血液肆意横流。何翎羽和旅行者乐队的成员满身污垢、气喘吁吁地站在树林边，他们的飞船就停在旁边，三号飞船则停在更远的树林中，将树木砸倒了一大片。

“这样就……可以了吧？”戴维喘息着说。

“这套防护服实在是麻烦，我连翅膀都不能张开。”洛冰的语气中颇多抱怨。

“这毕竟是为人类设计的防护服，没办法考虑那么多。”何翎羽说。

“所以我们的伤亡才会也这么惨重！”洛冰说。

“嗯，检查一下伤亡吧，战士牺牲的数量似乎比较多。”何翎羽说着看向身旁，“嗯？安琪呢？”

“我没看见！”洛冰不高兴地回答。

“她在核对我们的伤亡名单，大部分战士都是在着陆冲出飞船时被杀的。”强森说。

“安琪！”

“什么事翎羽哥？”安琪站在飞船旁挥手问。

“多少人？”

“着陆时三十三人，伤亡人数十九人，其中有十六名战士，余下的十四人中，还剩下六名战士、六名生物学与天文学专家以及两名普通乘客——毕果和方小芳。”

“很好，方小芳还活着。”何翎羽说，“我们先把幸存者集中一下，之后换岗值守，以飞船为中心简单地搜索周围，包括检测空气和水质，之后考虑能不能脱下这套防护服。”

“能脱下去就太好了，我都快被这套衣服压死了！”洛冰说。

“如果我们能判断这颗星球的位置，说不定就能找到一号飞船，与夜王取得联系。”安琪说。

“我看你这么急着找一号飞船，并不是为了夜王，而是为了你的风大公子。”洛冰冷冷地说。

“洛冰，我确实很担心司徒萧，但对我来说，夜王是更加重要的存在。”安琪正色说道。

“哼，希望你做得和说得一样好听。”洛冰转身向飞船走去，“戴维，帮我一起集合幸存者？”

“可以。”戴维说着跟了过去。

“我去搜索周围。”强森说。

“注意安全，说不定周围还藏着长鼻子人。”何翎羽说。

“好的，如果有危险，我会发出警报。”

“那我也回去帮忙了，翎羽哥，第一轮的值守任务就交给你了。”

“嗯。”何翎羽轻轻点头应着，“洛冰的话，你不要太在意。”

“放心吧，如果我在意，乐队不会走到今天。”安琪说着笑了笑，转身走回飞船。

何翎羽值守的几个小时内平安无事，强森探险回来，带回了一些果子和几块根状植物。经过简单的检测，这些东西完全能充当食材，对空气和水质的检测也在紧锣密鼓地进行着。

这里与类宇宙其他地方一样，没有白昼与黑夜之分，但何翎羽还是要求众人按照严格的时间表轮流休息：“在这种地方，我们不知道下一秒会发生什么意外，所有人必须随时保持最好的精神状态。”

方小芳和毕果挤在一起，与其他幸存的普通人坐在搭载舱里，透过观测窗看着旅行者乐队的成员在外面忙碌。

“毕果，你说我们是不是就要在这里开展新生活了？”方小芳问。

“也许吧，你觉得这里怎么样？”毕果反问。

“我觉得还好啊，看上去和地球很像，还有点像你们老家。”

“是吗？哈哈，那我们以后就在这里过男耕女织的生活吧！”

“但是我不会织布啊！”方小芳说，“我也不会缝纫。”

“哦，那就男耕男织好了。”毕果笑嘻嘻地说。

方小芳忽然严肃起来：“我问你，如果我在进入黑域的时候死了，你会怎样？”

“那我一定要活着回去！”毕果说。

“为什么？”

“是啊毕果，你的女朋友没有了，你却要独活，这是什么逻辑？”旁边有人打趣。

“如果我活着回去，就说明地球得救了，那时候我要告诉全世界的人，我的女朋友方小芳是世界上，不，是全宇宙最勇敢的女人！”

方小芳“噗哧”一声笑出来，关于死亡想象的阴影瞬间散去：“就你能说，想活下去又不是靠嘴说的！”

“反正我们都要活下去！虽然人越来越少，但我们剩下的人，一定要活着与一号飞船的人会合，一定要一起活着回去。”毕果激动地说着，伸出手，“来，为了活着回去！”

身边的人被毕果的情绪感染，纷纷把手搭在毕果的手上。

“来，一,二,三！活着回去！”手掌落下的地方，一片欢笑。

这时，何翎羽大步走进搭载舱。

“全体准备，敌人有大规模行动！”

仅剩下的六名战士立即起立，毕果也跟着站了起来。

“毕果，你……”方小芳一愣。

“我们的人本来就不多，不能在气势上输掉！”毕果的回答掷地有声。

“我们也去，一起去。”科学家们也叫起来。

众人跟着何翎羽走出搭载舱，十架黑色的飞行器正悬浮在星球上空，它们之间有光波相连，看上去就像张开的巨网，将他们包围。

旅行者小队的成员早已严阵以待，站在最队伍的最前面。

“听好，不到万不得已不要脱下防护服，虽然它会影响我们的战斗力，但同时也会起到保护作用。”何翎羽吩咐道。

“就怕不脱掉不行。”安琪低声说。

“来吧，我们好好干一场！”强森吼道。

“还有我！”方小芳突然从飞船里冲了出来，跑向队伍。

“你是探险队里唯一的女人，我们不需要女人战斗。”何翎羽冷冷地说。

“那安琪和洛冰又是怎么回事！难道她们不是女人吗？难道她们不会死吗？”方小芳吼道，“就算失败，就算全军覆没，也要站在一起！”

方小芳的话还没有说完，之前悬浮不动的飞行器突然降了下来。

“他们来了！”

何翎羽说着，身子微微下蹲，摆出了迎战的姿态，但出人意料的是，那些飞行器并没有发起进攻，而是缓缓靠近何翎羽等人。

当最近的飞行器接近眼前，它的下端打开了一个缺口，透明的小型指挥室从飞行器中缓缓降下，像钢架结构的吊篮一般。指挥室窗口透出的光线十分明亮，当何翎羽等人看到指挥室里的人影时，不禁惊呼出声。

“夜王！”

“全体注意！不要轻举妄动！”何翎羽说。

“明白。”

此刻，身穿防护服的夜王将自己的大部分意识体从修杰的身体中抽离出来，这让他看上去像在发光。夜王听不到何翎羽等人的呼唤，但他知道，他们已经认出了自己的首领。

“在飞行器里，我要怎么和手下沟通？”夜王问。

“很遗憾，我们只能给你这么多自由。”木卡斯木回答。

“那么，请给我一些沙土。”夜王说，“这个星球地面上的就可以。”

“这个简单。”木卡斯木说着挥挥手，对指挥室里控制机械的比沙吩咐“挖掘”。

瞬间，从飞行器侧边刺出一只强硬的金属臂爪，“咚”地一下插入星球表面，转动几下之后将挖起的沙土扯回飞行器内，很快，那些沙土出现在指挥室里。

何翎羽和旅行者乐队成员目不转睛地盯着夜王，生怕错过他的每一个动作，遗漏任何信息。其他探险队成员虽然目力不及何翎羽等人，但也屏住呼吸，静静地看着指挥室，他们知道，那里正在发生决定所有人生死的大事。

夜王看着那堆因重力堆积在指挥室地上的沙土，接着缓缓抬起头，身上的光芒更加浓郁。随着手臂的抬起，沙土宛若苏醒般飞到空中，慢慢组合、交错、缠绕，最后形成五个清晰规范的汉字。

“来和我一起。”

这五个汉字慢慢地升高、向前，最后几乎完全贴在指挥室的窗口，挡住的光让这些字从外面看显得更加清晰。

“这是……”安琪喃喃地说。

“投降吗？”何翎羽的语气里带着不甘。

“不战而屈？”毕果轻声问。

“翎羽哥，怎么办？”洛冰转头问。

所有人都沉默下来，那五个字还在指挥室的窗前悬浮着，何翎羽看着夜王，与其他人不同，他的目力完全能看到夜王的表情，但夜王什么表情也没有，甚至没有睁开眼睛。

“按照夜王的吩咐，不予抵抗。全员提高警惕，依情况行动。”

“不过这样一来，我们不是变成囚犯了吗？”强森问。

“但夜王在他们手里，对方的情况我们完全不清楚，现在的首要任务是保存实力。”何翎羽说着上前一步，举起了自己的双手，其他人也学着何翎羽的样子举起双手。

指挥室收起，飞行器又继续下降了一些。

看着飞行器慢慢接近，何翎羽突然说：“我觉得这样很奇怪。举手投降的姿势似乎是在武器发明之后才兴起的，为了让手无法触碰武器才要双手举过头顶。我们本来也没有武器，不是吗？”

“但是翎羽哥，我想你一定忘了，这个动作是你先做的。”戴维提醒道。

“戴维，你总是这样用实话挖苦别人。”何翎羽说着笑起来，“真高兴我们能活着见到夜王，我终于可以卸下指挥官的重任了。”

很快，飞行器开启一个缺口，何翎羽等人顿时感受到一股强大的吸力，所有人都被卷入空中，转眼被飞行器“吞没”。

被吸入飞行器时众人并没有昏迷，那种眩晕的感觉很快消退，他们发现自己坐在一个很大的空间里，这里没有灯，周围的墙壁却发出淡淡的光芒，勉强照亮整个空间。

“你们能听到吗？”何翎羽问，“不知道在这里对讲系统能不能用。”

“我能听到，翎羽哥。”安琪说。

“我也能。”几个人异口同声地回答。

“这里怎么什么都没有？”洛冰有些紧张地问。

“你们有人能看到出口吗？翎羽哥？安琪？”强森问。

“看不到。”安琪说。

“我也看不到，不，不是看不到，是根本没有出口，我能看见边缘的墙壁，但四面都没有门，也许在上面或是地面。”何翎羽答道。

“我们要不要去找夜王？”戴维问。

“不，再等等，他们没有攻击，说明我们暂时是安全的，不要轻举妄动。”何翎羽说。

“原来你这么谨慎，按照之前的报道和对你们夜族的了解，我还以为你们会是一群狂暴的人。”毕果突然感慨道。

“我们也有狂暴的一面。”何翎羽说。

“是啊，你想不想尝试一下？”洛冰的声音带着冰冷的魅惑，让人听了忍不住打颤。

“不，我不想。”毕果严肃地回答，“但你们让我对夜族有了新的认识，之前人们都说你们是杀人不眨眼的怪物。”

“这很正常，舆论总是有自己的导向性，我们只是坚持做了自己认为对的事。”何翎羽说。

“翎羽哥，你真的活了很多年吗？”方小芳突然问。

“放肆，难道你在质疑翎羽哥？”洛冰喝道。

“洛冰，这么久的共同相处，你对他们还是没有一点好感吗？”何翎羽问。

“没有！我对人类没什么好感。”

“可是洛冰，我们也曾是人类，而且你……”安琪试图劝说。

“够了安琪！别再假惺惺地装好人了，你为人类说话，只不过是因为司徒萧属于人类阵营！我和你不一样，我从身体到精神都追随着翎羽哥、属于夜王。”

“你们都少说两句！”何翎羽无奈地喝止两人。

飞行器的移动非常平稳，何翎羽等人并没有感到震动和颠簸，用聊天来打发时间。不知过了多久，他们感觉到地面微微颤动，之后身下突然变空，所有人一起掉了下去。

“啊——”方小芳没有防备，发出一声长长的尖叫。

周围一片漆黑，但何翎羽等人感受到明显的坠落感，突然，仿佛是被什么东西扯住，坠落的速度明显减慢，很快下面出现了光线，而且越来越强烈，终于，何翎羽和旅行者乐队的成员最先看到了下面的情况！

那是一个悬浮着数百光点的房间，房间中央还有几名身穿防护服的身影。十几秒后，何翎羽等人终于与夜王、顾茂昌和K小队的成员见面，至此，进入黑域的所有幸存者成功地在类宇宙总部的审讯室里会合了。

由于两套对讲系统无法兼容，夜王只是静静地看着何翎羽等人，嘴角轻轻勾起，似乎非常满意。接着，审讯室的大门被打开，承担着运输与长距离通讯功能的sufliag飞入，渔网下面还携带着一团缠绕在一起的带状物。

“是那个能够共享翻译的意识体。”李磊一眼认出那团古怪的东西。

那只sufliag飞到夜王面前停了下来，虽然夜王和顾茂昌等人对sufliag已经是见怪不怪，但对于何翎羽等人来说，第一次见到这样大型的有翼昆虫还是受惊不小，他们下意识地向后躲闪，求助般看向夜王。

木卡斯木指指夜王，说：“由你来决定吧，这些意识体足够供应十个地球人，我们需要知道这些人在闯入类宇宙之后都做了些什么，你来选择陈述人吧。”

夜王点点头，走到何翎羽面前，又指了指旅行者乐队的成员，何翎羽五人迅速起身，夜王又指了指那团不断扭动的带状物，向它伸出自己的手臂。

如此明确的指示，何翎羽等人心领神会，毫不犹豫地伸出自己的手臂，那带状物立刻缠住五个人的手臂，像之前一样缠绕并侵入了防护服。

“好了，现在我们可以沟通了，虽然对讲系统无法通用，但在这个地方，你们的话能让更多生物听到。”夜王对何翎羽说，“现在，讲一讲飞船失散后你们的经历吧，我们很想知道，他们也想。”

何翎羽详细地讲述了他们在进入黑域后遭遇乱流的情况，他描述的感觉与顾茂昌等人的经历十分相似，但接下来的叙述却让众人为之一惊。

在何翎羽的陈述中，他们醒来后避过乱石和悬浮的星屑，进入一片很普通的星系中。整个过程中他们一直试图与一号飞船取得联系，但没有任何回应，于是决定暂时寻找登陆地点，补充给养。在随船科学家的帮助下，他们幸运地找到一颗与地球相似的星球，之后就像所有人知道的那样，实施攻占。

何翎羽讲完后，首领团沉默了许久，之后Vakkiv开口了。

“你们并没有说出全部实情，类宇宙的端口存在乱流，这点我们很清楚，但乱流不会让你们出现在类宇宙的边缘地带，你们攻击的星球与乱流入口的距离几乎横跨整个类宇宙，你们是怎样在顾茂昌那些人的掩护下，行驶这么长距离而没有被联军巡逻队发现的？”

“根本没人掩护，我们醒来时飞船就在那里，选定登陆星球时也采取了就近原则。”何翎羽冷冷地回答，“我是因为夜王的指令才讲述这些经过的，你没有资格怀疑我。”

“那就只能归结为你们不是从同一个端口进入的。”

“不，地球上只有一个端口。”顾茂昌说。

“那么，你们中一定有人在撒谎！”木卡斯木怒吼起来，声音在审讯室的空间里回响，之前窃窃私语的陪审团顿时没了声音。

安琪突然开口辩解：“我们都没有说谎，也不可能说谎。这是一个我们一无所知的世界，我们拿什么来骗你们？”

安琪的话说完，首领团又是一阵沉默，接着，他们开始聚拢，凑在一处低声讨论起来。

“二号和三号飞船遇见的很可能是那种类似虫洞的空间通道，不然不会在同一时间出现在距离那么远的地方。”司徒萧突然说。

“你的意思是，我们在一开始就闯入那个通道，直接被送到黑域的另一端了？”

“应该是这样。”夜王说，“但现在的问题是，眼前这些生物并不相信类宇宙中还有他们不知道的通道。”

“还是除掉他们吧！这些人只会带来灾难。”木卡斯木冷冰冰的声音响起。

“但他们看起来并没有恶意。”这是首领Vakkiv沙哑的嗓音。

“可他们那么强大，竟然能对我们进行两面夹击。”

“也许只是碰巧出现在类宇宙的两端，这也解释得通吧？”

“我们现在最大的敌人是类宇宙，其他碍脚的存在都应该毫不犹豫地清除。”

“我不同意，地球人是闯入者不假，但他们很可能知道要如何离开这里。”

……

首领团的讨论声越来越大，很快演变成争吵，但很明显，以木卡斯木为首的成员极力倡导要将顾茂昌等人处决。

“你们不能这样随意决定生死，不能因为异星人会带来灾难，就连我们也一起仇视，我不知道异星人当年做过什么，但我们和他们不一样！”顾茂昌激愤地抗议道。

“和他们说这些已经没有用了。”司徒萧说。

“大不了拼个你死我活！”林宇风骂道。

“地球人，你们根本不必担心生死，因为在类宇宙中没有真正的生或死，就算将你们炸碎，身体和意识电波也会游荡在类宇宙中，直到被极心彻底吞没。”木卡斯木语带嘲讽地说。

“你们……”顾茂昌一时无语。

“木卡斯木，你们真的想要逃出类宇宙吗？”夜王突然开口质问，“那为什么你们根本不关心二号飞船经过的通道？它明明是与外界连通的，你们不想知道它能通向哪里吗？”

短暂的沉默后，窃窃私语的方向有了变化。

“他们的话有道理，首领团为什么不考虑？”

“一派胡言，根本没有那种通道，我和手下早就将类宇宙内所有的长距通道都探查过了，根本没有通向外界的。”

“那这些地球生物是怎么进来的？”

“重点不在于通道，重点在于他们是否可信。”

……

这场耗时漫长的讨论并没有得出结论，顾茂昌等人先被押回审讯室地下的监牢，等待最终裁决。一回到监牢，林宇风一屁股坐下，大声抱怨起来。

“耳根都快磨出茧子了！这帮外星人怎么比地球上的人还磨叽！”

“能影响决定的声音太多了。”司徒萧说。

“我们会怎么样？”安琪问。

“不会很太平。”夜王说。

“我也有种不好的预感。”顾茂昌说，“感觉并不是首领团的商讨，而是首领和木卡斯木在争执，而且，木卡斯木总在控制局面。”

“这就是所谓佞臣。”何翎羽说。

“暂时休息一下吧何翎羽，你们刚刚经历了战斗。”夜王说。

“不需要，我们比K小队的人强健得多。”洛冰说。

“那很好，洛冰，第一班值守就由你负责，其他人可以休息了。”夜王淡淡地说，转头看向呆住的洛冰，“怎么，对我的决定不满意吗？”

“不敢。”洛冰低下头。

顾茂昌转头对K小队的成员说：“你们也休息一下吧，我们也好多天没有好好休息了。”

“但是，不会有事吗？”李若辰小心地问。

“怕什么，出事了再起来，没听过在监狱里睡觉最放心吗？”林宇风满不在乎地躺倒在地，“老顾，你也躺下休息一下，养养你那老腰。”

顾茂昌在林宇风身边侧卧着躺好，此时李磊已经靠在墙边坐好，他将膝盖支起，手臂搭在膝上，像极了在野外靠着树干休息的士兵。夜王独自坐在地上，何翎羽盘坐在一旁，强森和戴维背靠着背，司徒萧则和安琪倚靠在一起，李若辰看看众人，也学着林宇风的样子仰躺在地上。其他探险队成员见状也纷纷准备休息，只有洛冰一人站在那里，负气地双手叉腰，四下打量。

不知过了多久，洛冰靠坐在墙边，也迷糊地打起了瞌睡。突然，监牢的门无声地收了上去，木卡斯木出现在门口，他一步跨进监牢，身后的门再次落下。

夜王的意识体第一个苏醒，在他的控制下，修杰睁开了眼睛。木卡斯木并没有开口，而是又向前走了几步，夜王突然开口。

“讨论的结果出来了？”

“是的，出来了。”木卡斯木答道。

听到说话声洛冰猛然惊醒，发出一声足以唤醒所有人的吼叫：“你什么时候进来的！”

所有人都跳起来，起先几秒，探险队的成员有些不明所以，但紧接着他们便注意到，不知何时闯入的木卡斯木正与K小队和旅行者乐队剑拔弩张地对峙着。

“我为什么不能来？作为类宇宙的高级首领之一，我能自由地进出总部的任何区域，监牢也不例外。”木卡斯木的语气得意非常。

“那么，你是来宣读裁决的？”顾茂昌问。

“你们很幸运，首领团最终决定暂时保留你们的性命，准备通过追踪你们二号飞船的行驶路径找到那条新通道，想办法突破类宇宙空间。”

“太好了！你们终于相信了！”李若辰开心地叫起来。

“如果是这样，那就最好了。”司徒萧转头看向安琪，两人相视点头。

“好了，这回没事了。”何翎羽用对讲系统对探险队成员说。

“感谢首领团的信任。”顾茂昌也很满意。

“说那么多没用的干什么，快放我们出去！”林宇风说。

木卡斯木一直沉默地站在众人面前，直到林宇风的话出口，他才回答道：“这可不行。”

“为什么不行？我们已经洗脱嫌疑了，而且，如果你们要利用二号飞船寻找通道，还需要我们的协助。”李磊说。

“没错，没有我们，你们根本无法破解二号飞船上的信息采集器。”何翎羽说。

木卡斯木低下头，看着勉强能到自己腰部的顾茂昌等人，突然冷笑一声道：“根本不需要破解，因为没人能逃出类宇宙，我不会让任何生物破坏它！”

说到最后，木卡斯木的身体忽然膨胀起来，伴着电光，他的身形转眼涨成之前的两倍大小，身上缠绕的电光也越发刺眼，那些电流形成大范围的磁暴，将所有人笼罩在其中。

“大家小心！”顾茂昌大叫起来。

此时，林宇风已经出现在他身边，李磊、李若辰在前，司徒萧则挡在中间。与K小队的团战习惯相比，旅行者乐队的成员各自为战，已经将木卡斯木围了起来，他们身上的防护服被撑开，满涨成古怪的形状，因为防护服的限制而无法完全变身。探险队成员也组织起来，将方小芳和仅存的几名科学家围在中间。

看着严阵以待的众人，木卡斯木大笑起来。

“不用着急，你们都得死！今天，你们谁也别想逃出去！”

他吼叫着，马一样的头颅仰视起来显得更长更阴冷。木卡斯木大拳一挥，一道电光当空炸裂，呈团状砸向众人。

一阵爆裂声，超过数百万伏的强大电流几乎要撕碎空间，那不是普通的电流，而是掺杂了外星生物的奇特冲击波。即使穿着防护服，顾茂昌等人依旧有一种被电流穿透身体的感觉。

“就这点伎俩，也想让我们乖乖去死？”

夜王冷哼同时抬手向前推出，一股强大的力量将包围着众人的电光驱散，就在所有人都松了一口气时，下一道电光再度劈来，接着是第三道、第四道。

“我知道你的能力非比寻常，我倒要看看你能坚持到什么程度！在对付你之前，先让我把这些碍眼的杂鱼收拾掉！”

“你他妈说谁是杂鱼！”

林宇风刚要冲上去，李磊已经迎着电光的缝隙扑了过去。不等林宇风再开口，一记拳头挥来，李磊被直接打了回来，砸在林宇风身上，因为电光刺眼，几乎没有人看清拳头是什么时候挥出的。

“老李！你……”

所幸有防护服保护，李磊并没有大碍，他向林宇风摇摇头，随即挣脱林宇风重新站好，挡在李若辰前面。此时，李若辰刚刚拉着顾茂昌躲过那几道电光。

面对强大的电流攻击，历经艰辛幸存下来的探险队成员连反抗的机会都没有，直接倒下。就在电流击向方小芳时，夜王飞身而上挡在方小芳前面，替她挡下一击，方小芳被余波影响直接昏了过去。顾茂昌被林宇风等人保护，集中精神，用目光紧紧盯住木卡斯木。

“吼！”木卡斯木大叫一声，进攻的速度变慢，“谁！是谁！我要杀了你！”

趁着这个机会，夜王转身向前几步靠近木卡斯木，他的意识体突然发出强烈的光芒，木卡斯木的身体慢慢悬浮起来。在顾茂昌和夜王的合力攻击下，局势暂时得到了控制，伴随着发出可怖的吼声，木卡斯木开始痛苦地挣扎。

“杀了他以绝后患？”夜王问。

“还没问清他攻击我们的原因！”顾茂昌说。

“有什么好问的，他……”

“你们都给我去死！”

随着叫声，木卡斯木猛地一挣，竟摆脱了顾茂昌和夜王的控制，他周身电流爆裂，顾茂昌等人被直接击飞，砸在后面的墙壁上，夜王也被击退了几步。

“我要先杀了你！”木卡斯木说着竟向夜王直冲过去。

“夜王小心！”何翎羽大吼一声，毫不犹豫地迎向木卡斯木。

木卡斯木已经陷入狂暴，在高压电流的环绕下，就像一颗炮弹一样飞快推进，他丝毫没有顾忌何翎羽的阻拦，而是继续猛冲。

“你找死！”何翎羽迎了上去。

强烈的电光中，何翎羽的防护服被烧焦，但他痛苦的声音却让在场的所有人感到震撼，只见他的肌肉继续膨胀，转眼化为狼形，伸长脖颈拼命想要咬到木卡斯木。

“翎羽哥！”洛冰见状几近疯癫，她一把扯起手边不知是哪名探险队员的身体，大力抡起，向木卡斯木砸去。

木卡斯木从侧面被那身体砸中，电光一弱，紧接而来的另一具身体将何翎羽撞飞，脱离了电流的包围。何翎羽庞大的身体摔在地上，皮毛焦黑，上面还有火花在闪动。但众人一时顾不得他，因为木卡斯木没有任何停顿，已经冲到了夜王面前。

夜王意识体发出的光芒完全被那可怕的电光遮盖，只见他慢慢向后退去，他退得很慢，严格说那不是在后退，而是在与木卡斯木强大的意识较量中渐落下风，能量不支而被逼退。

顾茂昌等人此时已经爬了起来，顾茂昌起身就要冲上去。

“老顾你干什么！”林宇风一把扯住顾茂昌。

“夜王！那是修杰的身体！”顾茂昌焦急地叫道。

“先别管谁的身体，我们这么上去会死的！”李磊说。

“别过来。”夜王痛苦的声音在众人脑海中响起，“过来，会，会死的……呃呃呃啊……”

随着夜王的叫声，他身上的防护服开始慢慢融化。

“快想办法！”李若辰叫道，“夜王要撑不住了！”

“他撑不住我有什么办法！我又不是导电体！”林宇风也急得吼起来。

“等等，宇风的话有道理，木卡斯木身上的电压不可能无限升高，如果能同时分担的话……”司徒萧说得飞快。

“就像‘神思计划’那样？”顾茂昌问。

“对！”

“快，一起攻击那个马脸人！”林宇风吼着，率先冲了上去。

但旅行者乐队的速度还要更快，安琪和洛冰已经猛扑上去，成为电网分担的一分子。

“天真！”木卡斯木轻蔑地冷笑道，身上的电流更加剧烈。

安琪和洛冰的身体轻轻蜷缩，防护服也开始融化。

“安琪！”司徒萧惊叫着扑上去抱住安琪。

“这样不行，她们俩撑不住的！”强森大叫，“让开！”

强森说着瞬间变身，防护服直接被撑开，一头棕色的巨熊怒吼一声出现在众人面前。戴维一声惊叫：“你干什么强森！不，不要！”

戴维一把抓住强森已化为巨熊的脚掌，但强森已经扑了上去。

“不——”随着戴维撕心裂肺的叫声，强森像一枚炸弹般撞向木卡斯木。强大的冲击力将木卡斯木撞向一旁，同时一把将夜王推出。由于强森的加入，分担在其他人身上的电流明显弱了一些。

因为没有防护服，强森被强大的电流击穿，全身开始猛烈地抽搐，但他还是死死地将木卡斯卡勒在怀中。电流瞬间减弱，早已变身的安琪和洛冰都跌在地上，全身颤抖。

被强森抱住的木卡斯木并不惊慌，他哼了一声，开始用力挣扎，同时加大电流。

“快杀了他！”强森大吼，接着是痛苦的叫声，“吼——”

顾茂昌已经在用超能力干扰木卡斯木，司徒萧跌跌撞撞地将安琪和洛冰一起扶起，夜王已经爬起，一身焦黑地向木卡斯木冲去。

木卡斯木大叫一声，紧接着强森就像一块生肉一般顷刻间被烧成焦炭。

“强森！”戴维一边叫道一边扑了上去，不等木卡斯木的电流烧掉防护服便急速变身，像强森一样撑破防护服，露出自己黄蜂一般纤细的身体。

“戴维，不要送死！”何翎羽的声音突然响起。

但一切已经迟了，疯狂的戴维刚扑到强森背上抱住他，就被木卡斯木身上的电流吸住，开始剧烈而痛苦地颤抖，强森被烧焦的身体也在冲击中压成碎片，散落一地。

“同……同归于尽吧！”他说着一口咬住木卡斯木的脖颈，将自己的毒刺插入木卡斯木腿上，死死地抱住木卡斯木便再无反应。

失败似乎已成定局，但顾茂昌等人已经别无选择。李若辰、李磊和林宇风从三个方向一起扑了上去。突然一阵灰烬炸开，残破的蝴蝶翅膀猛烈地扇动，映着电光，在昏暗的墙壁上投出绚烂的色彩。翅膀之下，一个矫健的身影蹿出，直奔木卡斯木面门，在那身影的背后，司徒萧紧跟而上，挥拳砸向木卡斯木的腹部。

此时，夜王的手臂已经打破戴维焦黑的尸体，狠狠地贯穿木卡斯木的胸口，安琪一爪抓下，深深的爪印嵌入木卡斯木的马脸，接着向下抓去，带着火花划出长长的伤口。

“安琪闪开！”

随着叫声，冲在最前面的李若辰一脚飞踹轰向木卡斯木的头部，林宇风和李磊的拳脚也跟着落在木卡斯木身上。

木卡斯木被数道力量夹击，身体顿时被撕裂，而他的头被李若辰那一脚踢出十几米远，重重地摔在地上。

“呃呃呃……”他发出极为难听的声音，慢慢地翻转着头颅。那颗长长的头颅上，电光已经暗淡很多，因为失去了躯体，他的动作也变得很迟缓，但木卡斯木还是用尽力气大吼一声，发疯一样再次向众人冲来。

此时，夜王等人已经筋疲力尽地瘫坐在地上，见木卡斯木的头颅再次扑来，他们强撑着试图爬起，这时，顾茂昌挡在了众人面前。

“老顾你找死啊！”林宇风声嘶力竭。

“顾茂昌！”夜王也呆住了。

“这次我来！”顾茂昌闭上眼睛，用尽力气吼道。

但他并没有等来巨大的撞击，就在木卡斯木的头像炮弹般冲到面前时，一道黑影斜扑上来，将那颗头颅撞向一旁。

“翎羽哥！”洛冰惊呼出声。

顾茂昌睁开眼，发现那头满身伤痕、已经被烧得皮开肉绽的巨狼正踩在木卡斯木的头颅上龇着牙，随时准备咬上去，此时的何翎羽已经陷入狂暴状态。

“为什么要杀死我们，说！”

“呵……既然已经如此，说不说还有什么意义。”木卡斯木的声音已经变得十分虚弱。

“说！”狼爪踩得更加用力，爪尖已经嵌入木卡斯木的眼中，抓出一片血痕，“快说！”

“哼，你们以为逃出类宇宙，一切就结束了？”木卡斯木狰狞地笑了起来，“这只是开始，只是……开始……”

木卡斯木的话没有说完，他的头颅就像短路的电器一般，“砰”的一声冒出一阵烟雾。

看着木卡斯木的头颅，何翎羽喘着粗气慢慢抬起脚爪，站定在一旁。他转头看向夜王，见夜王还活着，那张血肉模糊的脸上似乎浮起一丝笑容，接着便轰然倒地，慢慢地褪去狼形，满身烧伤地昏死在地上。

“结……束了……”林宇风喃喃地说。

监牢的墙壁被电流劈得四分五裂，十几名探险队成员横尸当场，木卡斯木的头颅还在冒烟，众人看着这一切，却没有人作声，所有人都沉浸在劫后余生的震惊与痛苦中。

突然，安琪开始大口喘气，脸上露出痛苦的表情。

“安琪，你怎么了！”司徒萧大惊。

“快给她氧气，虽然暂时离开氧气没有问题，但时间过长或过度疲劳，都会加速氧气的消耗。”夜王说。

“我记得防护服有外供氧装置的，在哪里？在哪里！”司徒萧手忙脚乱地扯着自己的防护服，终于抽出供氧管，将供氧的双头塞进安琪的鼻孔，扭开了供氧阀，“千万要好用，千万好用……”

就在这时，倒在一旁的何翎羽和洛冰也出现了同样的反应。

李磊率先爬过去，抽出自己的供氧管塞给何翎羽，而林宇风和李若辰两人同时抽出供氧管，对视一下不禁莞尔一笑，李若辰宇风地收回手，看着林宇风抱起洛冰，帮她插好供氧管。

夜王正静静地看着地上的灰烬，顾茂昌将自己的供氧管递到他面前。

“虽然你是首领，但我想你也许会需要。”

“我不需要。”夜王淡淡地说，接着，他罕见地笑了一下，接过供氧管，“不过也许修杰需要……”

第十九章　烧脑假设

木卡斯木的头颅短路冒烟后不到一分钟，类宇宙的联合军队就包围了整个监牢。

这些军队的士兵看上去像是长出了手脚的金针菇，身体呈青色，头上没有五官，但在大约是脖颈的地方生出一圈细丝般的触角，像是精心修剪的胡子。与木卡斯木相同，他们的身体上也环绕着隐隐的电流。

首领Vakkiv怒气冲冲地飞进来，一身毛发拼命舞动，看上去就像一株会跳舞的水草，但没人注意他，就连最爱热闹的林宇风，此刻也默不作声地坐在地上，空洞地看着前方。

探险队的成员中，只有方小芳活了下来，这得益于夜王在那个瞬间替她挡住了电击。戴维和强森在众目睽睽之下被相继烧成灰烬，即使是侥幸活命的其他人，也全部伤痕累累，体力透支严重。何翎羽还在昏迷中，安琪和洛冰已经醒来，但虚弱异常。看起来唯一平安的人是顾茂昌，除了被开始的几次电磁攻击烧坏了防护服的外层材料，他几乎没有受伤，却在控制和干扰木卡斯木精神时消耗了大量脑力，以至于有些恍惚。

“你们杀了木卡斯木！”Vakkiv吼道，“告诉我为什么！不然我会让你们马上消失！”

他伸出一根毛发卷起木卡斯木的头颅，因为过度愤怒，他全身的毛发晃动得更加疯狂，像极了美杜莎头上的狂蛇。

“我们是正当防卫……木卡斯木进入这里想要杀掉我们，因为他觉得我们知道如何离开类宇宙。”夜王轻轻地说。

“不可能！木卡斯木是来向你们传达会议结果的，他没有理由想要杀掉你们！”

“这是你们的事，如果我是你，就会派手下去搜查木卡斯木的住所和办公室，也许会发现一些不得了的东西。”夜王的声音变冷。

“你们只要看一下我们的伤亡和监牢里的情况就知道了，所有的痕迹都是木卡斯木留下的，我们只是在自卫。”司徒萧低声说。

“我不会再相信你们的鬼话！”Vakkiv边说边在众人面前晃动着，“木卡斯木说得没错，你们就是一群骗子！我要让你们付出代价！”

一阵沉默，监牢中只有联合军队身上轻微的电流声。紧接着，一声巨响从头顶传来，连监牢都被震得摇晃起来，不到一秒的时间，远处又是一声巨响。

“又怎么了！”Vakkiv吼道。

转眼，数十只sufliag蜂拥而至，之前在审讯室里大放异彩的Ruwa周身散发着灰黑色的光芒紧跟而来，一边叫着一边不断抖动，仿佛要将那些粘在意识体外的爆炸物抖掉。

“太可怕了！简直太可怕了！”

“又出什么事了？”

“我刚才正走到木卡斯木的办公室门口，想要把新的军队部署文件交给他，结果就那么‘嘭’地一下，我就变成这副模样！全毁了，整个办公室都被炸空了，所有的文件，我整理的所有资料，哦不……”

“Ruwa，木卡斯木被他们杀了。”Vakkiv指着地上的头颅说。

“什……什么？为什么！你们为什么要杀他！”Ruwa的颜色突然变成金色，一道道光线从其中涌出，就像长满尖刺的太阳，“办公室也是你们炸毁的对不对！”

“这不太可能，他们根本没有离开监牢，木卡斯木的办公室爆炸应该不是他们所为。”

“也许有同党啊！”Ruwa猛地转向Vakkiv叫道。

此时，在他们头顶盘旋许久的sufliag俯冲下来，像无人机一般在众人面前横冲直撞。紧接着，Vakkiv身上的毛发松弛下来，Ruwa那危险的色彩也淡了许多。

“怎么可能？木卡斯木……家里也……”Vakkiv喃喃自语地说着，转头对Ruwa吩咐，“你先留在这里看好他们，我要去调查一下。”

“我也要去！”

“闭嘴！看好木卡斯木的脑袋！别让它也爆炸！”

Vakkiv匆匆离开，留下Ruwa和联合军队看守顾茂昌等人。一阵尴尬的沉默后，夜王率先开口：“Ruwa，我们的人需要救治。”

“我现在没心情管你们的事。”Ruwa说着向旁边转去，之前聚合成团状的意识体慢慢拉长，分出了躯干和双臂。她飘过去，捡起木卡斯木的头，将它抱在怀里。

顾茂昌等人面面相觑，没人开口。

“所以，木卡斯木为什么要杀你们？”Ruwa突然问。

“你相信我们只是自卫？”顾茂昌问。

“我想你们该不会如此不自量力，认为杀掉木卡斯木就能逃离总部星球，而且，从这些拳印来看，攻击方是木卡斯木无疑。”

“我们也不知道。”夜王突然开口。

Ruwa的注意力转向夜王，她似乎笑了一下，但也许只是意识体晃动的错觉。

“我知道，因为他背负着任务，重要的任务！”

Ruwa说着，意识体忽然变大，宛若一只彩凤直冲而上，接着向下盘旋，将木卡斯木的头颅整个抱住，之后俯视着坐在地上的众人。

“小心！”顾茂昌再次移到众人面前。

“切！当着这么多士兵的面，我可没打算和你们动手，而且……既然木卡斯木已经死了，逃出类宇宙的障碍就暂时清除了，我高兴还来不及呢！不过，我得好好照顾他的头颅，这对我来说很有好处。”

“你们不是一伙的？”林宇风问。

“当然不是！我们意识党怎么可能会与这种半兽党结为同盟！只有Vakkiv那种傻瓜才会重用半兽人。”

“哈？你们还有党派？”李若辰问。

“地球上不也一样有党派吗？”Ruwa反问，“人类总是这么高高在上，以为他们所拥有的东西是宇宙中独一无二的吗？”

“木卡斯木看上去很厉害啊，他也会被歧视吗？”林宇风问。

“那当然，他是半兽人，和异星人也有几分相似。”Ruwa理所当然地回答。

“看起来你们的种族歧视相当严重。”司徒萧说。

“并没有你想象得那么严重，不然木卡斯木也不会成为类宇宙联合军队司令。”

“我有个问题想要问你。”顾茂昌说，“我一直感到很奇怪，为什么你们对地球、对我们的事这么了解，我们却从来不知道你们的存在？”

“那是因为在外面的宇宙中，几乎所有有生命的星球都是一样的模式、一样复杂的社会，只不过我们之间有一些星球种族彼此存在联系。但相对的，也有一部分星球种族是被完全屏蔽的，无论是宇宙通信还是科技发展，都处于边缘地带，既无法与外界取得联系，也不能相互沟通。”Ruwa的声音带着得意和讽刺，“这其中就包括你们的地球。”

“是因为异星人的传说吗？”顾茂昌追问。

“那不是传说，异星人真的存在过。他们毁掉了原初世界，给其他种族带来了灾难。不过，想要限制他们的后代非常容易，毕竟你们是一群离不开氧元素的生物，异星人是，他们的后代也一样。”

“这太过分了！”司徒萧抗议道，“为了限制发展，竟然将地球与外界完全隔绝。”

“这在战争中很常见，当初其他星球的种族联合起来打败异星人，自然要限制其后代的发展，我们总不能把所有资源都耗费在战争中。”

“Ruwa，告诉我，你所在的星球在被吸入类宇宙之前，离地球多远？”顾茂昌有些颤抖地问。

“唔，大概几十个星系那么远，我们没有认真测量过，因为……根本不会考虑到地球上去拜访。”

“可是那些UFO怎么说？难道不是为了研究地球和地球人吗？”林宇风问道。

“当然不是，那只是星际流浪者的偶尔路过，当然，有时候也会从你们那里搜集一些资源，也包括生命体。”

“掠夺者。”李磊说。

“低等生物的存在，就是为了向高等生物提供养料，你们也一样喂养了许多可以作为原料的生物吧？”Ruwa的语气忽然变得严肃，“既然如此，为什么说我们是掠夺者？”

这时，一只有普通人类大小的sufliag飞了进来，在Ruwa身边盘旋了一圈，之后便匆匆飞走。Ruwa看向顾茂昌等人，愉快地说：“好消息，你们的嫌疑暂时解除，把需要救治的人交给我，其他人可以到各的自房间去休息了。”

“不，我们要和需要救治的人在一起，所有人都要在一起。”

司徒萧说着慢慢地将安琪扶了起来，李若辰则架起洛冰，林宇风和李磊小心地抬起何翎羽，众人站在一起，突然多了一种劫后余生的默契。

“等一等。”夜王突然站起来，缓缓走向那堆灰烬，已经暗淡的意识体发出微弱的光芒，接着他轻轻俯身，将那堆灰烬拢在手中，向上一托，灰烬便压缩成一团，稳稳地悬浮在夜王胸前。

“夜王，你这是……”洛冰低声说。

“虽然我拥有了人类的情感，但你们之间的事我从来不会干预，不过，既然这是戴维希望的，我会帮他实现，让他们不再分开……”

接下来的几日，顾茂昌等人在总部星球专用的生物研究院进行了各项检查和治疗，由于从未治疗过异星人的后代，机构内异常忙乱。

担任医疗师的外星生物体型非常小，不过人类手掌大小，但他们动作灵敏，可以携带器械一路攀登，为体型巨大的生物检查和治疗。

“我觉得自己简直像是进了耗子洞！”林宇风说，“搞得我又有点集体恐惧症了。”

“宇风，密集。”李若辰提醒道。

“无所谓了，都一个意思。”林宇风满不在乎地摆手，“能喝到水吃到饭，简直是太幸福了！虽然不知道他们给我们吃的是什么，不过既然没被毒死就说明那东西能吃。”

为了方便检查和治疗，他们都脱下了防护服，利用生物研究院提供的氧气头罩，过起了与地球上无异的生活。

“林宇风，有句话很适合你。”司徒萧从走廊另一边搀着安琪慢慢走过来，“叫作食色性也！”

“听起来不像好话！”林宇风说，“当然，你嘴里本来也吐不出象牙。”

两人正在互相嘲讽，忽然几名治疗师从他们脚边跑过，嘴里还嚷着：“luvava的叶子又不够了！快让药物兵再去采集。”

“地球人难道是吃叶子的吗？怎么会用得这么费！真是灾难！”

“嘘，他们在看我们，快走，快走！”

林宇风看向走廊尽头，自言自语地说：“何翎羽什么时候能出院？要不是他，我们也不用一直在这里守着。”

“其实有夜王在，我们不需要留在这里，但顾教授也坚持……”李若辰说。

“那是因为……我们现在没几个人了啊……”安琪低声说。

“对了安琪，你伤还没好，这是要去做什么？”李若辰问。

“我想去看看翎羽哥还有洛冰，他们的伤也不轻。”

安琪正说着，只见一只蝴蝶翅膀从走廊尽头露出来，洛冰刺耳的声音也清楚地传来：“什么！你说你是这里最好的医疗师？那翎羽哥为什么还没醒？别和我说他受的伤太重，现在已经过去五天了，他还像个死人一样躺在那里，你是不是想让我一口咬死你，你这该死的老鼠！”

接着，洛冰气势汹汹地走出来，她的半只翅膀被蛛丝一般的絮状物包裹，看上去就像没有完全脱掉的蝶蛹。安琪刚开口想和她打招呼，却被洛冰狠狠地瞪了一眼，大声嚷着：“这回你高兴了吧？翎羽哥要是死了，就没人再缠着你了！哼！”

不等其他人开口，洛冰已经气呼呼地走远了。

“就这脾气，难怪不讨男人喜欢！”林宇风咕哝道。

“我脾气也不好。”李若辰阴恻恻地说。

“不不不，你不一样，你是有道理才发火，她那个叫无理取闹！”林宇风连忙摆手解释。

“哼！看在你伤没好的份上……”李若辰说着转身离开。

林宇风松了口气，转身跟在后面。

“安琪，你还要去看何翎羽吗？”司徒萧问。

“去，不过洛冰应该就不用看了，感觉她身体没什么问题了。”安琪说着，在司徒萧的搀扶下继续慢慢向前走去。

何翎羽的诊疗室里，顾茂昌斜靠在旁边的床上打盹，夜王则坐在角落，拿着供氧面罩吸取纯氧。安琪和司徒萧走进来，见到夜王都是一惊。

“夜王，你这是……”

“这是纯氧吧！”司徒萧惊讶地问。

“是的。”

“小萧，安琪？你们怎么来了？”顾茂昌被惊呼声吵醒，坐起来问。

“我来看看翎羽哥，结果被夜王吓到了。”安琪答。

“夜王，我以为你不需要氧气的。”司徒萧将安琪扶到何翎羽床前，一边回头对夜王说。

“纯氧能让这副身体尽快恢复，至于我，自然是身体越健康我的能力越强。”夜王理所当然地答道。

“所以，消耗大量氧气的人是你吧？”司徒萧问。

“那又怎样？说是治疗，连这点资源都不够，类宇宙政府的办事能力果然和其他政府没区别。”夜王闭上眼睛不屑地说。

安琪站在病床前看着何翎羽，他的脸色还是很苍白，由于没有现成的血液，何翎羽需要的医疗血液全部需要合成，还要夜王进行二次“加工”之后才能使用，无论是何翎羽还是夜王，在这样的条件下想要尽快康复都很困难。

“顾教授，联合军队那边有什么消息吗？”

“今天Ruwa来过一次，她现在接替了木卡斯木的职务，成为联合军司令。当然，关于木卡斯木的事什么也没查出来，不过经过讨论，我们获准在有士兵陪同的情况下自由出入总部星球。”

“这是为了看押方便，还是真的想保护我们？”司徒萧问。

“小萧，你每次都会问这种一针见血的问题。”顾茂昌笑起来，“我想应该都有吧，如果我们擅自活动，很可能再次被当成越狱者。”

司徒萧点点头。这时，夜王突然睁开眼，放下供氧面罩转头看着床前的安琪和司徒萧，声音很轻但清晰地问道：“我说你们，如果能活着离开类宇宙，你们打算怎么办？”

“我们？”安琪和司徒萧都愣住了。

“是的，你们俩，按照地球上的狗血小说，应该早就确定关系了吧？”

“夜王，即使是在地球上，我也不会去看那一类小说的。”司徒萧笑吟吟地答。

“你并没有正面回答我的问题，旅行者乐队现在只剩下安琪和洛冰，我的意思你应该很明白。”

安琪低下头，小声说：“我和司徒萧根本就不是同一种生物。”

“安琪？”司徒萧难以置信地看着安琪。

“不要说这次能不能活着逃出去，就算两人真的都能活下来，最后的结果也是他回到他的人类社会，我继续做我的夜族人。”

夜王饶有兴趣地看着安琪，问：“安琪，你真是这么想的吗？”

“我……”安琪咬住嘴唇。

“不，我愿意改变！如果只是因为种族不同，我可以为她改变。”

“你怎么会懂身为夜族人的痛苦？”夜王冷笑一声，“你以为安琪只是能力增强那么简单吗？她承受的痛苦，是你们人类无法想象的。”

“正因为如此，我才更应该了解她的痛苦。”司徒萧说，“因为立场的关系，安琪对我来说一直是陌生的爱人，这是我对她感到亏欠最多的地方。”

“司徒萧别说了，你别说了。”安琪的身体开始颤抖，眼泪如断线珠子般砸在头罩里。

“安琪……”司徒萧叹了口气。

“好了，你们也该回去了，别打扰我治疗。”夜王再次拿起面罩，向两人摆手道。

安琪点点头，大赦一般低头向外走去，司徒萧连忙扶住她。

“顾教授，我们先走了。”司徒萧对顾茂昌点头说着，之后陪着安琪一起离开。

“夜王，这可不像你。”确定安琪离开后，顾茂昌说，“即使是修杰，也没有这么莽撞过。”

“你是这么认为的吗？”夜王并没有将拿在手里的面罩扣回脸上，而是转头看着床上的何翎羽，淡淡地说道，“你还要装睡到什么时候？”

一声叹息，何翎羽睁开眼睛。

“夜王，你这又是何必……”何翎羽轻声问。

“也许是因为……方小芳。”夜王微眯起眼睛，仿佛透过墙壁看着遥远的回忆。

因为虚弱，夜王的意识体光芒暗淡，但他漆黑的瞳仁里，却染上了一抹暗黄色。顾茂昌若有所思地看着夜王，觉得此时的他不是夜王，而是真真正正的修杰。他一边疑心自己是不是老眼昏花，一边又满心盼望着修杰的意识真的在慢慢觉醒，有朝一日能与夜王分庭抗礼。

再次见到Vakkiv，是在顾茂昌等人出院的时候。唯一幸存的探险队成员方小芳受伤过重仍在昏迷，何翎羽因伤势过重不能下床，由洛冰留下照顾，安琪则跟着夜王和顾茂昌等人被一起请到办公室。

Vakkiv的办公室看起来很像一只笼子，虽然空间是四方的，却有许多奇怪的灰黑色绒线交错缠绕在屋顶，形成弧形笼顶，在那些看起来毫无用处的线网之间，还有金色的光点在不断闪动。

Vakkiv坐在办公室正中，头顶是所有线条交缠的中心，绒线与光点都在那里打成一个大大的团状结扣。室内的光源完全依靠光点的汇聚，那些光点像萤火虫一般，汇聚成比白炽灯还要明亮的光团。

顾茂昌等人尽量让自己的注意力保持在与Vakkiv的谈话上，但他们却不断被那些浮动的光点和看上去正在轻轻蠕动的绒线吸引。

根据Vakkiv的讲述，在木卡斯木被杀的监牢里没有发现任何入侵的痕迹，现场的各种战斗痕迹也确认为木卡斯木所造成，但木卡斯木的一切信息都随着办公室和家中的两次爆炸被彻底销毁。没人知道木卡斯木为什么要攻击顾茂昌等人，Vakkiv很不情愿地称，也许是因为木卡斯木担心类宇宙里的生物在顾茂昌等人的指挥下真的能找到出逃的路径，所以要杀掉他们，釜底抽薪。

“但事实已经非常明显，我们下达了释放命令，他却对你们发动了攻击。很遗憾，在我的身边出现了奸细，但我实在不明白，除了篡权者还有谁会在我身边安插奸细。”

顾茂昌等人面面相觑，之后轻轻摇头。

“我们也不明白。”顾茂昌说，“看上去你们在类宇宙中没有敌人，难道是类宇宙之外的生物？”

“他们为什么不希望我们逃出类宇宙？”

“目前还不好作出判断，而且我们也不是推理侦探。”司徒萧回答。

“如果你们真的信任我们，打算尝试我们提出的方法，我希望你们能提供关于类宇宙的所有材料。我们会从源头探查类宇宙的形成原因以及到底是谁不希望我们出逃成功，无论这是一个人还是一个种族，他们一定是木卡斯木的幕后指使者，也是能从类宇宙中获利的生物。”

Vakkiv思索了一下，他一身的毛发静止不动，接着纠缠扭曲起来，问道：“如果我告诉你，我们用了上万年的时间，对类宇宙的了解却还是很少，你怎么想？”

“这很正常，在我们进入类宇宙时，对这里也是一无所知。”

“可以说你们很鲁莽。”Vakkiv说，“跟我来，我带你们去看看。”

顾茂昌等人本以为Vakkiv口中的“去看看”只是在类似资料室的地方看看，但Vakkiv带着他们径直走出办公室，紧接着，之前缠绕在屋顶附近仿佛幔帐一样的绒线一点点解开，很快缩短，越过顾茂昌等人变成Vakkiv身上毛发的末梢，恢复了正常，而之前的光点也全都消失不见。

“Vakkiv，你用自己的身体组织包围了办公室？”夜王问。

“这样更安全。”Vakkiv说，“每个首领的办公室都是一样的房间，但我们的安全措施都由自己负责。”

“这会大大降低你们的死亡率。”司徒萧说。

“不，事实上类宇宙的联合政府非常和谐，我们已经几千年没有发生过战争了，而且，我们也不能把时间和精力浪费在战争中，等你们了解到类宇宙的真正秘密，就能明白我这话的意思了。”

Vakkiv和顾茂昌等人一起登上一艘不大的飞行器。飞行器呈三角形，在两翼部分加装了延长翼，看上去就像数学课堂上用坏的三角尺。这架飞行器依然是从下方进入，但它的吸力远没有之前的强大，顾茂昌等人站在下面，被稳稳地吸入舱内。

飞行器内，除了操控航行的十几名联合士兵，再没有其他安保措施。

“这种动力的飞行器航行不了多远吧？”顾茂昌问。

“是的，只是用来进行短距离的航行，或者至少对我们来说，航行很短。”Vakkiv说，“我会带你们去看类宇宙的真正中心。”

从总部星球起飞后，经历了几十次急转弯，飞行器终于平稳下来。Vakkiv指挥士兵开启观测窗。飞行器顶端两侧的挡板开始自动收起，类宇宙的真正面目出现在众人面前。

那是大约由上百万颗星球组成的奇观，它们颜色各异、大小不等，相互之间保持着很小的引力，没有星云，更看不到星系，就像在地球上每一次对夜空的眺望一样，只有数不清的星球，像被抛洒的沙砾，又像是无序的棋子，散落在昏黑的类宇宙中。

“这里居然有这么多星球……”顾茂昌惊叹道，“难道都是被吞噬的？”

“不，被吞噬的星球绝不止这些。”Vakkiv说，“你们再往远处看。”

众人极目望去，并没有更多发现。在众多星球中心，距离他们所在飞行器更远的地方是一片漆黑，那里没有一颗星球，也没有任何光亮。

“远处什么也没有。”李若辰奇怪地说，“李磊，你能看到星球之外的东西吗？”

李磊摇头道：“看不到，远处连星球也看不到。”

“看不到，就是最大的问题。”顾茂昌说，“类宇宙是一个完整的空间，但那里却出现了断层，不，也许不是断层而是黑洞，那里的星球不是没有，而是被吞噬掉了。”

“可这些星球本来就是从宇宙中吞噬而来的，难道还要在这里再被吞一次？”

“Vakkiv，你带我们来这里，说明你们早已知道它的存在，说说看，那是什么？”夜王问。

“那是极心，类宇宙的中心，也是我们必须逃离这里的真正原因。”

“既然这样，我们是不是再靠近一些看看？”林宇风问。

“不，这里是离极心最近的安全距离了，再向前行驶不到十秒，飞行器就会被彻底卷入。”Vakkiv一边说，一边像摇头般晃动着自己的身体。

“啧！”林宇风抱怨地说，“怎么这么像黑域！靠近了就吞，饿鬼托生的。”

“弄清原因了吗？”顾茂昌问。

Vakkiv继续摇晃。

接下来，众人听到了类宇宙居民与极心长达近千年的斗争。

无论是顾茂昌还是何翎羽，在进入类宇宙之后都曾经对这里的光速进行了测算。类宇宙的光速比三维宇宙中稍快，但还没有达到之前推测的四维宇宙的速度，所以夜王确信，类宇宙根本不是四维宇宙，而是三维宇宙与四维宇宙之间的夹缝，至于为什么会产生这个夹缝，也许只有真正解开类宇宙的秘密，才能明白。

在类宇宙的高等居民经过一代又一代的努力，不断深入研究自己所在的空间，彻底将异星人的后代全部关押和驱逐后，联合政府才宣告成立。因为战争已经结束，联合政府唯一的任务就是寻找逃出类宇宙的方法。

但直到现在，这群先入者们对类宇宙的构成依然没能完全了解和掌握，即使他们的飞行器已经将类宇宙的边缘全部探测，即使联合首领团已经尝试了很多办法，依然没有找到离开类宇宙的通道，正因为如此，当夜王提出二号飞船经过的通道可能是逃出类宇宙的突破口时，所有成员才会认真考虑。

依靠一次次的全域探索，他们对类宇宙的结构有了初步的认识。被地球人称为黑域的端口能将星球和空间的能量吸入核心，重新构建成一个类宇宙空间。类宇宙的中心便是极心，空间中的所有星球和漂浮物都缓慢地绕着极心转动，最后越来越近，直到被极心吞没。当极心吞噬越来越多的能量，它的范围就会增大，吞噬的速度也会变快，就连整个类宇宙的范围也会随之增大，吸入更多的星球和空间能量。

众人对极心的探讨一直持续到飞行器再次回到总部星球。在空中看着弹痕累累的总部星球，顾茂昌不禁问道："上面这么多撞击痕迹，总部星球到底经历了多少次战争？"

"一次也没有过。"Vakkiv回答。

"一次也没有？"顾茂昌惊讶起来，"不是说联合政府是战争之后才正式组建的吗？"

"当时组建政府的总部星球已经被极心吞噬了，现在你们看到的总部星球，是我们更换的第三十八颗星球。"

"三十八颗？！"林宇风忍不住重复道。

"而且……我们更换星球的速度越来越快，在历史记载中，祖辈搬迁总部的速度是几百年一次，现在几乎是几年一次，再这样下去，总有一天，总部星球会因为来不及搬迁而被吞噬。"Vakkiv说。

“尽快找到二号飞船进入的通道才是当务之急，必须通过打开的端口回到三维宇宙中去。我猜想，如果存在端口的星球彻底被吞没，这个端口也会随之关闭吧？”

“没错，正是如此，如果是体积稍大的星球，端口存在的时间就会长一些，但通常被我们探索到的通道，不是即将关闭、就是来不及逃生的，越到后来留给我们的机会越少……这也是为什么我们会对地球感兴趣，毕竟，它是一个足够大，又不需要我们花时间探索寻找的星球。”

飞行器缓缓降落在总部星球上，远远看见很多生物正等在总部大楼前。

“从被吞噬的星球和空间中汲取能量，由外养内、由内生外……我忽然有种感觉，这个类宇宙很像一个活体。”司徒萧说。

“那我们是不是都在它的胃里？”林宇风问，“司徒萧，这可不像你，我以为你从来不会说出这种科幻小说里的桥段。”

“不，这不是科幻小说，这个类宇宙中的一切都太有规律、太有秩序，就像是被人提前安排好了似的。”司徒萧说。

“别逗了，难道你真的相信宇宙之外还有天神的存在？”林宇风觉得更加好笑。

“这有什么，在地球上有‘盘古’，人马3星上有夜王，三维宇宙之外为什么就不能有天神？”安琪反问。

“老顾，你怎么看？”林宇风大大咧咧地问顾茂昌。

顾茂昌沉吟一下，看看林宇风，又深深地看了一眼司徒萧，答：“这件事还没办法下结论，但如果事情真如小萧所说，那我们之后的行动必须更加小心。”

说完，顾茂昌看向夜王，但让他感到奇怪的是，夜王就像没有听到一样，自顾自地向前走去。

“我去！下面怎么那么多东西！”林宇风突然惊叫起来。

就在飞行器的下方，数以百计的生物整齐排列，就像一个个方阵。

“这是联合政府全体成员对你们的欢迎。”

“欢迎？”顾茂昌等人都是一惊。

“是的，从现在开始，你们将加入联合政府，成为一起寻找逃生路径的成员，关于类宇宙的居民资料以及之前探索的结果报告，你们也都能接触到。”Vakkiv说，“等一下我会把重要的首领团成员介绍给你们。”

当顾茂昌等人离开飞行器，首领团已经等在下面了，他们排在所有方阵的最前列，每个首领身后的方阵都与首领同属一族，很明显，方阵里的成员是各个种族的代表。

“Vakkiv，这很像在检阅部队。”顾茂昌说。

“但这不是部队，而是联合政府的种族代表。”

类宇宙中的大型种族有十六个，小型种族二百三十六个，顾茂昌等人看到的方阵代表来自十六个大型种族，而小型种族则组成一个方阵。由于木卡斯木事件，首领团从之前的二十名成员变为十九名，其中有十五名大型种族代表，还有四名是小型种族代表。

之前接受审判时，由于首领团成员各不相同，再加上顾茂昌等人精神紧张，几乎谁都没有注意到这些成员的形态样貌，但当他们与各自的种族成员站在一起时，一个令人惊奇的现象出现了。

首领Vakkiv的种族成员不多，由于他们全部达成了意识体的实体化，所展现的姿态也各不相同，但他们都没有脸，更没有五官，即使没有Vakkiv那样长长的毛发遮挡，他们的身体正面也看不到任何与五官相似的东西。

大型种族中只有两个种族的成员是意识体形态，一个是首领Vakkiv的种族，虽然他们有能力将意识体彻底实体化，但究其根本还是意识体类生物，另一个则是Ruwa的种族，他们以美丽的颜色为特征。木卡斯木的马面三足兽人一族的外表与木卡斯木很像，数量却只有零星的几只。除此之外，顾茂昌等人还看到了很多疑似杂交的生物，譬如长着蜻蜓翅膀的豹猫形生物；生得像一根细竿，侧边却突出很多蜗牛触角仿佛全身长满眼睛的生物；腿细小如蚂蚁身子却粗大如鸵鸟的生物；说不清是像牛还是羊的偶蹄类生物；拥有和飞鸟一样翅膀的虾蟹形生物；有坚硬甲壳和骨质头角的巨大蠕虫形生物等等。

他们的种族有十分复杂的名字，其中的成员名字又极为相似，就连司徒萧也很难全部记清。

盛大的欢迎仪式就在介绍类宇宙的居民种族中结束，之后，所有居民各自搭乘飞行器离开总部星球，只有Ruwa留下来，负责对顾茂昌等人进行安排和引导。

“怎么？这些生物都不居住在这里吗？”顾茂昌问。

“当然，总部星球是联合政府的办公星球，其他种族代表平时都生活在自己的星球上，只有在大型活动或会议时才会聚集到这里。”Ruwa回答。

“那我们呢？是不是也要搬去其他星球？”夜王问。

“当然不用，至少暂时不用，你们的伙伴不是还在生物研究院接受治疗吗？Vakkiv将你们安排在生物研究院居住，先从那里存放的居民研究报告开始，毕竟，你们对类宇宙居民的情况和能力了解越多，越有可能制定出好计划。”Ruwa说着，飘到夜王面前，轻轻抖动着自己美丽多彩的意识体，“放心，我会陪着你们的。”

回到生物研究院后，安琪跟着夜王去探望何翎羽，顾茂昌和K小队的人各自回到Ruwa安排的房间里休息。

自从进入类宇宙之后，这是他们第一次如此放松地休息，顾茂昌躺在床上，忽然有种不真实感。有那么一瞬间，他几乎忘了自己是在远离地球的一颗不大的星球上，漂浮在陌生的空间中，随时等待着被极心吞噬，成为类宇宙新的养料。在精神松懈下来的某个瞬间，顾茂昌似乎感到自己又回到了曾经的家中，那个有常琳和顾青的久远的家中。他甚至忍不住暗自幻想，若类宇宙的时间和空间都异于三维宇宙，那么如果他真的能逃出去，他逃回的会是未来还是过去？在这样奇妙的时空旅行中，有没有可能回到那个让他懊恼不已的过去？

那个时候，顾青还在，常琳还在，修杰也还是修杰……

就在这样的想象中，顾茂昌有些昏昏欲睡，这时，忽然传来轻轻的敲门声。顾茂昌顿时清醒过来，从床上坐起，看向门口。

“进来。”

司徒萧推开门，见顾茂昌坐在床上，顿时有些抱歉。

“顾教授你在休息？我是不是打扰到你了？”

“没有，还没有睡着。你怎么没和安琪在一起？”

“她还没有回来，不过有夜王和何翎羽在，洛冰应该不会为难她。”司徒萧笑着说。

“找我什么事？”顾茂昌问。

“我睡不着，本来打算先去研究院的资料厅看看，但我有个疑问，不和你说总觉得心不踏实，毕竟这可能关乎我们所有人的未来，也包括类宇宙内的那些生物。”

顾茂昌笑起来，问：“你是不是想说，你怀疑类宇宙是人为制造的？”

“对，一切都显得太奇怪了，虽然我不是天文学家，但这件事太不符合逻辑。”司徒萧严肃地说。

“可是小萧，你觉得我们现在所经历的哪件事符合逻辑？”顾茂昌下了床，同样严肃地问道。

“没错，从‘盘古’出现开始，事情就变得不再正常，‘盘古’的毁灭又开启了类宇宙的端口，那么，‘盘古’是不是和类宇宙存在的阴谋有关？夜王，或者说‘天人’，最早是想复活‘盘古’回到十维宇宙中去，但‘盘古’并不是他们创造的，如果……如果类宇宙的真正掌控者知道或者见过‘盘古’呢？‘盘古’就是开启类宇宙的钥匙，谁想通过‘盘古’获得永生，谁就会落入类宇宙的陷阱中，成为蛛网中的猎物。”

顾茂昌沉默了一会儿，似乎是在衡量司徒萧这个观点的可信度，接着他点点头道：“抛开毫无证据这一点，你的推理也有一定的道理。”

“没错，现在没有任何证据能证明这件事，但对我来说，这个结论只差证据。”

“如果对类宇宙的相关资料进行研究，说不定真的能印证你的说法。不过，你一定是又发现了什么吧？之前在飞行器上，你的这个怀疑只是雏形，但现在你却郑重地找我来讨论这件事，坐下说吧，你这次又有什么新发现？”

司徒萧点点头，随顾茂昌一起坐到桌前。

“顾教授，那是因为我今天看到了类宇宙的居民，综合他们的种族和特征，我突然有了更大胆的猜测。你有没有发现，除了体型差异和器官组合，那些生物的样貌和地球上的生物一样，就好像只是把地球上的生物变小或变大，要不就是进行了移植和杂交。”

“这一点我也发现了，除了意识体之外，类宇宙中的大小种族和地球上的动物非常相似。”顾茂昌说，“但很明显，他们都认为自己先天如此。”

“所以为什么？为什么和地球上相似的动物成为宇宙科技顶端的首领，而人类以及和人类有相似之处的所有异星人的后代都惨遭镇压和驱逐？这个规则是谁订立的？为什么要把我们当做异类进行限制？在原初世界里到底发生过什么？”

“小萧，你的这些疑问非常尖锐。”顾茂昌笑着拍拍司徒萧的肩膀，“走，我们一起去寻找答案。”

“现在吗？”司徒萧有些惊讶地问。

“对，就是现在，我们要想办法在类宇宙的相关资料里找出蛛丝马迹，来回答你的疑问，这些疑问是你的，也是我的。”顾茂昌说着站起来，“反正他们承诺了随时都可以进行研究，我们何必还要在这里一边等一边想，直接去看看不就知道了。”

“好，这就去！”

司徒萧快走几步，跟着顾茂昌一起出了房间，向研究院地下的资料厅走去。

当林宇风打了个盹再来找顾茂昌时，却惊讶地发现顾茂昌根本不在房间里，被褥叠放整齐，上面只有坐卧的痕迹，根本没人睡过。

“老顾！”林宇风冲出顾茂昌的房间在走廊上大吼起来，接着他意识到他们在这里都带着供氧头罩，又没有对讲系统，再怎么喊顾茂昌也听不见，于是他转身又跑几步，猛砸司徒萧的房门，接着一把拉开。

司徒萧也不在！

林宇风愣了几秒，脸色一变，直奔走廊尽头李若辰的房间，一把拉开房门。

“李若辰！”

视线里一片雪白，李若辰正背对着门穿衣服。她身上挂着水珠，脊背的线条完美挺拔，正将一件内衣绕过供氧头罩穿到身上。

听到林宇风的声音，李若辰下意识地回头，正看到林宇风目瞪口呆地站在门口。

“林宇风！信不信我宰了你！”李若辰吼道。

林宇风这才回过神来，来不及多解释就对李若辰说：“快穿衣服，老顾出事了！”

说完林宇风做贼一样关上李若辰的房门，立在门外，一时回不过神来。

十秒后，李若辰一把推开门，将毫无防备的林宇风撞得一个趔趄。

“出什么事了？”

“老顾不见了！司徒萧也没在屋里，我怕你出事就赶紧过来看看。”林宇风说。

“李磊也失踪了吗？”李若辰问。

“不知道，我还没去看。”

“快去找李磊，说不定他知道顾教授他们去哪儿了。”

李若辰说着扯上林宇风奔向李磊房门，两人刚到门口就见李磊开门迎面走出来。

“李磊，你看到顾教授和司徒萧了吗？”李若辰忙问。

“没有，怎么了？”李磊问。

“他们俩都不见了！”林宇风嚷道，“会不会让那帮伪君子又抓走了？”

“应该不至于吧，可能一起去查资料了。”李磊说。

“我怎么没想到！一定是这样，走，我们快去资料厅看看。”李若辰顿时有了精神，三步并作两步飞跑出去，嘴里嚷着，“我记得资料厅在地下！”

三人冲进资料厅，果然看到顾茂昌和司徒萧正在“查资料”，但联合政府的这些资料并不是需要查询的，而是可以直接提问的。

顾茂昌和司徒萧面前站着一个高大的人形，乍看上去像是一个意识体，仔细看看，它却比意识体有更明显的五官，而且他长得几乎与顾茂昌一模一样。

“老顾，这是什么东西？”林宇风叫着，一个瞬移出现在顾茂昌身旁。

“宇风，你们怎么来了？”顾茂昌有些惊讶地问道。

“你还好意思说！你和司徒萧怎么搞的！跑出来也不告诉一声，我们还以为……”

“好了宇风，没事就好，你别说了。”李若辰扯扯林宇风道。

“这又是个什么东西？资料管理员？”林宇风指着那个很大的人形问。

“不是管理员，你继续猜？”司徒萧笑着说。

“保密人员？”

“不，它就是资料。”顾茂昌回答。

“什么！拿别人的意识体存储资料？”林宇风惊讶不已。

“不，这就是资料本身，查询的人不同，它会变换不同的形态进行沟通，最先进的是，它在变换形态之后，连语言也会变化。”司徒萧说。

“我们不是用的翻译意识体吗？”李若辰问。

“但那是生物与生物之间使用的，资料库不是生物，而是一种智能数据库。”司徒萧解释道。

“你们从资料库里查到什么了？”李磊问。

“很多，我问了很多关于异星人后代的问题。”顾茂昌说，“我们之前对外星生物的了解几乎为零，但现在我们有这种机会了。”

“所以，你们发现了什么重要信息？”夜王的声音响起。

顾茂昌等人转头看去，发现夜王正站在资料厅门口，身后跟着何翎羽、安琪和洛冰。

“何翎羽已经康复了吗？”李若辰问。

“说是可以自由走动了。”何翎羽回答，“但战斗可能还要再等些时间。”

“那我们找个更舒适的地方好好探讨一下吧。”司徒萧说着向外走去，“你说呢顾教授？我迫不及待地想把自己的推论告诉夜王他们了。”

“好吧，我们再深入探讨一下。”顾茂昌说着看向林宇风，“宇风，这边。”

跟着顾茂昌与司徒萧，众人穿过资料厅宽大的查询室，走进一个不大的侧厅。侧厅里摆放着几张宽大的长椅，但看起来并不是很舒适。

司徒萧率先走过去坐在长椅的一端，那长椅在司徒萧坐下的一瞬间自动改变形态，贴合他的腰臀和脊背，转眼变为极惬意的椅子造型。众人纷纷落座，夜王与何翎羽坐在一起，洛冰坐在旁边，安琪犹豫一下挨着洛冰坐下，顾茂昌等人则坐在一起。

“顾教授，我开始了。”司徒萧向顾茂昌微微颔首，接着看向众人，“除了何翎羽、安琪和洛冰，你们一定都还记得那个绿色的独眼人，来自ChaChaMali的种族。他们不单是外形和我们相似，在联合政府收集的生物资料中，也证实了他们的星球与地球极为相似。ChaChaMali星球拥有极厚的大气层、丰富的淡水资源以及庞大的生物链，独眼人和我们一样对碳水化合物有需求，可以说，他们是ChaChaMali星球的主宰，但在资料中，他们还有着其他称呼，比如‘灾害的后裔’和‘生于灾难的虫卵’。”

“这些我们在审讯室里也听到了。”林宇风插嘴，“说重点。”

“ChaChaMali人拥有头、躯干和四肢，另外他们是独眼，而且雌雄同体，从特征上看，他们比我们更接近‘盘古’。”司徒萧接着说。

“那能不能理解为，‘盘古’除了我们地球人之外，在其他星球上也分裂出了后代？”李磊问道。

“开什么玩笑，查什么洛冰星跟地球隔了那么远，你让‘盘古’怎么来回分裂？难道是在地球上留一截胳膊在别处留半条腿吗？”林宇风反驳道。

“我们也考虑过这个可能性，比如‘盘古’的头颅留在ChaChaMali星球，而手臂遗落在地球上，但是，‘盘古’既然是十维宇宙的产物，到底是谁将它肢解的？”司徒萧反问道。

“也许是宇宙降维时的强大力量将‘盘古’的身体撕裂。”安琪提出假设。

“不会的，如果一定要撕裂，也不是形体上，而是能量上的。”夜王说，“‘盘古’是迄今为止与十维宇宙最匹配的强大的存在，不会轻易变成碎尸案里的受害者。更何况，ChaChaMali人与我们的样貌有诸多不同，我不认为他们与地球人一样是‘盘古’分裂出的后代。最有可能的解释是，这些独眼人的祖先很有可能是与‘盘古’类似的生物，他们的祖先毁掉了原初世界，让ChaChaMali星球成为罪恶的发源地，也让所有与他们特征相近的种族遭到牵连。”

“就算是夜王这么说，我也依旧认为留在地球上的‘盘古’只是残骸一角，真正的‘盘古’遗骸在ChaChaMali星球上，是某些人为原因导致了‘盘古’躯体的分解。”司徒萧说。

林宇风灵机一动：“这还不简单！去那个山寨版地球上看一看，不就知道那些独眼人是怎么来的吗？”

“听起来确实不错，但你也应该记得那个独眼人说过，ChaChaMali星球很久以前就被吸入类宇宙，按照极心的吞噬速度，它也许早就不见了。”夜王说。

“既然是这样，我们再去查看一下类宇宙空间的资料吧。”

顾茂昌说着站起来，打算向外走，就在这时，Ruwa出现在门口。

“哎呀你们居然没有一个人在休息，全都跑到这儿来了。”Ruwa惊叹之后郑重道，“顾茂昌，首领Vakkiv希望你们参加这次对边缘地带通道的探索行动，另外，请一定要带上二号飞船成员，有了他们，找到那条通道的可能性会高一些。”

顾茂昌沉吟之后点了点头。

“顾教授，接下来的资料就交给我来查吧！”司徒萧信心满满地说。

“你们还需要查什么资料？”Ruwa问。

“关于类宇宙的各个星球和极心的资料。”司徒萧答，“我记得你说过这类资料在总部的资料厅能找到。”

“啊！既然我在这里，你们就不需要去什么资料厅啦！”Ruwa愉快地说，“星球和极心对吗？有重点想要了解的星球吗？”

“ChaChaMali。”夜王说。

Ruwa的意识体突然变亮，紧接着剧烈地抖动起来。很快，从她的意识体中脱离出一个不大的光点，接着那光点慢慢变大，形成一片清晰光亮的背景，在背景的正中间，是一颗星球。

“这就是ChaChaMali，拥有大气层、淡水和生命的岩质行星，和你们的地球很像。”Ruwa说，“不过，它在一百多年前就被极心吞噬了。”

“关于这个星球上的生物，你知道多少？”司徒萧问。

“根据之前的资料显示，ChaChaMali人的祖先正是异星人，他们的形态完全一样，但在繁衍过程中，ChaChaMali人失去了异星人的强大能力，开始依赖空气、水源和食物生活，成为更加低等的生物。”

“没有独眼人说自己的种族是如何从异星人变成现在这样的吗？”顾茂昌问。

“没有，也许有，但我们从不在意这些。”Ruwa答。

“我们能进入极心去探测这颗星球吗？”司徒萧问。

“不可能。”

“但木卡斯木之前不是说类宇宙中物质不灭吗？”顾茂昌问。

“没错，在类宇宙中，生死的界限被打破，任何消亡的生物都会以能量团或能量云的形式继续存在，哪怕其意识能量不足以形成意识体，也一样能被我们看到。可是极心不同，被吸入极心的任何物质或能量，其原子结构会被彻底打散，以离子形态甚至是更小的状态存在，而且再无法复原，无论是你们还是ChaChaMali星球。”

“那么根据记载，异星人的遗骸有没有留在ChaChaMali星球上？”

Ruwa意识体的光芒又闪了闪。

“没有记载，就算有遗骸，那应该也是在ChaChaMali星球被吸入类宇宙很久之前的事了，我们的资料里没有相关记载。”

“资料里有没有记录高维宇宙的存在？还有，原初世界是什么样的？异星人为什么要摧毁原初世界？”顾茂昌问。

Ruwa的意识体拼命闪烁，最后变为白色，声音也变得很疲惫。

“关于高维宇宙的搜索结果完全空白，只有原初世界这个概念，但即使是各个星球的独立记载中，也没有对原初世界的描述，我们这些生物似乎并不存在于原初世界。”

“Ruwa，你的资料库可靠吗？”夜王忽然问。

“开什么玩笑！这可是类宇宙的集成资料库，我能按照想要检索的关键词，进入整个空间的所有资料库！”Ruwa的语气满是愤怒。

“所以说，虽然是意识体，但你才是联合政府真正的资料管理员。”

夜王兴趣盎然地说。

“是这样，所以你们想知道什么尽管问我，不过，在与资料库对接时，我就不再是我了。”

“好神奇的意识体。”李若辰轻声说。

“不，不是意识体，而是他们的技术发达。意识体并没有什么特别之处，但每个意识体都有自己的特质，只有利用技术，才能让这些特质发挥和运用。”夜王说。

“所以，你的特质是什么？”Ruwa忽然问。

夜王却转移了话题：“我们还想知道类宇宙空间的能量分布。之前Vakkiv说过，类宇宙通过外缘吞噬为内核极心提供养料，极心再吞噬类宇宙中物质以扩大类宇宙范围，那么，类宇宙的能量是否饱和？”

Ruwa哼了一声，似乎是在表达对夜王的不满，但她的检索结果还是很快出来。

“资料中并没有提到能量是否饱和，但极心每吞噬一部分能量，类宇宙的大小就会扩大这是得到证实的。”

夜王点点头，又转向顾茂昌问：“你打算怎么办？”

“我觉得有必要跟随他们去进行探索行动，只有到了类宇宙的边缘，有些事才能真正弄清楚。”顾茂昌回答，“而且既然已经不需要再查阅资料，我们可以一起去。”

“何翎羽要留下休养。”夜王说。

“恩。”顾茂昌淡淡地说。

“很好，出发时间定在十五个小时后，你们需要的一切装备都由我们准备，如果需要特殊设备，请提前告诉我。”

“你和我们一起去吗？”安琪问，她之前一直静静地听着，直到现在才插嘴。

“是的，我代表首领Vakkiv和你们一起去。”Ruwa说，“现在我建议你们回去休息，毕竟在飞行器里睡觉可没那么舒服。”

Ruwa说着离开了侧厅，夜王也起身向外走去，洛冰扶着何翎羽和安琪一起跟在后面。

“夜王。”顾茂昌忽然开口，“你的意识体也有特质吧？是什么？”

夜王没有回头，也没有停住脚步，而是笑着径直向外走去。

顾茂昌沉默了，无数问题在他的脑海中盘旋，潮水一般淹没了全部视听。

ChaChaMali人与地球上的人类到底存在着什么样的关联？原初世界是不是就是十维宇宙？当初到底发生了什么？为什么异星人后代成了所有种族排斥和唾弃的存在？如果真的有不明生物制造了类宇宙，那么，吞噬ChaChaMali星球和地球到底是偶然还是阴谋？Ruwa说的都是真的吗？意识体的特质真实存在吗？如果存在，夜王的特质又是什么？

如果……类宇宙的存在与三维宇宙的吞噬都是被预先设定好的，那制定计划的幕后主使到底想做什么？他们知道类宇宙居民打算逃离的计划吗？

第二十章　无一幸免

顾茂昌在一阵眩晕中慢慢醒来。

他正靠在飞行器观测室的座位上，在此之前，飞行器穿过了十几条通道，在扭曲的时空中用最快的速度前进。就像航线一样，所有虫洞一样的远距离通道都被标注了编号和名字，顾茂昌感到自己就像跟着飞行器一起坠入一个错综复杂的地下铁网线中。

在那些高速和急转的旅程中，顾茂昌再一次感受到不适，那种感觉与之前在一号飞船里体会过的异常相似，但不等仔细分辨，他就直接昏了过去。

当顾茂昌再醒来时，观测窗外已经是一片昏黑，只有遥远的微光在浮动。

“我怎么昏过去了？”顾茂昌低声问。

“飞行器在经过通道时，因为在短时间内穿行距离过长，飞船内的空间也会扭曲，产生不适是很正常的事。这是最快的方式，如果没有这些通道，我们还没有飞抵类宇宙边缘，总部星球就会被极心吞噬。”Ruwa说。

“我刚才有种熟悉的感觉，和我们之前进入类宇宙时很像。”司徒萧说。

“是的，就是要把人所有内脏都抽出来的感觉。”李若辰补充道。

“你呢宇风？你难道没有异常的感觉吗？”顾茂昌问。

“他们都说完了，我没有要说的了。”林宇风说。

“也许一号飞船进入这里时也遇到了通道，只不过是通向中心区域的，不然以我们当时的飞行速度，大概要再飞个几百年才能被发现。”夜王说。

“使用低速燃料还不是你的主意。”顾茂昌提醒道。

“就算使用地球上的最高效的燃料，也不可能比这里的飞行器更快吧？我们现在的速度趋近于光速了。”夜王说。

“是的，也许再等一段时间，就会出现超光速的飞行器，但事实上空间通道才是我们最常用的航行方式。”Ruwa解释道，“不过，发现和确定这些通道实在不是一件易事，有接近半数的探索队有去无回。”

“有去无回？为什么会发生这种情况？”司徒萧问。

“因为有些通道的出口距离极心太近，很多时候来不及折返就被吸入其中。”Ruwa回答道。

“靠！那我们这次是不是也会有危险？”林宇风叫起来，“就知道他们没这么好心，说什么我们可以提高可能性，分明是变相处决！”

“可是宇风，这次寻找的是我们飞船进来的通道，不可能通向极心啊！”李若辰说。

“已经到达1035区M37星球，是否准备着陆？”

“短暂着陆。”Ruwa回答。

飞行器穿过大气层，在这颗小星球上空停住，缓缓下降。这里正是二号飞船强行登陆的地方，岩石散落的地面上，二号飞船依旧卧在那里，周围还散卧着外星生物和探险队队员的尸体。

“何翎羽不在，我下去取数据匣。”夜王说着，向渐渐下沉的中转舱门口走去。

“还是我去吧。”安琪说。

“我也可以的。”洛冰说。

“你们都等在上面。”夜王说，“下面的情况还不清楚，如果外星生物还有存活，也许会对我们发起攻击，我可不想再损兵折将。”

“是。”

“我和你一起下去，不会有问题的。”Ruwa说着也飘了过去。

在Ruwa的陪同下，夜王进入已经被植物包围的二号飞船。他很快找到数据匣，带回飞行器中。

“你准备怎么读取它？”夜王问。

“只要是比我们更低级的科技产物，总会有办法破解。”Ruwa说，“我会把它交给这架飞行器上最出色的技术员。”

在等待期间，夜王、安琪和洛冰再次回到二号飞船上，由于长期无人照管，二号飞船已经成了藤蔓植物和昆虫类生物的天地。即便如此，夜王还是轻车熟路地在飞船内部穿行，他一边走，一边询问着旅行者乐队进入类宇宙之后的遭遇。

安琪讲述了在二号飞船刚刚进入类宇宙之后的成员伤亡和处理，也讲述了自己被挤在夹缝中，何翎羽和洛冰一起将她救出的事。她一边说着，一边想起强森和戴维，还有那些在几次战斗中遇难的探险队成员们，想着想着，她的情绪越来越低落，语气也变得伤感起来。

“不管环境多么凶险，无论是我们乐队还是那些普普通通的队员，都一样了不起。只是没想到，我们的飞船居然失散了，如果有夜王在，再加上K小队的人，探险队员的伤亡应该不会这么大。”

“安琪，你这样说完全是在自欺欺人，联合政府中的大部分首领都与我势均力敌，木卡斯木和Vakkiv甚至远高于我，即使我们的飞船没有失散，在木卡斯木对我们发起攻击时，那些普通的探险队员也一样会死。”

“安琪，夜王的话有道理。”洛冰说，“你也看到了，即使受到夜王的保护，那个叫方小芳的姑娘也还是重伤不起，普通人类即使穿着防护服也无法在类宇宙生存下去。”

“说到这里，我看我们有必要去一趟三号飞船，把之前准备的逃生用具带回去。毕竟在这里不会有现成的装备给我们。”夜王说。

“明白！”

当夜王带着洛冰和安琪携带着三号飞船上的逃生设备和防护服，回到飞行器的观测室内时，Ruwa正闪着绚丽的色彩飘进来兴致高昂地通知众人，技术员对航线数据的解析已经完成，他们现在就要前往通道出口进行考察。

“Ruwa，我一直有个问题，为什么在航行过程中，我们在飞行器里仍然能感受到引力，不会因为失重而悬浮？”司徒萧问。

也许是因为和顾茂昌等人相处的时间较长，Ruwa的意识体有大部分时间都以人类的形体展现，她转过头，没有五官的脸朝向司徒萧。

“那是因为飞行器本身有重力模拟系统，即使在空间里航行，也一样能让你们这些有实体的生物如履平地。”

“所以无论飞行器以什么角度运行，我们都能站在地板上？”

“没错，反正在没有引力的空间中，无所谓上下，都是一样的。”

“老顾，什么时候我们的飞船也能做成这样？”林宇风兴致勃勃地畅想着。

“再过几百年也许会有这种技术出现，当然，前提是我们阻止了类宇宙的扩大。”夜王一边将自己手中的防护服放在观测舱的地上，一边泼冷水，“如果不是我，你们的航天飞船只能在太阳系中载人航行，根本不可能扛得住类宇宙端口的冲击力。”

“对于夜王来说，重力的影响并不大吧？你毕竟和我一样，是意识体生物。”Ruwa说着，以人形姿态慢慢向夜王飘过去，“我不明白，你为什么要放弃意识体形态，走到哪里都带着这副身体？地球人的身体需要氧气和养分，这不是很麻烦吗？”

“这是我的自由。”夜王冷冷地回答。

看着越来越接近人形的Ruwa，顾茂昌在感到亲切的同时，也在心里为意识体的能力暗自恐惧。他们到底还有什么能力是他不知道的？进入类宇宙之后，夜王的意识体能够脱离修杰的身体，这是意外获得的能力还是突然苏醒的特质？如果这个能力一直存在，夜王会有什么打算和举动？会不会抛下修杰的身体，任其自生自灭？

此时，飞行器正从1035区移动向类宇宙的边缘，为了寻找二号飞船经过的通道出口，飞行器按照数据匣里记录的航行线路缓慢行驶，生怕漏掉一丝线索。大约过了十来个小时，观测舱中的提示器突然亮起来。

“有反应了！”Ruwa一激动，意识体又泛起了红光，“快，快给我接入探测器的画面！”

观测舱的屏幕上不再是飞行器周围昏暗的类宇宙空间，而是变为探测器拍到的场景。此刻，这台精密的探测器正测算着每一寸空间里的能量流动。

Ruwa看着探测器拍下的画面以及不断变动的曲线，高兴地说：“就是这里，二号飞船在类宇宙中的航线图也是从这附近开始的。你们看，这里的能量流动非常明显，也就是说，我们已经靠近了通道出口。”

“如果找到那条通道，我们就能想办法逃出去了吗？”李若辰问。

“很难说，这要看通道的情况，类宇宙中有两类通道，一类是单向，一类是双向，区别就是能否逆向通行。探测器除了利用能量流动寻找通道的出入口，也能检测到更细微的流动，以此判断通道的方向性。”Ruwa一边解释，一边看向屏幕，“从现在的情况看，这条通道确实是双向的，不过这是一条逆流通道。”

“逆流是什么意思？是不是在反向通行时还会遇到问题？”司徒萧问。

“逆流通道是指通道本身是存在方向性的，能量的流动高速而统一，如果顺行自然不费力气，如果是逆行，飞行器则需要强大的推动力。”Ruwa答道。

“所以，我们这次不能直接进入通道对吗？”顾茂昌问。

“没错，毕竟这可能是唯一的逃生机会，我们这次行动以探索和搜集数据为主，找到通道的出入口是最重要的任务。”

“那现在已经完成一半了。”安琪说。

“是的，不过接下来的旅程时间可能会长一些。”Ruwa说，“如果没什么重要的事，我建议你们各自休息一下，我们会穿过大量空间通道，但即使如此，也需要几天时间才能到达。这期间不会有什么值得采集的数据，我也会简单休息一下，请随我一起到后舱去，那里有个不太大的后勤舱。”

Ruwa将众人带到后勤舱，这里并不小，对于只有不足十人的探索队来说绰绰有余。

“你们随意选择舱室休息就好，我的舱室在最前面，有事可以去找我，每个舱室都有紧急联络装置，遇到紧急情况可以使用，祝你们好梦！”

Ruwa说完向最前方飘去，她的意识体的颜色还是那么多彩炫目，就像一个人类的幻影慢慢走远。

夜王在自己的舱室里坐稳，之后让意识体慢慢地脱离修杰的身体。他现在没有穿防护服，意识体就像Ruwa等生物一样暴露在外面，自由地展现出不同形态，像是在进行伸展活动。此刻，修杰坐在那里，双眼紧闭，除了因呼吸起伏摇晃的胸膛之外与死人无异。夜王的意识体悬浮在他头顶，俯视着他，一声不响。没过多久，夜王察觉到敲门声，接着，不等他回到修杰的身体中，舱室的门被打开，Ruwa出现在门口。

“能进去吗？”Ruwa问。

“随你。”夜王索性留在外面，冷冷地说。

“我敲门的时候，你为什么想回那身体里去？”

“我以为是其他人，他们都戴着面罩，只有通过这具拥有共享翻译印记的身体才能进行沟通。”夜王回答，他依旧盘旋在修杰上方。

“你这种话用来欺骗地球人是没问题的，毕竟他们根本不明白纯能化的意义何在，不过，对于同样是意识体的我，你这么不坦诚真的好吗？你是想由我来告诉那些地球人你其实拥有通过意识体直接传达和交流的能力吗？”

“Ruwa，从一开始你就非常注意我，为什么？”夜王的声音没有一丝慌张。

“当然是因为你强大的意识体，而且还附着在一个地球人的身上，这让我对你很感兴趣，我很想知道究竟发生了什么。”Ruwa愉快地说。

“你这是在窥探他人的隐私。”

“你作为意识体附着于地球人的身体上，这一目了然，我想这不应该算是你的隐私。”Ruwa说着，绕着夜王的意识体和修杰转了一圈，“我能肯定，这个地球人的意识还没有消亡，你到底是怎么进入他的身体的？”

“怎么？你也希望有这样一具身体吗？”夜王突然问。

Ruwa下意识地停下来，飘在空中满是警惕地盯着夜王。

“是又怎样？既然你能得到这具身体，我也一样能抢到！”

“那是不可能的。”夜王冷笑道，“因为这具身体的主人是自愿的，在那个特殊的瞬间，他救了我，而作为创造神的赏赐，我意外地挽救了他的意识。”

“你是说，这个地球人不惜牺牲自己去救你？”Ruwa难以置信地问。

“是的，不然我问你，一个意识体要如何占据一个意识尚存的实体生物？一个意识体又要如何救活一个已经丧失意识的死体生物？”

Ruwa没有作声，似乎不能接受这个解释。

“所有的一切，全都发生在修杰的生命结束后和他的意识消散前那短暂的瞬间里。”

“不，这不可能，他为什么要这么做？”Ruwa半信半疑地问。

“哈哈哈哈哈……”夜王笑起来，但他的声音依旧很冷，“Ruwa啊，是不是因为地球人也是异星人的后代，所以你们从来不屑于研究他们？”

“那是一定的，所有异星人的后代都是宇宙中的最底层生物，如同星屑一般的存在，为什么要花费资源对他们进行研究？”Ruwa理所当然地回答。

“那你永远不会知道，地球人的信仰有多么可怕。”夜王的语气平静下来，“因为信仰，他们努力了两千年，最终找到这个叫修杰的地球人，他从原子监狱中解放了我，在最危急的时刻成为我的容身之所。你永远无法想象，那种自称为人类的生物，他们的信仰有多么强大。”

“所以，你打算拿这个叫修杰的人怎么办？”Ruwa问，“我看你完全有能力脱离他生存下去，为什么还要带着他。”

“我能力的增长，是在进入类宇宙之后发生的，所以这副身体被我一起带了进来。我现在不脱离，是因为他的人类意识能让我方便与顾茂昌那些人交流，况且，如果现在我脱离出去，修杰必死无疑。”夜王淡淡地说。

“真没想到，一个意识体居然会对实体生物产生感情，真是疯狂。”Ruwa说着摇晃着自己的意识体，向门口飘去。

“所以，你不打算再抢夺这具身体了？”夜王最后问。

Ruwa在门前停下来，沉默片刻道：“不，我不会放弃这个打算，但我可以等，等你脱离之后再说……”

Ruwa彩色的意识体消失在门外，夜王静静地悬浮在修杰的身体之上。

由于这段航线中可用的通道较少，飞行器的航行一直很平稳。顾茂昌睡了大约七个小时便清醒过来，他出了舱室，先是向前走到Ruwa的舱室门口，接着犹豫一下，又掉转脚步，凭着印象向观测舱走去。

经过一条走廊和两个操控舱，在路过一间陈列舱时，顾茂昌停下脚步，陈列舱的舱门半开着，里面光线明亮。顾茂昌靠近舱门，向里面望去。

第一秒，顾茂昌下意识地疑心自己是不是看到了某科幻电影中的画面。

陈列舱并没有收藏什么奇珍异宝，而是排列着一个个大小不一的长方形透明“棺材”。“棺材”是顾茂昌的第一印象，因为在这些透明容器内，装的都是生物体，很多种族他在总部星球的欢迎会上都曾见过，还有一些是顾茂昌没有见过的生物。

这些生物的陈列方式也非常有趣，可以看出，这是完全按照他们适合生存的环境配备的“棺材”，有一些从内向外透着寒气，有一些则装满液体，还有几个明显是在用加热源照射，以保持高温环境，凑近些看，这些容器外还贴着标签，应该是标明其种族。但环顾一周下来，顾茂昌发现，以木卡斯木为代表的马面三足兽人族和两大意识体种族都不在其中。

“顾茂昌，你在找什么？”Ruwa的声音在顾茂昌脑海中响起。

顾茂昌下意识地回头，发现陈列舱的门口空无一物，接着，一个“棺材”开启了，一只长着牛角的甲壳生物猛地坐起，出现在顾茂昌眼前。顾茂昌受到惊吓，向后退了两步，却听到Ruwa的笑声。

“你……你是Ruwa？”顾茂昌试探着问。

“是啊，怎么样，想不到吧？”

那甲壳生物慢慢地靠回“棺材”中，接着，Ruwa五光十色的意识体慢慢脱离出来，盖子重新盖好。

“Ruwa，这些都是你们的躯体？”顾茂昌问。

“不，不完全是，我们意识体根本不需要躯体，和实体化不同，拥有实体是一件非常麻烦的事，但有些时候，联合政府会需要这些躯体做一些事。”Ruwa淡淡地说。

“所以，这些其实是你们的外衣？需要执行什么任务时就选择什么种族的生物？”

“差不多是这个意思，不过现在联合政府已经统一了类宇宙，这些躯体的用处已经不大，我也只是偶尔过来检查和活动一下。”

“这让我想到了地球上的间谍活动，你们利用这些躯体打入相应的种族之中，协助联合政府获取情报，有过这种情况吗？”

“当然，不过也不仅限于此，很多时候，这些躯体是用来进行暗杀的。”Ruwa说，“这就是我们意识体为何最终执政的原因。”

“你把这些告诉我，不怕我泄露吗？”顾茂昌问。

“你现在看到的这些躯体已经是数代之前的工具了，现在类宇宙中的大部分居民都知道这些躯体，它们中的有一些还被评为英雄，陈列在各大飞行器中。可惜的是，现在懂得这个方法的意识体所剩无多，能担任检查的人也越来越少了，若是我们的种族中能再出现一个这样的天才该多好……”

“难道说，现在已经不需要用这些躯体进行战斗了？难道联合政府内部很太平？”顾茂昌问。

“也不能说很太平，但毕竟大多数种族都在首领团中有一席之地，而且讨论如何逃离类宇宙才是真正重要的事务，所以自从联合政府成立就没再发生过战争。”

顾茂昌点点头，之后犹豫片刻问道：“Ruwa，是不是所有的意识体都能随意离开所附着的躯体？”

“你是想问夜王吗？”Ruwa反问。

顾茂昌沉吟一下，点点头。

“夜王的情况和我们不一样，这些躯体在我们附着之前就已经失去了意识，是真正意义上的死体，但夜王那具似乎是两个意识共存，想离开恐怕没那么容易。”Ruwa说，“对了，你不再休息了吗？还有几个小时才能抵达边缘地带呢！”

“不，我已经休息好了，本想着去观测舱看看情况，没想到在此看到如此惊人的一幕。”

“那走吧，我们到观测舱去。”

“Ruwa，关于类宇宙的一些问题，我还想向你详细地了解一下。”

“可以啊，反正接下来也不用经过太多空间通道，会有一段比较平稳的路程。”

顾茂昌跟着Ruwa回到观测舱，就类宇宙的构成和特征与Ruwa进行了探讨。当K小队成员睡醒找人找到观测舱时，顾茂昌已经靠在座位上，悠闲地看着屏幕了。很快，夜王、安琪和洛冰也出现在观测舱。

“我们到什么区域了？”夜王问。

“应该快到了，刚才检测到的一颗行星属于银河系。”顾茂昌答道。

很快，视线最为敏锐的李磊突然伸手指向一块屏幕。

“你们看，那边的是地球吗？”

此时，飞行器正拖着探测装置，在地球被吞噬的地带附近进行探索，希望能探测到通道的能量流动。所有人都转头看去，李磊没有看错，远处的昏暗中，一片白蓝色静静地嵌在黑暗边缘，上面的陆地形状正是他们熟悉的轮廓。

“是地球！”

“怎么吞噬得这么快！”顾茂昌不免惊呼出声。

“那是从中国西北部继续向北，跨过西伯利亚直到北冰洋的无人区，从人文主义角度出发，你们应该庆幸端口没有向东或继续向西拓展。”夜王淡淡地说。

“但如果它已经贯穿了地球……”林宇风说。

“那也没关系，这个区域的对面绝大部分是海洋，再往南则是南极地区，根本不需要迁移，更何况事实已经证明，进入类宇宙并不意味着死亡。”夜王继续说。

“你这话我听着怎么这么不爽！跩什么跩！你来自人马座3星就厉害了？意识体就了不起了？不过也是，你当然无所谓，光棍一个死活就你自己！我还真想看看，等你的星球被吸进来时你怎么办！”林宇风一口气说完，依旧气得不轻。

“林宇风，你和夜王这么说话是想死吗？”洛冰边问边迎着林宇风走去。

“嗬！我还真不怕你，一个翅膀残了的大花蛾子，你能把我怎么的！”

洛冰咬牙切齿，用力扇动起自己的翅膀，虽然一只翅膀受伤，但她的力量依旧能够吹开鳞粉。

“你的粉末没用，别忘了我们都戴着面罩。”林宇风得意洋洋地叫嚣。

“林宇风你少说两句！你能不能有点成年人的样子！”李若辰一把扯住林宇风的手臂将他拖向一旁。

“洛冰，算了。”夜王转过头阻止了洛冰，“他说得也没错，我的星球恐怕也很快就要出现在这里了，人马座正在沦陷。”

“如果地球被彻底吞噬，我们就算逃出去也没有地方可去了吧？”林宇风问。

“不对，之前说过必须在地球被彻底吞噬之前从我们进来时的通道逃出去，如果地球被吞噬，我们大概就没有逃生希望了。”李若辰说。

“我说你们，我不想打断你们的讨论，不过我真的觉得很奇怪，”Ruwa有些奇怪地插话道，“作为盟友，伙伴的星球即将被吞噬，但你们讨论的问题和他的星球连半点关系都没有。”

“这很正常，我们根本就不是什么盟友，如果不是类宇宙突然出现，我们早就分出了胜负！”洛冰冷冷地说。

“现在也一样已经分出了胜负，虽然我敬重你们的作战能力和团队精神，但事实是你们已经输了。”李磊的声音除了严肃还有几分冷淡。

“那是因为对抗木卡斯木时你们战斗力低下，还连累夜王和翎羽哥……”

“所以连累了何翎羽才是你最在意的事吧？”林宇风突然问。

“洛冰！别这样！”见洛冰又要发作，安琪连忙抓住她的手臂，劝说众人，“不管之前如何，大家现在毕竟是一起出生入死的盟友。与其在这里逞口舌之快，不如合力想想办法，看我们怎么能离开这里。”

“洛冰，安琪说得没错。”夜王冷冷地说，“你这暴躁的脾气最好改一改，不然谁也帮不了你！”

洛冰一个激灵，张开的翅膀慢慢垂下，不再说话。

“其实办法很简单。”顾茂昌说，“根据我这段时间的了解，类宇宙应该是一个能量饱和空间，当然，正是因为一直处于饱和状态，类宇宙才能在极心吞噬能量时扩大自身。也就是说，我们现在身处的这个空间不光有边界，而且边界还充满张力，这是一个高饱和高张力并不断膨胀的空间，只要从一点打破，类宇宙中的能量和物质就会一泄而空，全部散佚。”

“可是极心呢？它是真实存在的，并且引力极大，就算我们打破类宇宙的边缘，极心也不会被影响。”司徒萧说。

“不，会受影响，我们已经看到了，极心的引力范围只有那么大，那之外的都是类宇宙的范畴，如果我的推测没有错，随着类宇宙能量的流失，极心会变得越来越小，引力越来越弱。”顾茂昌说。

“老顾，有没有更直接的解释，让我们这群门外汉也能听懂？”站在旁边既插不上话也听不懂的林宇风抗议道。

“就是说类宇宙就像一个快吹爆的气球，只要用针轻轻一戳，里面的气体和我们就都能逃出去了。”夜王说。

“那它在地球上开了端口，就不怕漏气吗？”林宇风又问。

“即使是气球，现在也早就有单向充气的气球了。”夜王说，“而且，如果情况真像司徒萧推测的那样，整个类宇宙都是被某种未知生物设计和制造的，那这种问题更容易解释，谁会让吃进胃里的东西再从嘴里吐出去？不过，我很想知道是什么生物造就了如此惊人的空间。”

“我们真的在胃里啊……”林宇风喃喃地重复着。

“不知道你们对自己星球的版图有多熟悉，但我想说，我们在地球上的驶入点可能已经被类宇宙的端口吞没了。”夜王指了指检测屏幕说。

“不会吧？”司徒萧下意识地问。

接着，他的目光停在检测屏幕上。从太空中观察，地球上自然不会存在国界，但司徒萧清楚地知道，夜王说得没错，距离他们进入类宇宙已经过去近两个月，地球上被类宇宙吞噬的面积一定在慢慢变大。

顾茂昌默默地看着观测舱中显示的画面，地球上大气环绕，看上去和曾经的卫星云图没有区别，甚至更加壮观、更加美丽。但所有人都知道，他们能看到的地方，都已经变成了真正的无人区，意识到这件事，观测舱里的气氛顿时沉重起来。

回到总部星球后，Ruwa将这次的探索结果汇报给首领团，接着，一场意义重大的会议在总部大楼内召开。

没有桌椅，没有任何设施，只有四面发光的高墙，以及悬浮在空中的一个个座位，就像最初在审讯室时那样。

Ruwa首先简单介绍了情况，之后顾茂昌开始阐述对现状的了解。

“首先，我非常荣幸能作为代表向大家汇报这次的探索工作。从一个不被信任的异星人后代到探索队的成员，在座各位都知道发生了什么。我必须承认，类宇宙的科技水平远远超乎地球人所能想象和企及的程度。正是借助这样的技术，我们才能创造逃生的机会。通过这次探索旅行，我们找到了二号飞船进入类宇宙时经过的通道，值得庆幸的是，那是一条逆流双向通道。我们找到了反向入口，从理论上说只要进入这条通道，并且具备足够的速度，就能按照二号飞船的航行线路回到地球，离开类宇宙。

“但同时，我也必须告诉大家一个坏消息，这条通道的反向出口，也就是位于地球上的驶入点已经被吞没，同时存在于类宇宙中，因此，这条通道成了一个闭合的死循环路线，即使逆行穿过通道，我们也依然无法逃出生天。针对这种情况，唯一可行的方案就是借助飞行器经过通道时的冲击力，在到达出口时强行突破空间，击碎地球内部物质，才有可能逃出类宇宙。最重要的是，这个行动必须赶在地球被全部吞没之前完成。”

顾茂昌的话说完，周围顿时响起窃窃私语的声音，接着，一个与Vakkiv同族的意识体率先发问：“我相信你们探索结果的准确性，但是，如果逆流通道的出口已经被类宇宙吞噬，那么怎么能肯定，我们从通道出去后遇到的就一定是地球物质？会不会直接进入其他区域？”

“不会的，因为从地球进入类宇宙之前，我们曾经对端口进行过观察，它从上空侵入地球内部后，会贯穿整个地球，以此完成整体的吞噬过程。所以，如果我们利用逆流通道，试图从最初的端口逃生，一定会遭遇地球内部物质，或者直接穿过地球进入三维宇宙空间。”

“不，不会有直接穿过地球的可能性，飞行器一定会撞击在地球物质上。”夜王忽然说。

“为什么？怎么会这么肯定？”

夜王轻哼一声道：“你们都忘了一件非常重要的事，根据之前对资料的了解，我们已经认定类宇宙是一个能量饱和空间，这就意味着，即使是端口也一样会保持能量饱和的状态。为了保持这种状态，端口一定不会将地球内部彻底侵蚀。在贯穿地球内部到达对面地壳之前，端口的侵蚀活动一定会慢下来，转为在地球内部向四周扩张侵蚀，内外合力慢慢吞食掉整个地球。等到地球只剩下很少的物质和能量再进行彻底吞噬，以保证其自身的原有张力受到最小程度的破坏。”

“你的意思是说，现在类宇宙的端口根本就没有穿过地球？”顾茂昌问。

“没错，正是如此！所以穿过逆流通道直接逃入三维空间的设想，只是你美好的愿望和想当然的推测，真正的情况是，当飞行器高速穿过逆流通道接近端口边缘时，一定会与地球物质产生巨大撞击，如果飞行器的船身和武器足够强大，地球就会被凿穿，同时，类宇宙也会被撕裂。我们得以逃生，而地球在那一瞬间需要承受类宇宙中巨大的空间能量，所有的空间能量都会从那一点逸出，不要说一个地球，就是十个地球也会被震裂，甚至彻底粉碎。”

“不至于吧！再说也不可能让类宇宙里所有的星球都从地球里穿过吧？那有一些比地球大的星球怎么办？难道还要卡在半路？”林宇风问。

“宇风，重点不是星球大小的问题。”司徒萧说，“当空间呈现高速运动时，所有的物质都会被扭曲，如果这种运动的速度达到极限，再大的星球也可能变成一股能量流，直接穿过已经打开的通道。但当一颗庞大的星球成为能量流，那一定是非常巨大的能量，这比那个星球直接撞击在地球上的危害还要大。”

“说得一点都没错，在进行观测的时候，你们应该也注意到了，地球的一部分已经处于类宇宙之中，只要向那个方向行驶，就一定会率先撞击地球表层。可能你们那边儿其他星球会从类宇宙的某一个缺口冲出，但那缺口要开在哪里？”夜王问完停顿一下，之后继续说，“我们从地球进入类宇宙是依靠低速行驶和端口的强大吸力，若想离开这里，就需要有克服强大吸力的速度。你们试想一下，当我们以这样的速度离开逆流通道，摆脱了类宇宙端口的吸力，直接出现在地球上空，这股强大的冲击力，对地球的打击将具有多大的毁灭性？”

顾茂昌没有回答，K小队其他成员也不作声，只是面面相觑。夜王与何翎羽表情淡漠，似乎对地球的毁灭并不在意。

经过一段短时间的商讨，首领Vakkiv用沉重的语气开口道：“如果是这种情况，那这就是一个不可能完成的计划。据我们所知，地球上大约有73亿人类，以及数量更为庞大的生物群体，摧毁一个存在着大量生物体的星球是有悖于类宇宙法则的。就算没有这样一道法则，我们也不可能要求地球人类为了拯救类宇宙的居民舍弃自己的星球。看来我们对于逆流通道的发现过于迟缓，首领团现在做出决定，放弃这次计划，放弃利用地球端口进行逃生，等待下次机会。好了，就这样吧。”

Vakkiv说着，率先走出会议室，首领团其他成员也看看顾茂昌等人，跟着Vakkiv离开了，很快，会议室里只剩下顾茂昌等人。

夜王叹了口气，说：“我先回去了，反正这里也没我们什么事了。”

何翎羽、安琪和洛冰跟着夜王一起离开，顾茂昌转头对K小队的人说：“我们也走吧。”

他们依旧住在生物研究院内，由研究院提供所需的房间、养分和空气。在回研究院的路上，顾茂昌一声不响，林宇风却忍不住先开了口。

“现在我们怎么办？好不容易才找了条路，又被堵死了。”林宇风说。

“那也不是什么好路，你们没听夜王说吗？如果利用我们进来的道路出去，地球就会被炸碎。”李磊说。

“这些科学道理我不懂，也不想懂。”林宇风激动地说，“但你们想过没有，进入类宇宙的时候，我们所有人都穿着防护服躲在飞船里，还死了那么多人，你们觉得，如果地球真的被类宇宙吸进来，地球上还能有活人吗？没飞船，没防护服，他们怎么活？到最后还不是就剩下我们老哥几个！”

司徒萧叹口气道：“他说得有道理，现在人类能通过迁移的方式保护自己，等到端口大面积侵占地球时该怎么办？那时候的人类还能逃到哪儿去？如果无法躲避，他们会不会像我们一样，在被吸入类宇宙的过程中进入乱流，因为没有防护服和飞船的保护而被压力撕扯得粉身碎骨？安琪曾说过，在二号飞船进入类宇宙时，就有很多人因为无法承受空间乱流的压力而受伤或是直接死亡。

“我们能不能想办法通知地球上的人，让他们现在就开始建造飞船，尽快转移到其他星球上去？”李若辰问。

“怎么通知？我们根本没办法通知他们。”顾茂昌说，“就算能通知到他们，以地球上现有的技术，也不可能在这么短的时间内造出能够载人飞出银河系的航天飞船。如果连银河系都飞不出，又怎么能找到其他适宜人类居住的星球？”

“如果坐视类宇宙的端口吞没地球，地球上的人类一定会死，甚至包括地球上所有其他的生物，到时候真正进入类宇宙的将会是一个死亡星球。”李磊说。

“可是如果现在用飞行器冲破那个通道连接的端口，地球也一样会因为强大的冲击力而被炸毁。这看起来是个两难的选择。”李若辰说。

“不，李若辰，你这是典型的乐天派想法。”林宇风反驳道，“这根本不是两难，而是毫无胜算。无论怎么选，我们都无法救出地球上的人，只能是选择保护地球，还是牺牲它来拯救类宇宙的居民。”

“让我再想想办法，也许有什么方法既能保住地球，又能保住地球上的所有生物。”顾茂昌说。

“顾教授，这很难。”司徒萧说。

顾茂昌摇摇头，表情突然严肃而冷峻起来，他转身环顾K小队几名成员，目光如炬。

“也许我没有这个能力，但既然已经知道了，就无法坐视不管，不将所有可能都尝试一次，我绝不善罢甘休。”

“顾教授……”

看着顾茂昌大步向前的背影，林宇风等人面面相觑，不知如何是好，更不知道他接下来打算做什么。

谁也没有想到，会议结束的第二天，顾茂昌就找到类宇宙联合政府的首领团，重新拿出了一份计划，震惊了首领团全体成员。这是一份名为“破釜”的计划，如果计划真的施行，那么将以地球的毁灭告终。看完这个计划，首领团一度陷入沉默，他们没有像平常一样进行讨论，而是静静地注视着他，即使这些成员并没有眼睛，顾茂昌也能感觉到，他们的注意力全都在他的身上。

“这是什么意思？”作为首领的Vakkiv最先开口。

“你们看完了计划书，自然应该明白我的意思。”顾茂昌淡淡地说。

“但你也是地球上的居民，做出这种牺牲自己星球的决定，真的好吗？”Ruwa问，“虽然我并不了解你们这些实体生物的奇特感情，但综合之前资料库中的记载，我认为你的行为并不符合逻辑和一般经验。”

“你们认为的一般经验是什么呢？无论如何也不能破坏自己的星球吗？”顾茂昌反问，“可是，如果明知不管怎么选择自己的星球都难逃厄运，又该怎么办？”

“所以你是要放弃自己的星球，以后跟我们一起生活下去吗？如果……按照这个计划最终真的逃出去的话。”一个看上去像向日葵一样的软体生物摇摆着问。

“不，我不是这个意思，我并没有舍弃我的星球，但现在，这无疑是最理智的选择，也是最好的做法。”顾茂昌摇头道。

“那你有没有想过，如果地球上的人知道了你的决定会怎么说？”Vakkiv忽然问。

“人心难测，怎么说都有可能，但我的选择有自己的道理。”顾茂昌犹豫了一下，忽然问道，“你们能不能告诉我，当你们发现自己的星球即将被类宇宙吞噬时，都做出了什么选择？”

首领团成员相互看看，仿佛是在考虑哪一个种族的经验更有借鉴意义，之后，一个柔软如同水泡般的生物涌动几下，率先开口：“我们的种族非常早就知道类宇宙的端口将要打开，所以在端口开启前就做好了准备，被吞噬时没有发生任何伤亡，不过我们的星球非常小，吞噬的过程也极其短暂。”

接下来开口的是Vakkiv。

“我们种族很早就开始在空间中进行旅行，在前人无数次的旅行中，时常会发现类宇宙的端口，虽然我们不清楚那是什么，但很早就有了防备，当端口越来越多地出现在周围的星系，我们就知道，它要来了。”

Vakkiv的话音刚落，一个雄厚的声音便迫不及待地响起。

“准备是当然的，之前我们星球上的同类大多认为类宇宙的端口相当于宇宙法则的惩罚，当一个星球或星系遭遇这些端口，就说明它们将要被法则消灭，不过当我们迎来那天时，却发现自己奇迹般地生还了……法则并没有残杀我们，而是将我们与整个星球一起困在类宇宙之中。至于我们是如何活下来的，我想你也看得出，我们根本不需要什么防护措施。”

顾茂昌点点头，事实上，这个首领团成员有着巨大而坚硬的外壳，看起来如钢铁一般坚硬冰冷，就算用巨型坦克来形容它也不为过。

由于首领团成员的踊跃，气氛一度相当活跃，但突然，一个不同的声音出现了。

“异星人的后代还真是意想不到的柔弱啊，无论是ChaChaMali星球的人，还是这些地球人，就像失去了外壳的涡壳虫，只要轻轻一挤，就会变成一摊脓水。”

顾茂昌转向那名成员，那是一个长满光滑鳞片的鸟型生物，那尖利的喙似乎暗示着他的话的尖刻程度。顾茂昌淡淡地笑了一下，反问道：

“既然异星人的后代如此不堪一击，为什么还要将我们当成大敌？”

此话一出，那名成员沉默了，其他成员也不知该如何回答，气氛顿时尴尬起来。冷场了几秒，Vakkiv郑重地说道：“顾茂昌，无论这个计划最后会不会进行，你的这个决定都足以赢得我们的尊敬，但对异星人的打压，是从很久以前就流传下来的传统，究其原因，我想很可能是因为异星人的创造力。”

“创造力？”顾茂昌下意识地问道。

“是的，创造力。你大概不知道，在宇宙历史的记载中，原初世界被异星人摧毁，并不是因为他们的种族具备破坏力，而是因为他们创造了强大的杀伤性武器，他们的创造力量才是毁灭原初世界的罪魁祸首。所以我们才限制所有的异星人后代，限制他们的科技发展水平，以便我们其他种族的科技能保持领先，维护整个宇宙。”

顾茂昌冷笑了一声：“如果你们没有限制，也许我们现在已经发明出对抗类宇宙的办法了，但现在说这些已经没有意义，唯一有可能成功的只有这个计划，不过我说过，这不是牺牲。我希望你们能想出办法，在类宇宙的能量从地球穿过时保护地球。毕竟以我们被压制的科技力量，想在短时间内造出载人逃生的飞船是不可能完成的任务。”

“你真的决定了？”Vakkiv问。

“是的。”

“那么，我希望你能同意加入我们的首领团，作为地球人类种族的代表。”

“不！我不同意！”夜王的声音突然响起，“顾茂昌你以为自己是谁？居然擅自对地球的未来做出决定！”

夜王大步走进来，后面还跟着何翎羽、安琪和洛冰，紧接着，K小队的全部成员也冲进房间。

“顾教授！我们听说你来找首领团就马上赶过来了！”

“谢谢你宇风，我没事。”顾茂昌微笑着对林宇风等人点头，之后他转向夜王，一字一顿地说道，“夜王，为地球的将来做出决定是我这个地球人应尽的责任，你作为一个来自人马座3星的意识体，恐怕没资格对地球人的行为指手画脚，就算地球毁灭，你也不会有任何损失。”

“笑话！如果我说地球和我有关呢！我现在这副身体是地球人，如果没有夜族的技术，你们根本不可能进入类宇宙，更不可能做出这种白痴一样的选择。就算我不属于地球种族，何翎羽、洛冰和安琪曾经都是人类，还有方小芳，难道这些人还不够吗？顾茂昌，你真忍心毁掉顾青曾经生活过的地方吗？”

“等等，我忽然想到一个问题。”司徒萧说，“如果人马座3星也被类宇宙吞噬，那夜王是不是也将无处可去？”

“你说得没错，司徒萧，但这不是我阻止顾茂昌的原因，就算没有人马座3星，我也可以在其他星球活下去，就算抛下这副身体我也能……”

“什么，你可以离开这副身体？你能离开阿杰的身体？”顾茂昌一步跨到夜王面前，急切地问道。

“是又怎样，不是又怎样？”夜王冷声反问，“这在放弃地球的你的眼中又有什么意义？顾茂昌，收起你那愚蠢的牺牲精神吧，不然，我会让你后悔的！”

说完，他转身头也不回地离开首领团会议室。

随着夜王的话语，他周围的温度骤降。起先顾茂昌因为专注于修杰身体的事，并未留意，直到夜王离开，他才不由自主地打了个寒战。

“顾教授，你没事吧？”林宇风急忙上前问道。

顾茂昌摇摇头，目光却定定地落在夜王越来越远的背影上。无数问题在他的脑海中翻滚，难道真如夜王所说，他的意识体可以离开修杰的身体？那他为什么一直没有离开？上次见到的修杰，是不是真的修杰？为什么他的意识会在那种时刻突然转醒？要怎么才能让修杰彻底醒来？

怀着这些问题，顾茂昌心事重重地走出总部大楼。楼前宽大的阶梯和巨大的出入口让顾茂昌感到异常落寞，他忽然想起常琳，他很想知道，如果常琳还活着，她是不是会毫不犹豫地做出这个选择？

就在顾茂昌魂不守舍地向前走时，夜王的声音突然响起。

“顾茂昌，我认为你应该休息一下了。”

“小心！”

随着林宇风的一声厉喝，顾茂昌一个趔趄，再回过神来，发现自己已经跟着林宇风一起移动到十米之外了。

“夜王，你要干什么！”

“当然是要阻止顾茂昌装英雄，抓住他们。”

随着夜王的命令，何翎羽、安琪和洛冰已经向顾茂昌扑去。

“我早就知道不能信你这个狼心狗肺的东西！”林宇风一边骂一边抱起顾茂昌再次进行瞬移。

“嘴巴放干净点，你骂的是修杰。”

“修杰也不是什么好玩意儿！”

林宇风一边气势不输地叫骂，一边带着顾茂昌几次瞬移，气喘吁吁地躲避夜王。李若辰正在与洛冰的翅膀奋战，李磊拦住重伤未愈的何翎羽，司徒萧则挡在安琪面前。

“司徒萧，你让开，我在执行命令。”

“我要保护顾教授，但我也不想看到你被他人所伤。”

由于何翎羽等人都有伤在身，又失去了先发制人的机会，夜王对顾茂昌的追捕异常艰难，很快洛冰和何翎羽便被先后打昏，局势彻底倒向一边，顾茂昌和K小队成员围住了夜王。

此时的夜王已经进入暴怒状态，他转过头冷冷地看了一眼安琪。

“安琪，为何要帮助顾茂昌？”

“夜王，我没有，我只是……不要再打下去了，”

“哼，我要让你记住，你身上的力量是我赐予的！”夜王说着抬起手臂，向安琪一指，安琪立即发出一声凄惨的叫声，整个身体都开始剧烈颤抖，接着便直挺挺地跌在地上。

“安琪！”

司徒萧见状直扑夜王，却被夜王用手臂抵住。不等夜王将司徒萧推开，李若辰蹂身而上，直接踢在夜王的后颈。紧接着，一股强大的力量流遍全身，夜王意识到顾茂昌企图用意识控制和干扰自己，虽然很想集中精神破坏掉顾茂昌的控制，但K小队成员的轮番攻击让他无暇他顾。

“如果不是为了何翎羽，就凭你们……”夜王一边说着，一边有些费力地躲过林宇风的正面冲撞，却被瞬移后的林宇风一把抓住手臂向后扭去，而再抬头看，李若辰的重拳已经砸来。

“哈，乘人之危一向是我做事的原则，感觉怎么样啊夜王？平日里高高在上，现在却被我们几个群殴，你应该感谢我们提前打昏你的手下，替你保住了面子。”

“林宇风，你真的打算帮助顾茂昌实施那个疯狂的计划吗？李若辰母亲还健在吧？你难道想杀掉她的母亲？”夜王一边挣扎一边质问道。

“你不用唬我。”林宇风帮助李若辰将夜王紧紧地按在地上，语气难得的严肃，“这不是一个人的死活，而是整个地球的死活，除了我们几个，地球上的人都得死！就算你什么也不做，地球上的生物也一样会灭亡！”

就在夜王陷入被动之时，在类宇宙边缘一处无人留意的地带，人马座3星的第三颗星被彻底吸入类宇宙。脱离了原来的运行轨道和规律，成为类宇宙能量的一部分，它们依旧相互吸引，同时散发出微弱和谐的光芒。

虽然远隔数十万光年，夜王依旧感受到来自人马座3星的能量。他的眸子变得更加漆黑，甚至开始向眼白部分扩大，紧接着，不等林宇风和李若辰反应过来，一股强大的力量爆发了。

正在压制夜王的林宇风和李若辰顿时被震出数十米远，几步之外的顾茂昌、司徒萧和李磊也被震飞，所有人都感受到一股恐怖的力量从四面八方袭来，而在力量的中心，夜王慢慢地站了起来。

“你们终于进来了，我的星球们……”

说完，他缓缓跨出一步，只一瞬间，他便站到顾茂昌面前，俯视着刚刚坐起的顾茂昌，冷冷地问道：“顾茂昌，你还有什么要说的？”

“夜王，就算你现在杀了我，也不能阻止地球被类宇宙吞噬，一旦这种情况发生，我们就很难再找到逃生通道。现在放手一搏，哪怕只有万分之一的可能，我们也能想办法降低能量撞击对地球的伤害，也许还能在地球被吞噬之前救出更多的人。”

“你所有的计划都是‘一旦’‘如果’‘也许’，什么才是确定的？我问你，是你现在所表现出来的牺牲精神更美好，还是……顾青墓前她最爱的雏菊更美好？你真的留意过吗？那些雏菊花。”

夜王意识体的光芒越来越亮，慢慢地，他的意识体像一层薄雾般笼罩在修杰的身上，修杰眼中的黑色开始慢慢缩小、变淡，最后成为顾茂昌最熟悉的暗黄色。

“阿杰！”顾茂昌一惊，“修杰！是你吗？”

修杰却只是面无表情地盯着顾茂昌，眼底闪过一丝厌恶和憎恨。

“老师，你这是怎么了？当初你为了献身科学造福人类而忽视了顾青，现在又想用所有人类来救你自己，这就是你所谓的献身精神吗？”

“阿杰，不管你相不相信，夜王相不相信，我不是贪生怕死，而是在寻求两全的办法。”

“根本没有什么两全的办法！”修杰大吼一声，夜王的声音也跟着回响，此刻，站在顾茂昌眼前的既是修杰，也是夜王，但同时，也不是他们中的任何一个。

“顾茂昌，我问你，如果现在让你选择是逃出类宇宙还是让顾青复活，你怎么选？”

“我……”顾茂昌感受到一股强大的力量，那力量如此强大，几乎让他无法呼吸，在濒临窒息的一刹那，顾茂昌眼前突然再次浮现出顾青的笑容，他下意识地呼唤道，“顾青……”

此时的顾茂昌大脑一片空白，双耳轰鸣，但在失去意识之前，顾茂昌还是清晰地听到修杰的声音，那些话仿佛直接刻进了他的大脑。

“顾茂昌，你的‘破釜计划’我会考虑参加，但我缺少部下……地球人类的安全，我不予保证，因为他们很可能无一幸免。”

“谢谢你，阿杰……”

顾茂昌这样想着，彻底失去了知觉。

第二十一章　完美计划

顾茂昌等人再醒来时，发现自己正躺在研究院各自的房间里，毫发无损。顾茂昌第一时间跳下床，匆匆赶往夜王的房间，毫不客气地推门而入。

“你醒了？”夜王仿佛一直在等顾茂昌。

“你给我解释一下，这到底是怎么回事？”

“人马座3星进入了类宇宙，我的力量恢复了很多。”夜王从椅子里站起来，踱到顾茂昌面前说，“至于你的计划，我说过了，可以考虑参加，但我什么都不会保证。”

“不是这件事！”顾茂昌急切地盯着夜王，想要从他眼中寻找修杰的影子，“修杰呢？夜王，修杰还活着对不对？”

“我说过，他一直活着，但如果我现在离开这副身体，你真觉得他能继续活下去？”

顾茂昌平静了一些，他看向面前修杰的身体。夜王的意识体让修杰的眼睛变得更加有神，但在战斗中几次透支能力与体力，让现在的修杰看上去比顾茂昌还要衰老。顾茂昌甚至有些记不得，当年意气风发的修杰是什么样子了。

“你之前说参与计划，你有什么打算？”

“人马座3星既然已经进入类宇宙，我会利用那上面残留的力量加强安琪和洛冰的能力，但即使如此，我还是缺一个人手，所以，把司徒萧让给我，做我的随从如何？”

“这怎么可以！”顾茂昌惊讶地说，“小萧他不光是K小队成员，更是集团继承人，难道你要把他变成和安琪一样的异类？不，我不同意。”

“那参与计划的事免谈。”夜王说着转过身去。

“你……”顾茂昌一时气结，竟不知该说什么。

“顾教授，你不用为难，我愿意。”不知何时出现在门口的司徒萧突然开口说。

“小萧，这种事不是闹着玩的。”

“顾教授，我只是想成为和安琪一样的种族，无论她是受人崇敬还是遭人唾弃，我都愿意和她在一起。而且，之前旅行者乐队是四个人，如今就算加上何翎羽也才三人，夜王的要求并不过分。”

“但……”

“至于K小队，逃亡时我们本身也会一起行动，我到底是夜王的随从还是小队成员，都可以派上用场。在类宇宙中，我们之前的超能力除了防身几乎没有用武之地，在操纵金属的能力之上获取新的能量，这样不好吗？”

“听起来不错，但万一你以后娶了媳妇忘了爹，翻脸和我们大打出手怎么办？”林宇风突然从后面窜出来，笑嘻嘻地问。

“宇风，现在不是开玩笑的时候。”顾茂昌说。

“我没开玩笑，万一司徒萧不是自愿，而是被夜王或是安琪洗脑，非要加入，成为他们的打手怎么办？”

司徒萧微笑一下，拍拍林宇风的肩膀说：“你是怕我受骗，放心吧，我已经有觉悟了。”

说着，他向夜王走了几步，接着单膝跪下，垂头道：“尊敬的夜王，夜族至高的首领，恳请您赐予我力量，让我成为您忠实的随从。”

夜王回头看了司徒萧一眼，没有作声。

“就算成为您的随从，我也依旧是K小队成员，我司徒萧将坚决反对并拒绝执行任何可能危害双方利益的行动。”

“司徒萧，你不光冷静，而且坦诚，希望你的加入，能更大程度上保护你们的地球。”夜王缓缓说着，向司徒萧伸出手掌，最终停在司徒萧头顶，一股强大的力量在房间内升起。

司徒萧头上的供氧面罩率先被震碎，之后一声炸裂，宛若惊雷开天一般。顾茂昌和林宇风不约而同地闭上眼睛，又被突如其来的强风扫倒在地，司徒萧发出痛苦而压抑的声音。

慢慢地，强风减弱，顾茂昌和林宇风睁开眼睛，看到司徒萧痛苦地倒在地上，身体蜷缩成一团，轻轻抽动着。突然，一道白光从他体内发出，接着弥漫全身，就像被夜王的意识体所覆盖，刺目的光芒散去后，一只巨大的鹰出现在房间里。它站起来头几乎顶在屋顶，黑头，黄喙，胸前有白色杂羽，腿和脚爪粗壮强健，只有从那双锐利的眼睛里，还能看出一丝人类的气息。

“我去！神雕啊！”林宇风脱口而出。

“夜王，出什么事了！”

随着叫声，安琪和洛冰出现在门口，看到那只巨鹰，两人顿时愣在当场。

“这……你是，司徒萧？”安琪最先反应过来，“司徒萧，你怎么……为什么要这么做！”

看到安琪，司徒萧似乎很高兴，他动了一下，接着张开自己的双翼，直接将顾茂昌和林宇风挤到墙上。夜王用手挡住那翅膀，低声说：“司徒萧，收起你的翅膀，你太大了，不要在房间里活动。”

“是。”

司徒萧应着，夹紧了自己的翅膀。

“你还没有习惯这个状态，也不熟悉如何改变自己的形态，就让安琪指导你吧。”夜王说着，环顾一下凌乱不堪的房间，“我要换个房间，安琪，司徒萧就交给你了。”

夜王说着便穿过众人离开了，留下顾茂昌、林宇风、安琪和洛冰，还有同样闻声赶来的何翎羽、李若辰和李磊。

司徒萧化身的巨鹰环视众人，之后张开嘴鸣叫一声，那叫声高亢清越，又令人感到不寒而栗。安琪走向司徒萧，伸长手臂抚着那夹杂着白色羽毛的胸膛。

“司徒萧，放松，深呼吸，想象自己正在下坠，正在向地面软软地坐下去，深呼吸，认真想象……”

司徒萧照做了，很快，他的身形逐渐变小，羽毛渐渐褪去。何翎羽不动声色地走近安琪，将自己的上衣脱下，递给安琪。安琪回头见是何翎羽，先是一愣，之后脸上一红，笑着点点头，接过何翎羽手中的上衣，之后扭过脸不去看司徒萧，而是直接将那件上衣递过去。

“拿着这个，等下记得挡好。”安琪低声说着，脸却变得更红。

这时司徒萧身上的羽毛已经几乎全部褪去，他从安琪手中接过上衣，有些奇怪地看着安琪。李若辰和洛冰也将头扭向一旁，司徒萧在发愣时，突然听到林宇风努力克制的笑声，才明白安琪说的“挡好”是什么意思，他下意识地用何翎羽的上衣挡在身前，之后低头看去。

果然是一丝不挂！

司徒萧手脚麻利地将何翎羽的上衣展开，抽出两只袖子像围裙一样系在腰上，转头对何翎羽说了声“谢谢”。

何翎羽摇摇头道：“不用，记得你欠我一件衣服就好。”

林宇风此时已经忍不住大笑起来，看着何翎羽问道：“何翎羽，你们每次变身都会报废一套衣服吗？”

“不一定，如果没有变化完全，衣服就有可能不被挣破，尤其像洛冰和戴维，他们变身后也有人形躯干。不过司徒萧是新手，暗陆体又那么大，恐怕每次都要准备好衣服。”何翎羽回答。

“可是他这个样子，要去哪儿练习呢？”安琪有些发愁地自言自语。

“去楼顶，我和洛冰的康复训练都是在那里完成的，空间足够，也没什么人上去。”

“好。”安琪笑着点头，“谢谢你翎羽哥！”

于是，众人浩浩荡荡地一起登上研究院的楼顶。安琪要陪司徒萧训练，何翎羽和洛冰在一旁帮忙，顾茂昌等人则是因为放心不下司徒萧。

“这里还有这么大一片空间！”安琪惊讶地赞叹。

"你们看，上面有好多飞行器！我们在这里练习，不会被攻击吗？"李若辰问。

"不会，我和洛冰之前一直如此，那些飞行器大部分是运输机，不会管我们的事。"何翎羽说，"小子，可以开始了。"

"司徒萧你要记住，夜王赐予你的力量存在于你身体的每一个细胞中，依附于你全部的精神力之上，这股力量会让你变得更加强大，当你想要从人类变为暗陆体时，需要无限扩张你的身体，你的欲望，你的怒火，要将所有的注意力都集中在向外爆发上，听懂了吗？"

"听懂了。"司徒萧回答。

但听懂和做到之间永远隔着万水千山，司徒萧身上挂着何翎羽的上衣努力了好一会儿也没能再次变成巨鹰。

"怎么回事？难道是精力的集中程度不够？"司徒萧喃喃自语。

他闭上眼睛，皱紧眉头似乎是想加大精神力，紧接着，刚刚飞过他头顶的飞行器忽然震颤起来，之后直接撞在另一架飞行器的侧面，当场爆炸，无数碎片散落下来。司徒萧愣在当场，不知该如何是好。

"司徒萧，你在干什么？"何翎羽顿时发起脾气，"你想死吗？还是想让所有人都跟着你一起死！"

"翎羽哥，他本身就具备操纵金属的能力，一定是刚才过于集中精力，所以……"

"没有斗志是吧？来，我让你见识一下什么叫男人的斗志！"

何翎羽叫着就要扑向司徒萧，却被洛冰挡住。

"翎羽哥，用不着你上，让我来。"

洛冰说着转过身，稍一用力，一对巨大的翅膀便翩然而出，在身后微微颤抖，映着飞行器的灯光，格外绚丽。不等其他人询问，她便猛地扇动起翅膀，身体飞速向安琪冲去。

“对不起了，安琪！”

洛冰话音未落，双手已经扯起安琪飞出楼顶，一把将她扔了下去。

“安琪！”

司徒萧见状，毫不犹豫地跟着跳了下去。

“洛冰你想死吗！”何翎羽吼叫一声，一跃而起扑向洛冰，人也变成巨狼，恶狠狠地对洛冰呲着牙。

“如果司徒萧是个男人，他自然会保护安琪，如果不是，以安琪的能力，从这点高度摔下去也不会有事，甚至还有余力救一下司徒萧，不是吗？”

何翎羽冷静下来，继而推开，向楼顶的边缘奔去，探出头向外看。

由于总部星球附近没有强大的光源，下面显得有些昏暗，再加上研究院顶层距离地面数百米高，根本看不到下面的情况。

就在众人都在为安琪和司徒萧捏一把汗时，李磊忽然一指前方。

“快看，在那里！”

所有人都瞪大眼睛向李磊手指的方向看去，昏暗中似乎有一个物体在高速移动，很快，那东西越来越近、越来越大。待众人看清，只见一只巨鹰拍打着翅膀向研究院大楼的方向飞来，它在靠近研究院大楼时猛然向上，在楼顶上空盘旋了几圈才拍打着翅膀落回楼顶。

“安琪呢！”

众人围上去，七嘴八舌地询问安琪的情况。只见一角白色从巨鹰背上垂下，正是何翎羽的上衣。安琪提着上衣从巨鹰背后爬下，之后将上衣一甩，巨鹰忙用喙咬住上衣，之后开始慢慢变回人形。见两人安然无恙，众人这才放下心来。

“洛冰你想吓死我，我真以为你要杀了安琪！”林宇风拍着胸口说。

“你怎么知道我不是真的想杀她？”洛冰冷冷地看了一眼林宇风，收起翅膀，傲慢地说道。

“嘀！真是最毒妇人心啊！”

“不过我觉得很奇怪，洛冰几天前翅膀还没有完全恢复，今天为什么就彻底痊愈了？速度比以前更快了。”李若辰疑惑地问。

“那是因为夜王，不，确切地说是因为人马座3星。虽然遥远，但只要它们在类宇宙之中，夜王就能借助那上面的力量增强自己的力量，也让我们变得更加强大。”何翎羽说，“我猜想，他之所以会答应参与你们的计划，很可能是想利用人马座3星的能量。”

“何翎羽，如果夜王使用了人马座3星的能量，那些能量还会再生吗？”顾茂昌问。

“顾教授，能量是守恒的。”何翎羽淡淡地说。

顾茂昌沉默了。他并没有忘记这个永恒的定律，只是，他实在无法想象一个不再有特殊能力的夜王会是怎样的存在，他甚至担心夜王作为意识体，到人马座3星的能量消失殆尽时，还会不会存在？

似乎这些冰冷的法则总在与人类的愿望相悖，或者说，人类总在盼望着法则和规律之外的额外所得，或许正是因为如此，当初的异星人才会制造武器进行掠夺和破坏。但那些杀伤性武器的能量又是源自哪里？原初世界吗？那么，原初世界也许并不是被异星人暴力摧毁，而是制造武器的过程对原初世界造成了破坏性的影响，导致空间崩塌，就像人类为了高效生产将地球环境大肆破坏一般?

那当年的异星人还在吗?他们是不是和“盘古”一样的生物?他们制造的武器是什么样的?顾茂昌很想知道异星人当年到底发生了什么,但这件事在类宇宙之中已经注定不会有答案。他看向赤条条地与安琪抱在一起的司徒萧,突然想到,如果类宇宙中的一切都像司徒萧猜测的那样,是一个刻意设置的存在,那么,排挤和打压异星人后代的原则会不会也是某些未知种族别有用心地制定和传播的?如果他们从类宇宙中逃生,这个秘密会不会被解开?隐藏在类宇宙之后的神秘种族会不会出现?

顾茂昌抬起头看向漫天的飞行器,突然感到一种久未有过的无力。在夜王的许诺下,“破釜计划”似乎能够得以实行,即使再冒险也要试一下,但逃出类宇宙真的会是这件事的结束吗?“盘古”、黑域、类宇宙、极心以及异星人那扑朔迷离的传说,它们都在提醒着顾茂昌,这不是结束,而是一个开始。

“我们,真的做得到吗……”顾茂昌在心里自问道。

“既然这么想,那就去做,不试试怎么知道?”

一个熟悉的声音闯入脑海,还伴着一张年轻的面孔。那张脸与顾青有几分相似,尤其是微笑时嘴角上扬的样子。那是常琳,三十年前的常琳。当年正是因为她的这句话,顾茂昌走上了追求国内顶尖生物学专家的漫漫长路,而现在,当他站在地球命运的岔路口迟疑不决时,那句话再次响彻脑海。

“我知道了,小琳。”

顾茂昌低声说着,嘴角浮起一丝微笑,刚好接住了从眼角滑落的泪水。

与顾茂昌最后关头的犹豫不同，夜王一旦决定的事，总会风驰电掣地执行下去。很快，一份详细的计划书被送到首领团成员的手中。

夜王的计划沿用了顾茂昌“破釜”的名字，但比起顾茂昌听天由命的行动计划，夜王对地球的保护措施显得更加有效，计划中提到的要点包括如下几条。

“第一，类宇宙中所有居民所需的飞行器数量必须提前确定。作为战斗用与作为运输用的两种飞行器无论是在搭载容量上还是体积上都有所不同，就连防护材料也完全不同，为了在逃生过程中保护类宇宙全体居民，运输用飞行器也要加涂防护材料；第二，对飞行器进行改装，控制攻击类飞行器数量，增加运输类飞行器的数量和容量，尽量用最少的飞行器运载更多居民；第三，离开类宇宙时，飞行器的编队问题需要着重商讨，首领团必须提供攻击类飞行器的战斗力数据，以便确定冲击地球时所需的战斗类飞行器数量；第四，任何与生存无关的物品不得登船，首领团成员与普通居民无异；第五，如果成功逃生，类宇宙中所有种族必须承认地球人类的地位，建立友好邦交关系；第六……”

对于夜王提出的条件和注意事项，类宇宙首领团全部成员都没有异议，但他们还是将注意力全部投向夜王，因为关于逃生计划最重要的内容，夜王并没有告诉他们。

“所以，你们打算如何逃生？用攻击类飞行器直接击穿地球表层吗？”Vakkiv问。

“夜王，你要如何保护地球不被挤压成粉末？”Ruwa也好奇地问。

“你们只要把飞行器的战斗力数据给我就好。”夜王说。

“那……好吧，这件事你找Ruwa就可以全部查到，如果想亲身体验一下，你还可以跟随战斗类飞行器出去巡逻，有时我们会在极心附近击碎一些小型星球，将它们当作能源进行采集。”

“好的，我明白了，谢谢你Vakkiv。”

“不，是我们要感谢你。”Vakkiv站起来说，“因为你们的到来，我们才有了逃生的机会和希望，所以，请你尽全力保住地球，不要用它的毁灭来换取我们的自由。”

整个首领团也跟着站了起来，向夜王表示敬意。夜王的目光扫过众成员，最终停在与木卡斯木一样种族的成员身上，轻轻点头。

“好的，那么这段时间，有事我会找Ruwa商讨，等到确定方案后，我会再将计划完善的。”

“我可能没有资格要求你，但还是请你务必抓紧时间，如果工程量巨大，我们也需要时间准备。”Vakkiv说。

“好的，那么Ruwa，你什么时间有空？”夜王转头看向Ruwa。

“如果你的计划讨论结束了，那我现在就有空。”

“那么请吧，我需要你的帮助。”

夜王说着向Ruwa做出请的手势，Ruwa宛如彩虹一般飘过他眼前，朝会议室门外飘去。

路上，Ruwa不经意地问道：“对了，那天你们在研究院楼顶做什么？”

“我没有在场，不过他们应该是在进行训练。”

“什么训练能让飞行器撞在一起？”

“是司徒萧，他有操纵金属的能力，虽然你们的飞行器中金属含量很低，但还是会受到影响。”

“好吧，幸好撞毁的是运送物资的飞行器，不然你们的麻烦就大了。”

“是吗？这件事一定是你暗地处理的吧？谢谢你。”夜王淡淡地说。

“没什么，跟我到这边来。”

Ruwa带着夜王来到一间小型休息室，不等坐下，夜王便开口问：“那么，木卡斯木的事最后是什么调查结果？”

“木卡斯木？”Ruwa有些意外地问，“为什么问他？”

“既然我们想逃出类宇宙，自然需要知道他为什么阻止我们。”夜王回答。

“没什么结果，他被杀时，办公室和家里都发生了爆炸，爆炸的位置是数据储藏柜和对外通讯设备。很明显，木卡斯木想要隐藏自己与外界保持联系的事实，但因为没有留下任何可用线索，我们根本不知道他在和什么生物联络。”

“也许是创造出类宇宙的生物。”夜王用略带调侃的语气说。

“你也相信这个？相信类宇宙不是自然存在的？”Ruwa问。

“有这种可能，至少从现在的资料上看，不能否认这种可能性。”

“那么除此之外，你还想从我这里知道什么？”

“一些更加有趣的事。”

夜王说完向Ruwa又凑近了一些，几乎是面对面的距离。突然间，他的意识体光芒暴涨，那光线比总部星球上空的飞行器还要明亮。意识体离开了修杰的身体，离开供氧面罩，像一道长蛇一样直奔Ruwa而去。Ruwa还保持着人体的形态，转眼就被夜王的意识体从上到下牢牢缠住，那巨蟒一样的意识体不断发出强光，Ruwa似乎被那些光芒刺痛，拼命地扭动挣扎。

“你……你要干什么！”她艰难地问道。

“我要知道那些你不想告诉我的事！”夜王说着，猛地收紧缠绕，意识体的光芒变得更加强烈，而Ruwa的意识体在他的控制下不安地变换着色彩，之后慢慢地黯淡下来，最后变成了灰白色。

乍看上去，他们的意识已经融为一体，但一个光亮，一个黯淡，夜王光亮的意识体在Ruwa的意识体中不断穿行游动，探知着她的每一寸意识。最后，夜王的意识体光芒渐暗，他缓缓地抽回自己伸长的意识体，松开Ruwa回到修杰的身体中，之后长叹一口气，看着Ruwa依旧黯淡的意识体，她还没有从夜王之前的意识攻击中转醒。

“原来是这样……”夜王自言自语地伸出手，用自己的力量托起Ruwa，稍稍用力，为她的意识体染上缤纷的颜色。夜王带着Ruwa离开了休息室，上了十几层楼，找到总部大楼中的小型设备库，走了进去。

设备库的第二道门口盘着一条透明的生物，外形看上去很像电鳗，但他身上没有电流，身体中还有一块可见的黑色斑点，像是没有消化干净的食物残渣。

在电鳗形生物面前站定，夜王率先开口：“我需要一个保存意识体的小盒子，不需要像热用的那么高级，能装我这样的意识体就可以了。”

“你要用它做什么？擅自收藏意识体是违背类宇宙法则的行为。”电鳗形生物的声音又尖又细，仿佛是担心吵醒什么东西一般。

“我要用它保存自己的一部分意识，放在安全的飞行器中，等到逃生计划结束后再取出，是Ruwa带我来这里取的。”夜王说着转头看向Ruwa的意识体，控制着她晃了几下。

“好吧，你们这些意识体生物还真是奇怪，不是要寄居在其他生物身上，就是想把自己分割开，一份一份保存起来。”电鳗形生物说着，慢慢竖起头和前半段身体。

他张开嘴吼了一声，夜王惊讶地看到，他体内的那块黑斑正在慢慢地向他的嘴巴移动。黑斑的移动速度越来越快，最后猛地从电鳗形生物的口中窜出，直撞向第二道门的门锁。

“啪”的一声，那块黑色东西一下子糊在门锁上，缓缓扭动一下，第二道门便打开了。

夜王正在惊讶这钥匙的复杂程度，电鳗形生物已经滑进库中。他静静地站在门口等那电鳗形生物出来，过了一会儿，电鳗形生物从里面探出头来，虽然他嘴巴紧闭，但夜王还是看到他的嘴里含着一个小盒子。

“嗯……”电鳗形生物发出满意的声音，他张开嘴，示意夜王伸出手来。夜王伸出手，电鳗形生物便将嘴里的小盒子吐在夜王手上。

“谢谢。”夜王说。

“你表现得很好，居然没有去动这钥匙。”电鳗形生物说着，伸出透明的舌头，将那个黑色的大钥匙重新吃进肚子里。

“如果我碰了，你会知道吗？我可是意识体。”夜王问。

“那是我的生命之源，被任何生物碰触都会有感觉的。”

“原来是这样，那么，我们先走了，谢谢你。”夜王说着，小心地控制着Ruwa的意识体转身离开。

当小型设备库的大门在夜王身后关上时，电鳗形生物的声音突然再次传来。

“年轻人，希望你只是想用这盒子装一些不愉快的经历，不是要害Ruwa。”

夜王一惊，下意识地转头看向Ruwa的意识体，她的颜色还是那么美丽，根本看不出和平时有什么不同。夜王皱皱眉，快步来到走廊转角的僻静处，再次调动自己的意识体，从Ruwa的意识体中小心地抽出一部分灰白色意识，仔细检查之后小心地放进那个小盒子里，再将盒子盖好扣死，收入怀里。最后，他向Ruwa的意识体伸出手，凭空狠狠一戳，Ruwa意识体上的伪装色消失了，重新恢复了灰白色，接着开始拼命抖动，颜色也逐渐变得鲜艳起来。

“嗯……我怎么在这儿？”Ruwa问。

“你说要带我来参观一下总部大楼。”夜王开口就答。

“哦，这样啊。”Ruwa随意地答着，“那你接下来想去看哪里？”

“去看一下飞行器吧。”夜王说，“我需要确认一下它们的攻击力，必须要保证足够的攻击力，才能让之后的行动一切顺利。”

“好啊，军事基地离这里不远，小型飞行器就可以到达，现在就出发吗？”

“现在就出发，以免夜长梦多，增加计划的难度。”夜王说着，装作不经意地抬起手，摸向揣着小盒子的内衣袋。

当天的休息时间，顾茂昌回到自己在研究院的房间时，发现夜王正坐在里面。

“你回来了？”夜王率先开口。

“你怎么到我这里来了？”顾茂昌问，“你不是在忙着调研计划的可行性吗？”

“错了，不是调研，而是根据实际情况制定和修改计划。”夜王纠正道。

“需要我帮忙？”顾茂昌一边问，一边坐到另一把椅子里。

“你觉得你能帮上什么忙吗？”夜王略带嘲讽地问。

“那是怎么回事？”

“我今天在Ruwa的意识体内发现了一个秘密，这个秘密你已经知道了，就是飞行器中各个种族的躯体，那些方便意识体活动的躯体。”

“是的，我知道这件事，但我不确定Ruwa是不是对我说了实话。”顾茂昌说。

“重点不在这里，你有没有想过一个问题，那些躯体里没有木卡斯木一族，只有两种可能，一种是他们的种族过于强大，一种是他们属于后来种族。但是，一个后来种族为什么会兵权在握？说明他们并不是后来者，而是早期进入类宇宙的强大种族。他们虽然资历够老也够强大，现在剩下的居民数量却非常少，很可能是因为其中发生过镇压，甚至是篡权失败。如果是这样，那些三足马面的生物一定对联合政府满怀敌意，所以，他们被外界生物策动的可能性很大。”

“你的意思是说，木卡斯木被类宇宙的创造者收买了？”

“不，未必是收买，也可能是像Ruwa那样，直接利用意识体进入木卡斯木体内进行操控，无论是无意识的躯体还是怀有自愿意识的实体生物，都可以这样进行控制，就像我和修杰的身体一样。”

“如果在木卡斯木被杀前那意识体就已经逃走，或是在我们杀掉木卡斯木之后继续潜藏在尸体中，趁其他生物不备逃走，之后回到木卡斯木的族群中……”

“没错，我认为想要阻止我们的力量并没有被消灭，所以，我们的任何计划都不能向外透露。”

“可是这样要怎么执行计划？”

“想办法在逃生之前锁定那个附着了意识体的生物！”夜王说。

“等等，有件事你是不是忽略了？我记得在第一次审讯时，木卡斯木制造了一个意识场，在意识场中所有人都以意识形态出现，你的身上出现了你和修杰两个意识体，那木卡斯木的意识为什么只有一个？”

“这是一个致命的盲点，就是你们所谓的骑驴找驴。意识场必须要以强大的意识体为媒介才能形成足够大的场力，将在场所有人的意识抽离出躯体。你看到的木卡斯木是真的木卡斯木，而我们所处的那个意识场，正是那个隐藏的Boss。”

“如果是这样，那同样是意识体的Vakkiv和Ruwa应该能够注意到啊！”顾茂昌迟疑地问道。他依旧不敢相信，自己的意识居然曾经与深藏不露的神秘操控者如此接近。

“Vakkiv一族已经达到实体化很多代，他们对意识场并不在意，而Ruwa，她对这件事知道得很清楚，就像知道她可以附着在实体生物身上一样清楚！”

“你是怎么知道的？”顾茂昌惊问。

“我今天探查了她的意识体，很有趣的尝试，收获也大得惊人。”夜王难得地微笑道。

“既然知道，她为什么还要包庇木卡斯木？还对我们说他们不是一伙的！”

“他们确实不是同伙，Ruwa是意识体，根本不屑与实体生物、尤其是人兽类牵扯在一起，她是与那个神秘的意识体达成了协议。”

“什么样的协议？”顾茂昌张口便问，但接着他突然想起，那天Ruwa在陈列舱里的感慨，“她要意识体指导她的种族练习对实体生物的附着能力？”

“对，而且不是失去意识的躯体，而是保有自己意识的躯体。Ruwa希望自己的种族能像我这样与这副躯体的意识部分融合，这样能更好地扮演躯体主人原来的角色，这大概是一个意识体间谍的最高梦想吧，虽然很难做到，但真的令人向往。”夜王眯起眼睛，似乎是在回忆过去，继续不慌不忙地说道，“Ruwa对我也很好奇，她想知道我为何能与修杰共用躯体，但我的情况只能说是可遇不可求吧。”

“这倒是解释了Ruwa在木卡斯木被杀的现场显得激动而愤怒的原因，她其实是在担心那个神秘的意识体暴露。”顾茂昌若有所思地说。

“所以，你觉得当时那个意识体藏在哪里？”夜王伸了个懒腰，饶有兴趣地问。

那次恐怖的经历再次闪现在顾茂昌眼前，仿佛是黑夜浓云之下的一道闪电，瞬间照亮了所有疑惑，顾茂昌猛地一拍大腿。

“是脑袋！该死的！是脑袋！木卡斯木被杀后，他的头颅冒出一阵烟雾，那是属于他的意识体正在消散，但还有一个意识体藏在他的脑袋里。”

“顾茂昌，你还是一样聪明。”夜王说，“不过费了我很多口舌。”

“所以，你现在可以直说了。”顾茂昌说。

夜王点点头，严肃地说道："关于出逃计划，我不会给你任何保证，但如果实施顺利，你也许会收获一个天大的惊喜，你怎么想？"

"我们是绑在一条线上的蚂蚱，我没什么想法，你说就是。"顾茂昌淡淡地说。

"关于'破釜'计划，我已经收集了足够的数据，也有了周密的方案，就算最后没能保住地球，这也是我能做的最大努力。"夜王说，"不过，因为那个神秘意识体的存在，我需要调整一下。"

夜王说着，从怀中掏出那个小盒子，隔着半透明的盒体，顾茂昌看到里面有小小的一团彩虹般的意识体正在晃动。

"这是……"

"这是我今天从Ruwa身上拿下的，里面包含了我强行探知她意识的全部记忆，还有一些附带的零碎记忆。"夜王说，"不过，关于与那个神秘意识体的交易，我并没有偷取，毕竟她是个不错的诱饵。现在我把这个交给你，由你和K小队成员负责保管，在逃回地球之前，绝不能让任何生物看到。"

"还有什么要吩咐的？"顾茂昌继续问。

"等到执行计划时，记得保护好方小芳，不，不是保护好，你最好把她带在身边，切记。"

"我会的，她毕竟是唯一一个普通人，而且……"

"而且她长得那么像顾青。"夜王有些伤感地说，接着笑了一下，恢复了常态，"就这样吧，我先走了，剩下的看你配合。"

几天后，"破釜计划"正式启动，类宇宙联合政府调动大量劳力，在军事基地改装飞行器，只留下十架攻击类飞行器，其余的全部改装成运输类飞行器。考虑到部分物资和各星球上的资源可以随着星球转移，所有的运输飞行器都被改装为载人模式。根据类宇宙全体居民数量，联合政府至少准备了一百五十余架飞行器，每架的运输空间至少能容纳一百名人类。

虽然离开类宇宙可能只是一瞬间的事，但数量如此庞大的飞行器还是让首领团感到不安。他们纷纷向夜王询问，如此多的飞行器到底要怎样才能全部通过出口，但夜王并没有正面答复。

“我们所有的行动都是在赌博，赌赢了就活，赌输了就一起灭亡，没什么可想的，你们只要选择是否参加逃亡就好。”

在准备计划的过程中，顾茂昌发现，夜王仿佛又恢复了之前冰冷寡言的状态，在走廊上遇见时甚至会像没看到顾茂昌一样径直走过。对此顾茂昌没有多问，而是将那个小盒子藏在自己的衣兜里，与夜王一样保持沉默。

类宇宙中的所有生物都在为“破釜计划”忙碌着，顾茂昌的沉默并没有引起注意。Ruwa看起来还是与之前一样，根本不记得自己丢失了一部分意识。按照夜王的吩咐，戴维和强森的遗骸已经被装入小箱，由洛冰保管。何翎羽则开始对二号飞船上带回的逃生防护服进行调试。这支地球探险队从出发时的六十一人，到现在仅剩的十人，顾茂昌不禁感慨万千。

“何翎羽，你没问题吗？”林宇风问，“你也不是航天工程师啊！”

“林宇风，我看着地球科技发展了两千年，你觉得有什么是我不知道的？”何翎羽冷冷地回答。

“女人心，你不知道女人心！”林宇风一板一眼地说。

何翎羽顿时愣住，接着脸上掠过一丝怅然，下意识地看向安琪，就在这时，林宇风一巴掌拍在他的肩上。

“哈哈，开玩笑的，女人心最容易摸透，只要你承认她说的都是对的，就已经成功了一大半！接下来，只要你愿意承认自己是错的，那就大功告成啦！”

“林宇风，你在这儿发什么浪！”李若辰突然出现在林宇风身后，厉声问道。

“没，没有，我在帮何翎羽调试对讲系统，对吧？”

“你会调试什么？你只会调戏！”李若辰白了一眼林宇风，“别跟着捣乱，万一被你调试坏了，我们到时候全都完蛋。”

“呸呸呸，干什么说得这么不吉利！”林宇风忙说，“大计当前，一定要满怀希望！我们都能活着回地球去，我上次买了那么多东西都没见着你妈，这次去还得再买一次。”

“但是你花的一直都是顾教授给的钱吧？”司徒萧问，“何必这么心疼？”

“行了司徒萧，你现在是两队人马的共享队员，是香饽饽，就别挖苦我了。”

“如果真能回到地球，我只想再开一次演唱会，带着戴维和强森一起。”安琪突然说。

“你们说，等我们回去时，地球会变成什么样？”李磊问。

“谁知道呢？”何翎羽漫不经心地说，“不过有一点，类宇宙中的时间流逝与三维宇宙中不同，所以到时那里很可能已经不是我们印象里的样子了。不知道时空这一交错，中间会错过多少年，但这些对我来说毫无意义，我活得太久了，久到一年还是一百年，对我来说都一样。”

顾茂昌听着众人的谈话，忽然想起留在地球上的白浩。不知他现在怎样了？这么久没有消息，也许白浩已经放弃了等待，政府也会将他们当作失踪处理，甚至还会被追认为烈士。想到自己和眼前这些活生生的人在另一个空间的星球上被人们悼念和缅怀，顾茂昌突然有种隔世之感。但紧接着，他又为自己的想法感到好笑，他笑自己居然忘了地球上的生物正面临着灭顶之灾，无论是逃生通道的撞击还是被类宇宙吞没，对于人类来说都是一场浩劫，而他们，究竟能做些什么呢？

夜王的计划依旧没有全部公开，他总是每到一个阶段的尾声，才递交和发布下一阶段的行动，这多少让首领团的成员感到有些不满，于是找来夜王，打算逼问他的具体打算。

“夜王，距离计划开始已经过去了十几天，你到底打算什么时候进行逃生环节？”

“很快，希望大家随时做好动身的准备，相信你们各个种族一定已经将所有居民都集合在一起，物资也全部整理完毕了。”夜王不慌不忙地回答。

“是这样没错，但我们到底什么时候出发？”

“距离总部星球最远的种族是哪个？”夜王问。

Ruwa摇晃了一下自己的身体，答：“是我们。”

“你们转移到总部星球需要多久？”

“利用空间通道大约需要四天的时间，所以我几乎都居住在总部星球上。”Ruwa说。

“你通知一下自己的种族，我们五天后出发。”夜王毫不犹豫地说。

“什么？那，那各大种族岂不是从现在就要开始向总部星球转移？”这次就连Vakkiv也惊讶地问。

“没错，这就是我一再强调要你们提前做好准备的原因。”夜王说，“好了，你们最想了解的问题我已经回答清楚了，Ruwa，我会给你一份飞行器排列顺序的部署资料，当各大种族聚集在一起后，让他们的飞行器排列好。另外，有几个靠近逆流通道的小型种族，就不要让他们在总部聚集了，飞行器编队行驶到附近时直接搭载就可以，在部署资料里我已经写得很清楚了。好了各位，回见。”

夜王说完，不等首领团答话便推开门消失在会议室外，顿时，会议室内炸起一阵议论声。

“让他主持个逃生计划就这么牛，这计划还不一定行得通！”

“啊我真后悔没让我的同族提前准备，现在必须马上通知他们。”

“我也是。”

“我也先走了，我有些东西还需要整理。”

“那么，五天后再见！”

首领团成员纷纷离开，只有Vakkiv和Ruwa静静地坐在那里没有动。

“Ruwa，你在想什么？”Vakkiv突然问。

“没什么，突然觉得这一天来得太快了，曾经一直盼望的时刻终于要到来，反而感到很紧张。”Ruwa回答。

Vakkiv站起来，浑身的毛发懒懒地垂在身上，淡淡地说：“不用太紧张，这个计划也许根本就不会成功。”

“啊？”Ruwa一惊，看向Vakkiv，但Vakkiv已经慢慢地向外走去。

“Ruwa，之后的事就辛苦你了。”Vakkiv说着走远。

Ruwa依旧静静地坐在会议室里，仿佛在等待着什么。过了一会儿，一个身影出现在会议室门外，那身影被会议室半开的房门遮挡，看不清是谁。

随着“破釜计划”进入最后的逃生阶段，类宇宙中出现了空前繁忙的景象，飞行器穿梭在总部星球上空，织成一张巨大的网。

顾茂昌牢记与夜王的约定，将那个小盒子随身携带，小心保管，更是每天去看望方小芳。看着昏迷不醒的方小芳，顾茂昌不禁感慨，如果没有超能力，人类的生命是多么脆弱。眼看动身的日期一天天接近，顾茂昌盼望着方小芳能够尽快转醒。令他感到欣慰的是，在出发的前一天夜里，方小芳真的醒了！

当顾茂昌等人一起来到方小芳的房间时，发现她正坐在床上，表情平静地看向众人。

“方小芳，你还认识我吗？”安琪忙问。

方小芳看着安琪，没有说话。

“安琪，她带着供氧头罩，听不到你的声音。”何翎羽提醒道。

“那怎么办？”安琪问。

这时，一个手掌大小的研究人员举着一个盒子冲进来。

“让开，你们让开！”

他一边狂躁地叫着，一边跑到床前，将那盒子向上一抛，扔在方小芳床上。那盒子侧翻在方小芳手边，接着，熟悉的土色带状物破空而起，毫不犹豫地缠住方小芳的无名指，之后颤动几下，融进方小芳的皮肤中，留下一道浅浅的痕迹。

“方小芳，这次能听到吗？”顾茂昌问。

方小芳点点头。

“你还认识我们吗？”李若辰问。

方小芳又点头。

“方小芳，明天我们要逃离类宇宙，希望你做好准备，我们会保证你的安全，将你平安地送回地球。”顾茂昌说。

“谢谢。”方小芳开口道，她的声音听起来十分虚弱，还有些沙哑。

“那你早点休息吧，明天我们来帮你穿防护服。”安琪说。

“好。”方小芳点头应道。

众人离开方小芳的房间，却在房间门口遇见了夜王。

“夜王？你也来了？”顾茂昌问。

“嗯，听说她醒了，想来看看。”夜王回答。

“她看起来很累，我们让她先休息了。”安琪说。

夜王点点头，淡淡地说：“知道了，那我也回去了。明天见。”

说着，夜王率先转身向自己的房间走去。

“你们有没有觉得夜王今天特别奇怪？话比平时还少。”李若辰问。

“有吗？他平时话也很少，只有贬低别人时才会多话。”林宇风说。

“不，我的直觉一向很准，我觉得今天的夜王不一样。”李若辰坚持。

“那你去问问他到底怎么了，是不是失恋了？”林宇风说。

“就你贫！夜王怎么可能会失恋！”李若辰不高兴地白了林宇风一眼，快步向前走去。

“我觉得今天的方小芳也很奇怪。”洛冰突然说，“关于毕果，她居然一句也没问，那可是她男朋友啊，她都不想知道他是死是活吗？”

“也许已经知道了。”安琪说。

“不可能，当时我们一起被电击，她被夜王挡在身后，应该直接昏倒才对，后面的事根本不会知道。”洛冰说。

“洛冰说得没错，不过，也可能是因为还没有完全恢复。”何翎羽说。

“哈哈，女人心海底针！你们用不着猜那么多，说不定明天就知道怎么回事了。”林宇风打着哈哈打开自己的房门，对众人说，“明天地球见！”

“地球见。”

K小队的其他成员也纷纷道别，就连何翎羽和洛冰也与K小队的成员以及顾茂昌郑重道别，因为所有人都明白，也许明天之后，就再也没有明天。

“明天见，林宇风。”

“明天见，顾教授，晚安。”

“明天见，何翎羽先生，晚安。”

顾茂昌微笑着握住何翎羽伸出的右手，做最真诚的告别。

第二天，十架攻击类飞行器整齐地排列在总部星球上方，夜王带着何翎羽、安琪和洛冰，顾茂昌带着K小队以及方小芳，与联合政府二十名首领团成员离开总部大楼，进入最后一架攻击类飞行器中。后面紧跟着一百一十九架载有类宇宙居民的飞行器，以及三十一架空载飞行器，其中的一架飞行器计划在前往逆流通道入口途中，再搭载三个星球的小型种族居民。

前九架攻击类飞行器被设置为自动跟随攻击，而最后一架攻击类飞行器，则由夜王指挥。并没有什么宣言或动员词，夜王一如既往的寡言，他只是对操纵飞行器的士兵说了一句“出发”，便正式启动了“破釜计划”的最后环节——逃出类宇宙空间。

所有成员都坐在固定的座位上，除了依旧令人无比痛苦的乱流，飞行器上静默得令人害怕，只有设备运行的“嗡嗡”声持续不断地传来。

在进入逆流通道之前，第一百二十架运输类飞行器也载满居民，之后，本应调整到最高速度进入逆流通道的飞行器，却按照夜王设定的航路拐了个弯。

“夜王，你要做什么？”Vakkiv第一个问道。

“为保护地球做一些准备。”夜王冷冷地回答道。

此时，整队的飞行器已经驶入另一条空间通道，接着是下一条，再下一条……

就在所有联络台都在询问到底发生了什么情况时，夜王突然大吼一声：“到了！加速！”

所有飞行器顿时提升到最高速度，直直地向前冲去。司徒萧盯着显示屏上的画面，突然惊讶起来。

“那是……那是人马座3星啊！”

“夜王，你要做什么？难道你要带大家回你的星球上去？”顾茂昌惊声问道。

“夜王你疯了吗？”林宇风吼叫起来，解开固定身体的带子，向夜王扑去。

夜王对林宇风的叫声毫不理会，何翎羽与洛冰转眼便挡在两人中间。

“林宇风，不许你对夜王不敬。”洛冰厉声说。

“洛冰你让开，老子不打女人！”林宇风恶狠狠地说。

就在这时，夜王突然下达了第二条命令：“发射！”

转眼间，数不清的光点砸向前方，直奔人马座3星而去。

“夜王……”

不等众人的话音入耳，人马座3星已被强大而密集的炮火轰成碎片，飞散在空间里。而此时飞行器编队刚好冲入这片星屑之中，冲在最前方的攻击类飞行器上顿时附着了无数星屑。在飞行器编队的高速移动中，这些能量和漂浮的星屑被猛烈冲撞挤压，成为浓度极高的保护层，在夜王的吸引下，像一个巨大的罩子将飞行器编队罩在其中。

夜王的脸上出现痛苦的神情，顾茂昌刚想询问他的情况，却听到闷哼一声，转头看去，发现方小芳已经昏倒在座位上。

“方小芳！你怎么了！”

顾茂昌一边叫着一边伸手去推方小芳，但后者毫无反应。此时，舱室内的声音已经乱成一团。

“不，我们的母星！”洛冰歇斯底里地哭号起来。

“为什么，为什么要这样……”安琪也语无伦次地问着。

“他是要用母星的能量作为缓冲层！减少对地球的冲击力！”何翎羽大叫起来。

“夜王……”

顾茂昌转头看着夜王，但后者的脸上没有任何表情，也没有进一步指示。

“你们看，那是什么？”李若辰突然叫起来。

她指向一片模糊的金光，在高速的飞行中，只有李若辰的目光能跟得上那金光的游动。

“它在靠近！”李若辰说。

众人注意到那道金光正以肉眼无法捕捉的速度向他们所在的飞行器冲来，之后便消失在屏幕上。紧接着，飞行器猛地一震，舱内所有人都听到洪钟般的轰鸣声，那声音大到令所有人的身体都忍不住跟着颤动，突然一声尖锐的呼啸，坐在顾茂昌旁边的方小芳猛地坐直身子，瞪大了眼睛。

“方小芳！方小芳！”

顾茂昌以为方小芳又感到不适，连忙大叫起来，但接下来，舱内恢复了正常，方小芳也平静下来，软软地瘫回座椅内。

“夜王，刚才是怎么回事？”Ruwa问。

“不知道。”夜王回答，之后继续波澜不惊地发布命令，“寻找并进入逆流通道，林宇风，回去坐好。何翎羽和洛冰也一样。”

三个人相互看看，没有说话，各自回到座位上，将固定带重新绑好。

飞行器编队带着巨大的星屑护罩冲刺在昏暗无边的空间里，发光的护罩像一把火炬刺破黑暗，向逆流通道的反向入口高速驶回。

在漫长的飞行中，顾茂昌昏昏沉沉地睡着了。当他被嘈杂的声音惊醒时，飞行器编队已经接近了逆流通道入口，而身边的方小芳不知何时醒来，正定定地看着他。

“你醒了？”顾茂昌问。

方小芳点点头。

“醒了就好……没事的，我们就快逃出去了。”顾茂昌说。

方小芳又点点头，似乎对顾茂昌说的话并不在意。

接着，飞行器剧烈地抖动起来，尖锐的气流声穿过厚重的飞行器外壳和防护服的头罩，直接钻入耳中，刺激着顾茂昌等人的大脑。

此时，夜王的声音在众人脑海中响起。

“刚才李若辰看到的金光是创造神遗留在人马座3星上的讯息，在星球被击碎时，那些讯息直接汇入飞行器中唯一的夜族生物，也就是我的意识体中。讯息的内容很长，但以我现在的能力，只能破解前面的部分。我们一直在寻找和讨论的十维宇宙确实存在过，也确实像顾茂昌和我推测的那样坍塌了，但创造神并没有衰弱太多，这种情况一直持续到宇宙坍塌到五维空间时……”

“后，后面呢？”顾茂昌强忍着令人头痛的噪音追问。

“后面的，我解读不了，也没时间去解读……最前端的无人飞船已经到达逆流通道的出口了！”

“你们休想！”一个声音如炸雷般响起，接着，一只巨型生物扑向夜王，正是顶替了木卡斯木进入首领团的三足马面生物。

“法克若你要干什么！”Vakkiv大叫起来。

“你们谁也别想离开这里！谁也别想！”

那个叫法克若的生物带着满身电光，像一颗炮弹一样砸向夜王，那冲击力足以将修杰的身体整个压扁。就在此时，顾茂昌身旁的方小芳突然动了起来。

事情发生得太快，就连李若辰也没看清她到底是如何冲到法克若前面的，但就在那巨大的身躯即将砸向夜王时，方小芳抬起手掌一把抵住法克若的身躯，缠绕的电光将方小芳的身体包围，但防护服奇迹般的没有融化。

“方小芳！夜王！”顾茂昌大叫着解开固定带，K小队成员与何翎羽等人也一齐扑了上去。

就在所有人都准备与法克若拼死一战时，一阵强大的力量从背后袭来。众人来不及躲闪，却见一道道颤动的毛发从耳边身侧冲出，直奔法克若背后，转眼将他整个缠住，重重地砸在地上。

顾茂昌等人惊魂未定地回头看去，只见Vakkiv不知何时离开了座位，满是毛发的身躯就站在他们身后，身上的毛发还在亢奋地抖动挥舞着。

“谢谢你，Vakkiv。”夜王的声音响起。

众人又回头看去，发现站在他们面前微笑的人，竟然是方小芳！

“怎么是你！”

在林宇风等人的惊呼声中，顾茂昌突然明白了全部。不等他开口求证，飞行器系统的声音响起：“还有十秒到达通道出口，还有九秒，八秒……”

“好了，最后的时刻来了！我们地球见！”

夜王的声音再次响起，这一次，方小芳转过身，按下了发射键。

十道高能射线瞬间射出，照进黑暗的空间通道，地球赫然出现在众人面前。下一秒，一阵火光迸裂，巨大的震动让顾茂昌等人眼冒金星，大脑炸裂般一片空白。

类宇宙爆炸了……在那个瞬间，顾茂昌等人以人类之躯，承受着类宇宙爆炸引起的空间扭曲和行星乱流。

周围陷入无边的黑暗，飞行器的设备全部失灵，但有一股极大的推动力正推送着飞行器编队加速向前冲去，在地球内部穿行。飞行器的外壳在巨大的冲击力下发出“咔咔”的响声，所有人都清楚，飞行器即将解体。

眼前只有人马座3星形成的护罩还在发光，按照夜王之前的计划，它们将留在通道内部，保护被打穿的通道，最大限度地减少能量流对地球的冲击，阻止地球因承受高能而爆炸。

随着飞行器的继续前行，那光亮越来越弱、越来越稀薄，终于，随着飞行器的一次巨震彻底消散。黑暗猛地散去，熟悉的光亮出现在空间里，那是三维宇宙太阳系中的光芒，明亮而火热，他们成功地逃出类宇宙，回到了太阳系中。

但转眼间，飞行器发出震耳的爆裂声，在强大的能量冲击中，这些冲出类宇宙的飞行器纷纷解体，成为流星一般的存在。

“老顾！”

林宇风第一时间看向顾茂昌，耳边却传来李若辰的惊叫声。他连忙掉头看去，发现李若辰被座椅卡住，正跟着座椅一起砸向一块巨大的碎石，而顾茂昌正在乱流中挣扎，再不采取行动，马上就会被卷走，消失在空间中。

林宇风犹豫了不到半秒，就被李若辰一把推向顾茂昌。

“你脑子有病啊！”

李若辰这一推，顿时连人带座椅飘得更远。林宇风扯住顾茂昌，转头看向李若辰。

“李若辰——”

李若辰在林宇风撕心裂肺的叫声中闭上眼睛，坦然迎接砸来的乱石，却不知被谁一把揽住，避过那块巨石，从座椅中拖出，撞在一个人身上，继而用力抛向林宇风。李若辰猛地回头，正看到李磊的微笑，以及嘴角渗出的鲜血。

“李大哥！”

“老李！”

“林宇风！替我养个儿子！”

李磊笑着吼道，紧接着，又一块巨石随着乱流砸开，重重地打在李磊的头罩上。在林宇风和李若辰的叫声中，李磊随着乱流消失在无边的空间里。

在飞船解体的瞬间，洛冰大叫着向何翎羽猛扑过去，为他挡住一块巨大的飞行器外壳，那外壳带着猛烈的冲击力，重重地砸在她的后脑上。

司徒萧则一把扯住安琪，将她死死地抱在怀里。经过无数次的翻滚和撞击，虽然伤痕累累、狼狈不堪，但令他们感到幸福的是，直到最后，他们都没有失散。

而在更远处，方小芳的身体正发出明亮的光芒，她抱着有些木讷的修杰，灵巧地躲避着空间中的乱石和飞行器残骸，看向遭到重创却顽强依旧的地球。

“真是一场完美的计划……那么，接下来呢？”

全文完

图书在版编目（CIP）数据

来临之日：全2册 / 欧阳乾著. -- 南京：江苏凤凰文艺出版社，2018.1

ISBN 978-7-5594-1470-0

Ⅰ. ①来… Ⅱ. ①欧… Ⅲ. ①科学幻想小说－中国－当代 Ⅳ. ①I247.5

中国版本图书馆CIP数据核字（2017）第298429号

书　　名	来临之日：全2册
著　　者	欧阳乾
策划编辑	王三石　李　艳
责任编辑	袁　媛　姚　丽
出版发行	江苏凤凰文艺出版社
出版社地址	南京市中央路165号，邮编：210009
出版社网址	http://www.jswenyi.com
印　　刷	北京紫瑞利印刷有限公司
开　　本	700×990毫米　1/16
印　　张	40
字　　数	450千字
版　　次	2018年1月第1版　2018年1月第1次印刷
标准书号	ISBN 978-7-5594-1470-0
定　　价	78.00元（全2册）

（江苏文艺版图书凡印刷、装订错误可随时向承印厂调换）